KB237109

허담 新무협 판타지 소설
FANTASTIC ORIENTAL HEROES

무천향

武天鄉

무천향 4

허담 新무협 판타지 소설

초판 1쇄 찍은 날 § 2009년 2월 5일
초판 1쇄 펴낸 날 § 2009년 2월 13일

지은이 § 허담
펴낸이 § 서경석

편집장 § 문혜영
편집책임 § 이재권
편집 § 문정흠

펴낸곳 § 도서출판 청어람
등록번호 § 제1081-1-89호
등록일자 § 1999. 5. 31
어람번호 § 제2-1674호

주소 § 경기도 부천시 원미구 심곡2동 163-2 서경B/D 3F (우) 420-822
전화 § 032-656-4452 팩스 § 032-656-4453
http://www.chungeoram.com
E-mail § eoram99@chollian.net

ⓒ 허담, 2008

ISBN 978-89-251-1676-1 04810
ISBN 978-89-251-1582-5 (세트)

4
뿌리

은하의 계곡

무천향
武天鄉

허담 新무협 판타지 소설
FANTASTIC ORIENTAL HEROES

도서출판 청어람

目次

第一章

재회(再會)

武天鄉
무천향

그는 여전히 말이 없었다.

'변한 것이 아무것도 없어.'

파소는 근 팔 년여의 시간을 격하고 만난 단보의 등을 보며 마치 자신이 흥안령 목장에 맡겨지기 전의 어린 시절로 돌아간 듯한 느낌에 빠져들었다.

하루가 지났지만 단보는 예전처럼 말없이 걸음을 옮기고 있었고 자신은 여전히 그의 십여 장 뒤에서 그가 남긴 발자국을 따라 걷고 있었다. 다른 것이 있다면 지금 그의 곁에는 간간이 대화를 나눌 수 있는 석청이 있다는 것 정도.

"도대체 어디로 가는 거죠?"

석청이 참지 못하고 다시 질문을 던졌다. 아마도 다섯 번째 질문일 것이다. 하지만 파소로서도 대답해 줄 말이 없었다.

"글쎄요……."

"한 번 다시 물어보세요."

물론 이미 단보에게 두 번의 질문을 던졌던 파소였다. 하지만 단보는 예전처럼 답을 주지 않았다.

"조금 있다가……."

파소가 말꼬리를 흐렸다.

"언제요?"

석청이 불만스런 목소리로 말했다. 하지만 이 정도는 평소 석청의 성정을 생각하자면 대단한 인내심을 발휘하고 있는 것이라 할 수 있었다.

"일단 사막을 벗어날 때까지는 그냥 그를 따르도록 해요. 사막이 끝나면 그때 물어볼게요. 그리고 여전히 그가 답을 주지 않는다면 이번엔 제가 먼저 그를 떠나지요."

파소의 대답에 석청이 놀란 얼굴로 파소를 바라봤다. 단보는 말이 없었지만 파소는 이미 자신과 단보에 대한 과거사를 석청에게 털어놓았기에 석청은 단보가 파소에게 얼마나 중요한 사람인지 너무 잘 알고 있었다.

"그를 떠나면 소협의 과거는요?"

"그가 입을 열지 않는다면 그를 따라간다 해도 내 과거를 알 수는 없을 거예요. 아마 또다시 예전처럼 말 없는 그와 함께 천하를 유랑하게 되겠지요. 제 뿌리가 궁금하긴 하지만 다시 예전의 삶으로 돌아가고 싶지는 않아요."

"그럼 소협의 과거는 영원히 묻어둘 건가요?"

"이번 일을 겪으며 알게 된 게 있어요."

"……?"

"그는 그가 원하면 언제든지 내 앞에 나타날 수 있다는 사실이지요. 그에게 말하겠어요. 내게 내 뿌리를 말해줄 수 있을 때, 그때 내 앞에 나타나라고. 결국 그가 아니면 전 제 과거에 대해 한 걸음도 다가갈 수 없을 테니 기다릴밖에요. 그도 사람이니 늙어 죽지 않는 한 언젠가 입을 열겠죠."

"정말 알 수 없는 관계네요."

석청이 고개를 저으며 중얼거렸다. 확실히 파소와 단보의 관계는 제삼자의 눈에는 이상하다 못해 괴이한 관계였다. 둘은 조손(祖孫)처럼 익숙해 보이면서도 또 전혀 관계가 없는 사람들처럼 멀어 보였다.

"나도 그렇게 생각해요."

파소가 순순히 석청의 말에 동의했다.

단보가 회색노인을 베고 파소와 석청을 구한 지 하루가 지나 다시 저녁이 찾아왔을 때 드디어 단보의 걸음이 멈춰졌다. 그동안은 잠도 자지 않고 줄곧 바위와 마른 흙으로 가득 찬 사막을 걸은 단보였다.

"이곳에서 하룻밤 쉬어 가자."

걸음을 멈춘 단보가 입을 열었다. 멈춰 선 그의 앞에는 세 마리의 낙타가 서 있었고 낙타의 등에는 적지 않은 짐이 실려 있었다. 아마 단보는 애초부터 이 낙타들을 끌고 사막으로 들어온 모양이었다.

석청은 이 노인이 벙어리는 아니었구나 하는 표정으로 입을 연 단보를 바라봤다. 그러나 단보는 석청의 눈길에도 아랑곳하지 않고 낙타에 실려 있던 짐들 중 일부를 파소 앞에 던지며 말했다.

"이젠 스스로 잘 준비를 할 수 있겠지?"

그리고 보니 과거 홍안령 목장에 남겨지기 전까지 단보는 항상 파소의 잠자리를 준비해 줬었다. 지금 생각해 보면 이 무뚝뚝한 노인이 그런 정성을 보였다는 것이 믿겨지지 않았지만 확실히 그 시절에 단보는 파소의 잠자리와 먹을거리만큼은 살뜰하게 챙겼었던 것이다.

'나쁜 기억만 있었던 것은 아니군.'

파소가 피식 실소를 흘려내며 단보가 던져 낸 짐을 풀었다. 그사이 단보도 다른 낙타에서 내린 짐을 풀어 자신이 쉴 천막을 치고 있었다.

파소는 능숙한 솜씨로 간단한 천막을 마련했다. 사막에서 사용하기 위해 만들어진 것 같은 천막은 제법 튼실해 사막의 밤에 불어올 차가운 냉기를 막기에 충분해 보였다.

"같이 자야 할 것 같아요."

파소가 석청을 보며 말했다.

"어쩔 수 없죠. 하나밖에 없으니……."

단보는 파소와 석청의 몫으로 단 하나의 천막만을 내주었다. 그렇다고 파소가 단보의 천막으로 갈 수도 없었다. 과거에는 한 천막을 사용하는 것에 익숙했었지만 팔 년 만에 만난 단보의 천막으로 들어가는 것은 석청과 한 천막에서 밤을 새는 것보다 불편했다.

"불을 피워라."

문득 단보의 말이 들려왔다. 파소가 돌아보니 단보가 또 한 마리 낙타의 등에서 뭔가 잔뜩 들어 있는 자루를 끌러내 파소에게 던졌다. 파소가 자루 안을 살펴 보니 자루 안에는 초원의 유목민들이 겨울철 땔감으로 쓰는 소의 말린 똥이 한가득 들어 있었다.

"이제 불을 피울 줄은 알겠지?"

마찬가지로 과거에는 항상 단보가 불을 피웠었다.

"물론이죠. 오 년 동안 목동 생활을 했는데……."

파소가 퉁명스럽게 대답하고는 두 개의 천막 중간에 불을 놓을 장소를 마련한 후 작은 모닥불을 피웠다.

"그런데 이렇게 불을 피워도 되나요?"

파소가 불을 피우는 것을 지켜보고 있던 석청이 문득 생각난 듯 물었다. 그러자 단보가 무감정한 목소리로 대답했다.

"상관없을 걸세. 그들은 이곳과 반대 방향으로 갔으니까."

"여긴 어디쯤이죠?"

단보가 입을 열자 기회다 싶은 석청이 재빨리 질문을 이었다.

"고비의 정중앙에서 동쪽으로 치우쳐 있다고 보면 될 걸세."

"모용세가와의 거리가……?"

"보통 대상들의 이동 속도로 보자면 한 달 정도… 자네가 내력을 끌어내 쉬지 않고 달리면 보름 정도 걸릴 걸세."

"우린 모용세가로 가나요?"

정작 묻고 싶은 질문을 던진 석청이 긴장한 표정으로 단보의 대답을 기다렸다.

"아니, 우린 모용세가로 가지 않을 걸세."

단보가 고개를 저었다.

'저 노인네가 오늘은 왜 저렇게 말을 많이 하지? 설마 석 여협이 여자라서?'

파소가 완전히 불이 붙은 모닥불에서 눈을 떼고는 의아한 눈으로 단보를 바라봤다.

"그럼 우린 어디로 가죠?"

석청의 질문이 이어졌다.

"가보면 알게 될 걸세."

이번만큼은 단보의 입에서 제대로 된 대답이 나오지 않았다. 그러자 석청이 실망한 표정을 짓더니 떠보듯이 물었다.

"전 모용세가로 돌아가고 싶은데요."

순간 단보는 시선을 돌려 석청을 바라봤다. 단보의 눈에는 어떤 감정도 들어 있지 않았다. 파소 역시 석청의 질문에 대한 단보의 대답이 궁금해 단보의 입을 응시했다.

"미안하지만 자넨 모용세가로 돌아갈 수 없네."

단보가 단호한 음성으로 대답했다.

"왜죠?"

"내 이름을 알았고, 무천향을 알았으니 그대가 모용세가로 돌아가고자 한다면 아마도 목숨을 내놓아야 할 걸세."

단보는 아무렇지도 않게 석청의 목숨을 거론했다.

"당신의 이름과 무천향이라는 곳이 그렇게 대단한 건가요?"

석청에 앞서 파소가 적의를 드러내며 물었다. 그러자 단보는 파소를 차분한 시선으로 응시하다 천천히 입을 열었다.

"타인에겐 몰라도 그곳에서 살아가는 사람들에겐 그렇다. 우린 모두 무천향이라는 이름을 태어날 때부터 가슴에 새기고 사는 사람들이다. 우리에게 무천향은 곧 천하다."

어찌 들으면 광오한 말이었으나 단보의 입에서 그 말이 흘러나오자 전혀 광오하게 들리지 않았다. 그의 말을 듣고 있으니 정말 무천향이라는 곳이 천하, 그 자체가 된 듯한 느낌이 드는 것이었다. 그러나 파소에게는 적어도 단보에 대한 뿌리 깊은 반발심이 있었다.

"그 대단한 무천향은 어떤 곳이죠?"

"때가 되면 너도 무천향을 보게 될 거다. 그때가 되면 내가 한 말의 의미를 깨닫게 되겠지. 오늘은 그만 쉬도록 하자꾸나."

단보가 더 이상 할 말이 없다는 듯 자신의 천막으로 들어갔다. 그러나 파소는 쉽게 움직일 수 없었다. 무덤덤하게 흘려낸 단보의 말이 파소에겐 천둥처럼 들려왔다.

'나도 무천향을 보게 된다고? 그렇다면……'

그때 석청의 목소리가 들려왔다.

"그는 우릴 무천향이라는 곳으로 데려갈 생각인 모양이에요."

석청의 목소리도 긴장으로 떨리고 있었다. 석청도 무천향이라는 곳이 파소에게 어떤 의민지 알고 있었다. 이곳에 오면서 파소의 과거를 대략 전해 들었기 때문이다.

"사막이 끝나도 그를 떠날 일은 없겠군요."

잠시 침묵하던 파소가 가라앉은 목소리로 말했다.

"대신 전 아주 오랫동안 집을 떠나 있어야 할 것 같아요."

석청이 조금 쓸쓸한 목소리로 대답했다. 순간 파소가 움찔하며 석청을 바라봤다. 그러자 석청이 표정을 바꾸며 다시 입을 열었다.

"괜찮아요. 운명이겠지요. 그리고… 누구와 함께니까."

순간 파소는 자신의 가슴이 그 어느 때보다도 강하게 요동치는 것을 느꼈다. 무천향과 자신의 뿌리를 찾을 수 있다는 것에 대한 기대보다 더 강한 충만감이 파소의 가슴속에 차올랐다.

"고마워요."

파소가 흥분을 누르며 겨우 입을 열었다. 그러자 석청이 피식 실소를 흘리며 쏘아붙였다.

"정말 재미없는 사람이군요. 이런 상황에서 겨우 고마워요라니, 들어가서 잠이나 자도록 해요."

툭 말을 던진 석청이 대답도 듣지 않고 파소가 만들어놓은 천막 안으로 들어가 버렸다. 그런 석청을 바라보고 있던 파소가 가만히 속삭이듯 중얼거렸다.

"나도 당신과 함께라서 다행이에요."

그날 밤 파소는 석청이 잠들어 있는 천막에 들어가지 않았다. 파소는 작은 모닥불에 의지해 사막의 냉기를 온몸으로 받으며 석청이 잠든 천막 입구를 지켰다. 누가 그들을 공격할 것이란 경계심 때문은 아니었다. 파소는 그저 이유없이 그날 석청의 편안한 잠을 지켜주고 싶었다.

그렇게 사막에서의 하룻밤이 지나고 파소와 석청, 그리고 단보는 다시 사막을 걷기 시작했다.

여행은 오랫동안 이어졌다. 낙타가 사막에서 물 없이도 여러 날을 견딜 수 있는 동물이라지만 종종 세 사람이 타고 가는 낙타마저도 지쳤다. 그럴 때면 단보는 황량한 사막에서 귀신같이 물을 찾아냈다.

'이제 보니 사막에 무척 익숙한 사람이었구나.'

파소는 메마른 사막에서 물을 찾아내는 단보를 보면서 어쩌면 그가 단보라는 사람에 대해 알고 있는 것은 그야말로 그 진면목의 일부분에 지나지 않을지도 모른다는 것을 깨달았다.

나이가 들어 청년이 되어 만난 단보는 그가 어렸을 때 생각했던 것보다 훨씬 더 미지의 인물이었던 것이다.

하지만 변하지 않은 것도 있었다. 그의 견디기 힘든 침묵,

그것만큼은 여전히 함께 여행하는 사람을 조급하게 만들었다. 여행 중 단보는 줄곧 침묵을 지켰다.

그러나 파소도 억지로 단보에게 말을 걸지 않았다. 이 길의 끝에 무천향이 있다면 더 이상 그에게 무엇을 물을 것인가. 자신이 왜 부모에게 버려져 그의 손에 자랐는지는 무천향에 도착하면 자연히 풀릴 의문이었다.

어느덧 파소의 나이도 스물을 넘어 다시 한 살을 더하기에 얼마 남지 않은 시점이었다. 그 세월을 견뎠는데 겨우 며칠, 아니, 어쩌면 수십 일이 될지도 모르지만 그런 것쯤은 아무것도 아닌 시간이었다. 그런데… 파소가 기다려야 할 시간은 생각처럼 그렇게 짧지 않았다.

길은 더욱 험준해졌다. 풀포기 하나 찾아볼 수 없는 사막 길을 파소와 석청은 오 일 동안 쉬지 않고 걸었다. 그리고 이런 황량함은 육체보다 정신을 더 피곤하게 만들었다.

'정말 힘들군.'

여간해선 힘든 내색을 하지 않는 파소조차도 인내심의 바닥을 긁어대고 있었다. 다행인 것은 사막임에도 불구하고 기후가 서늘하다는 것 정도, 그것 또한 곰곰이 생각하면 기이한 일이었지만 파소와 석청에게는 기후의 변화를 느낄 만한 여력이 남아 있지 않았다.

"정말 견디기 힘들어요."

석청이 투정하듯 말했다. 죽음에서 살아난 이후 석청과 파소는 서로에게 더 많은 부분을 의지하고 있었다. 이런 투정은 예전의 석청이었다면 절대 입 밖으로 내지 않았을 말이었다.

"맞아요. 이건 너무 힘들군요."

"소협도 그래요? 이거, 기운이 나네요."

석청이 반가운 듯 말했다.

"제가 힘들다는데 왜 힘이 나죠?"

"후훗, 나만 힘든 줄 알았으니까요. 본래 어려움은 나누면 반이 된다고 하잖아요."

"정말 그랬으면 좋겠군요."

파소가 고개를 끄덕였다. 그런데 바로 그때 멀찍이 앞서 가던 단보가 걸음을 멈추고 두 사람을 돌아봤다.

"다 왔다."

순간 지쳐 있던 파소와 석청의 눈에 생기가 돌았다. 여행의 끝을 알리는 단보의 목소리는 지쳐 있는 두 사람에게 신선한 기운을 불어넣기에 충분한 청량제였다.

그러나 다음 순간 두 사람의 얼굴이 실망으로 일그러졌다. 두 사람이 급히 단보 곁에 다가섰을 때 그들의 눈앞에는 거대한 계곡이 모습을 드러냈는데, 그 계곡의 모습이 지금껏 파소와 석청이 여행해 온 사막 그 어느 곳보다도 황량하고 음습해 보였던 것이다.

"이곳이 무천향이란 건가요?"

파소가 설마 하는 표정으로 물었다. 이 황량한 암석의 계곡이 무천향이라면 단보가 그를 데리고 천하를 떠돌며 그토록 그리워하던 장소와는 너무 어울리지 않는 곳이었던 것이다.

아니, 그보다도 수십 일의 험난한 여정 끝에 도달한 장소치고는 너무 가혹한 풍광의 계곡이었다.

"이곳은 무천향이 아니다."

단보의 말에 파소가 그럼 그렇지 하는 표정으로 재차 물었다.

"그럼 이곳은 어디죠? 우릴 무천향으로 데려간다고 하지 않았나요?"

"언젠가는 널 무천향으로 데려갈 거다. 하지만 이번 여행은 여기까지다."

순간 파소의 얼굴이 실망감으로 물들었다.

"언제죠, 내가 무천향에 갈 수 있는 때는?"

파소의 차가운 질문에 단보는 무감정한 목소리로 대답했다.

"그건… 너에게 달렸다."

"무슨 말이죠?"

"무천향에 갈 때가 언제가 될지는 너에게 달렸다는 말이다."

순간 파소가 가만히 단보를 노려봤다.

'이 노인네가 끝까지 날 골탕 먹이는군.'

"내가 뭘 해야 하죠? 그리고 이곳엔 왜 온 거죠?"

파소가 쓴침을 뱉어내듯 물었다. 단보의 모호한 말들에 이젠 정말 진절머리가 나는 파소였다. 그러거나 말거나 단보는 여전히 무덤덤한 목소리로 대답했다.

"우린 누군가를 만나러 이곳에 왔다. 그리고 앞으로 네가 할 일은 강해지는 것이다. 무천향에 들 수 있을 만큼!"

단보는 파소와 석청을 거대한 계곡 사이로 이끌었다. 역시나 그들이 지나온 사막처럼 풀 한 포기 없는 황량한 계곡, 거기에 더해 계곡의 저쪽에서부터 귀곡성을 닮은 바람 소리마저 들려오고 있었다.

"귀곡에 온 것 같아요."

석청이 파소의 귀에 대고 속삭였다. 보통 때는 거칠 것 없이 행동하는 석청이었지만 이 황량한 계곡은 왠지 모르게 사람을 움츠러들게 하는 기운을 가지고 있었다.

"썩 기분 좋은 곳은 아니군요."

파소가 고개를 끄덕이며 대답했다. 그러나 사실 파소의 정신은 다른 곳에 가 있었다.

'도대체 이곳에서 만날 사람이 누굴까? 이런 곳에 사람이 살고 있기는 한 걸까?'

파소의 속마음을 읽기라도 한 듯 석청이 다시 속삭였다.

"이런 곳에 사람이 살고 있긴 할까요?"

"나도 그게 궁금하던 참이었어요."

파소의 대답에 석청이 짐짓 화가 난 듯 말했다.

"이제 보니 제 말은 건성으로 듣고 있었군요."

"그런 것이 아니라……."

"홍, 머릿속으론 딴생각을 하고 있었잖아요?"

석청의 추궁에 파소가 머뭇거리며 대답을 하지 못하자 석청이 미소를 지으며 파소의 어깨를 툭 쳤다.

"풋, 괜찮아요. 장난이었어요."

순간 파소는 석청의 투명한 웃음에 자신도 모르게 가슴이 흔들렸다. 몇 달 동안 줄곧 함께했던 석청이었지만 파소에게 석청의 이런 웃음은 언제나 새로웠다.

어쨌든 석청의 농에 둘은 제법 긴장을 풀 수 있었다. 그리고 그즈음 단보가 방향을 틀었다.

계곡 깊숙이 들어오자 단보는 방향을 틀어 계곡의 왼쪽 암벽을 향해 다가갔다. 그런데 아무것도 없을 것 같던 암벽 앞에 다다르자 사람 한둘이 통과할 만한 작은 공간이 파소의 눈에 들어왔다.

'동굴인가?'

파소가 신기한 듯이 눈앞에 나타난 동굴을 바라보는데 단보가 망설이지 않고 동굴 안쪽으로 걸음을 옮겼다.

"이 안에 만나려는 사람이 있나 봐요."

석청이 긴장한 목소리로 말했다. 파소뿐 아니라 석청 역시 이 황량한 사막의 계곡에서 어떤 사람을 만나게 될지 무척 궁금한 모양이었다.

"가요."

파소가 한 손으로 석청의 등을 감싸듯 두르며 동굴 안으로 들어갔다. 그런데 동굴이라 생각했던 공간은 기실 동굴이 아니었다. 암벽에 뚫린 공간은 단지 다른 곳으로 이동하기 위한 관문 같은 것이었다.

"신기한 곳이네요."

석청이 암벽에 뚫린 공간을 통과하자 하늘 높이 드러난 푸른 하늘을 보며 신기한 듯 말했다.

"놀랍군요!"

파소 입에서도 감탄사가 흘러나왔다. 파소의 눈앞에 암벽 밖의 황량한 세계와는 전혀 다른 모습의 공간이 모습을 드러내고 있었던 것이다.

머리 위로는 하늘이 열려 있었고, 발아래로는 사막에 어울리지 않는 풀들이 자라나 있었다. 그것뿐인가? 공간의 북쪽 암벽 사이에서는 시원한 물소리를 내며 샘물이 솟아나고 있었고, 그 샘물로부터 이어진 작은 도랑이 널찍한 풀밭의 중앙을 가로질러 파소의 발아래로 이어졌다가 다시 암벽 사이로 난 작은 틈 속으로 사라지는 것이었다.

"별천지네요."

석청이 놀란 입을 다물지 못했다.

"사막에 이런 공간이 있다는 것이 믿겨지지 않아요."

파소 역시 놀라움을 감추지 못하고 맞장구를 쳤다.

그런데 두 사람이 암벽 속에서 만난 새로운 세상에 놀라고 있을 때 갑자기 초지를 둘러싸고 하늘 벽처럼 서 있는 암벽의 북쪽을 바라보던 단보가 큰 목소리를 흘려냈다.

"대성사 어른, 아이를 데려왔습니다."

그러자 초지에서 이십여 장 높이의 암벽 중간에 불쑥 한 명의 신형이 모습을 드러냈다.

"다녀왔는가? 올라오게."

노인은 오 척 단구에 통통한 몸집을 가지고 있었다. 저자에 나가면 그 생김새 때문에 제법 놀림을 당할 인물, 그러나 파소는 이십여 장 높이의 절벽에서 쏘아내는 노인의 안광에서 범상치 않은 기운을 느꼈다.

'역시 무천향의 인물인가?'

지금껏 파소가 만난 무천향의 인물들은 한결같이 범상치 않았다. 단보는 물론이거니와 자신들을 추격하던 백색노인과 회색노인 모두 보통 무림인들에게선 쉽게 찾아볼 수 없는 무형의 기운을 지니고 있었던 것이다. 그런데 단보의 부름에 모습을 드러낸 절벽 위의 노인 역시 단보나 다른 두 사람처럼 한 번 대하면 잊지 못할 강렬한 기운을 흘려내고 있었던 것이다.

"올라가자."

노인에게서 시선을 떼지 못하는 파소를 보며 단보가 말했다. 순간 파소가 얼른 정신을 차렸다.

"그런데 어떻게 올라가죠?"

석청이 의아한 목소리로 단보에게 물었다. 노인이 있는 곳은 깎아지른 듯한 암벽의 중앙, 초지에서 이십여 장 높이에 있는 노인의 거처까지 올라갈 수단을 주변에선 찾을 수 없었다. 그렇다고 파소와 석청에게 노인이 있는 곳까지 단숨에 날아올라 갈 무공이 있는 것도 아니었다.

그런데 석청의 질문이 채 끝나기도 전에 노인이 있는 곳에서 한 가닥 줄이 떨어져 내렸다.

"따라와라."

단보가 석청의 물음에 대답하는 대신 노인이 던져 준 줄을 잡더니 훌쩍 몸을 날려 절벽을 타고 오르기 시작했다. 단보의 무공은 놀라워서 절벽에 드리워진 줄을 잡은 후 단 세 번의 도약으로 노인의 곁에 올라서는 것이었다.

"정말 기가 질리네요."

석청이 단보의 무공에 질린 듯 고개를 절레절레 흔들며 말했다.

"먼저 가요."

파소가 석청에게 밧줄을 가리켰다. 그러자 석청이 사양치 않고 절벽에 늘어뜨려져 있는 밧줄을 잡았다. 그리곤 훌쩍 신형을 날려 절벽을 타고 오르기 시작했다.

일단 의지할 줄이 생기자 석청과 파소에게도 절벽을 오르는 것은 그리 어려운 일이 아니었다. 단지 단보와 같은 움직임을 보일 수 없을 뿐, 석청의 뒤를 따라 파소도 줄을 잡고 절벽을 오르기 시작했다.

절벽 중간 중간 삐져나온 돌출부를 밟으며 파소는 금세 단보와 노인이 있는 곳까지 올라왔다.

'가까이서 보니 더욱 이상하군.'

눈앞에서 본 노인은 절벽 아래에서 볼 때보다도 훨씬 기이한 모습을 하고 있었다. 단구야 그렇다 쳐도 얼굴 곳곳에 심한 흉터가 남아 있었다. 그러나 아래서 보던 것처럼 그의 눈빛만은 보통 사람이 받아내기 어려울 정도로 형형했다.

"들어오게들!"

파소와 잠시 눈이 마주쳤던 노인이 신형을 돌려 절벽 안쪽
으로 뚫린 제법 큰 석실로 걸어 들어갔다.

"앉지."

동굴 안에 들어서자 노인이 파소 등에게 자리에 앉기를 권
했다. 동굴은 사방 십여 장 넓이였는데, 오랫동안 사람이 살아
왔는지 손때 묻은 물건들이 제법 눈에 들어왔다.

파소와 석청은 단보를 따라 노인의 앞에 놓인 돌 의자에 자
리를 잡고 앉았다.

"그래 별일은 없었나?"

노인이 먼저 단보에게 말을 건넸다.

"백혼과 회혼을 보았습니다."

"응?"

노인이 조금 놀란 얼굴로 단보를 바라봤다.

"아무래도 세속의 일에 관여하는 듯……."

"확실한가?"

"지금 강호에선 모용세가와 북삼룡의 전쟁이 한창입니다."

"소식은 들었네."

"그 전쟁에 그들이 관여했던 것 같습니다."

순간 노인의 얼굴에 노기가 떠올랐다.

"감히 무천을 어지럽힌 것으로 모자라 쫓겨나서조차 또다

시 천률을 어겼단 말인가? 도대체 무슨 생각을 하고 있는 거
야?"

"그것까지는… 회혼은 죽었습니다."

"응?"

"제 손으로 베었습니다."

그러자 노인이 의아한 표정을 지었다.

"어쩌다? 죽어 마땅한 자들이지만 향에서 내려진 벌은 추방
이지 사사가 아니지 않은가? 물론 그들이 세속의 일에 관여했
다면 결국 사사의 벌을 받겠지만… 일의 선후가……."

"어쩔 수 없었습니다. 그를 제거하지 않으면 이 아이를 데려
올 수 없었을 겁니다."

단보가 파소를 가리켰다. 그러자 자연스럽게 노인의 시선이
파소에게로 향했다.

"그가 이 아이를 노리고 있었나?"

"그렇습니다."

"설마 이 아이의 정체를 알고 있었던 건가?"

노인이 걱정스런 목소리로 물었다.

"그건 아닙니다. 이 아이는 모용세가에 몸을 의탁하고 있었
습니다. 당연히 이번 북삼룡과 모용세가의 전쟁에 관여하고
있었지요. 자세한 것은 이 아이에게 들어봐야겠지만 그 와중
에 백혼과 회혼에게 쫓기게 되었던 것 같습니다. 사실 지금 이
렇게 살아 있는 것도 천운이라고 할 수 있겠지요. 조금만 늦었
어도……."

단보가 말꼬리를 흐렸다.

'그렇다면 날 지켜보고 있었던 것은 아니란 말이군.'

파소의 짐작과 달리 단보는 파소를 지켜보고 있다 위기에 빠진 파소를 구한 것이 아니라 회색노인, 단보가 회혼이라 부른 자가 파소를 베려는 순간 아슬아슬하게 장내에 도착해 파소를 구했던 것이다.

"천운이라… 당연한 일이지. 누구의 핏줄인데."

노인이 고개를 끄덕이며 중얼거렸다. 그러다가 문득 수많은 호기심을 담은 눈으로 자신을 바라보고 있는 파소와 눈이 마주치자 차분한 목소리로 파소에게 말을 걸었다.

"네가 파소냐?"

'노인들은 항상 알고 있는 것을 다시 묻길 좋아하지.'

파소가 내심 실소를 흘리며 고개를 끄덕였다.

"그래, 반갑구나. 난 을지행이라고 한다."

노인은 너무 쉽게 자신의 이름을 말해줬다. 그리고…

"너와 같은 성씨를 가지고 있지."

순간 파소의 가슴 한쪽에 허무한 기운이 몰려들었다.

'이렇게 쉬운 것을!'

노인과 같은 성을 가지고 있다면 파소의 성은 을, 파소의 온전한 이름은 을파소가 되는 것이다. 그런데 그 순간 갑자기 파소의 머릿속에 누군가의 말이 떠올랐다.

'을씨라고? 김문 그가 묻기를 나에게 을밀부를 아느냐고 했었지? 그렇다면…….'

파소는 눈을 반짝이며 불쑥 질문을 던졌다.

"제 성이 을씨라면 혹 과거 백두에 있었다던 밀부와 관계가 있는 것입니까?"

갑작스런 파소의 질문에 을지행은 물론 단보까지도 놀란 얼굴로 파소를 바라봤다.

"네가 어찌 밀부를 아느냐? 밀부는 이미 세속에선 사라진 이름이거늘……."

을지행이 재빨리 파소에게 되물었다.

"역시 관계가 있나 보군요."

파소는 을지행과 단보의 반응을 보는 것으로 자신의 의문에 대한 답을 얻어내고는 고개를 끄덕였다.

"밀부를 어찌 아느냐?"

단보가 을지행의 질문을 반복했다.

"밀부, 을씨 가문을 찾는 사람을 만난 적이 있지요. 그는 제 검법에서 밀부의 흔적을 느꼈다고 하더군요."

"그가 누구냐?"

단보가 재차 물었다. 단보의 얼굴에는 예전에 보지 못했던 긴장감이 깃들어 있었다.

"금문에서 나온 사람이라고 하더군요."

순간 을지행과 단보의 눈에 탄복의 빛이 흘렀다.

"금문! 역시 금문인가? 아직 밀부의 무공을 알아볼 인재가 존재하다니 대단하군."

을지행이 탄식하듯 말했다.

"용혈이 이어지는 모양입니다."

단보의 말에 을지행이 고개를 끄덕였다.

"그가 너에게 다른 말은 하지 않더냐?"

을지행이 파소에게 물었다.

"그는 밀부를 찾고 있다고 하더군요."

"밀부를 찾고 있다고?"

"네, 만약 밀부에 대해 알게 되면 자신에게도 꼭 소식을 전해 달라 했었습니다."

그러자 단보가 을지행을 보며 어두운 얼굴로 말했다.

"금문이 밀부를 찾는다는 건 여전히 과거의 영화를 회복하려는 욕망이 있다는 말일까요?"

"그럴지도 모르지."

"하지만 그건……."

"거의 불가능한 일이지. 그들도 그것이 자신들의 힘으로 불가능하다는 걸 알기에 밀부를 찾고 있는 게 아니겠나. 밀부만이 그들에게 또 한 번의 기회를 줄 수 있다는 걸 알고 있을 테니까."

"쓸데없는 짓을 하고 있군요."

"꼭 그렇다고는 볼 수 없네."

을지행의 말에 단보가 놀란 얼굴로 을지행을 바라봤다.

"향이 열릴 수도 있단 말씀입니까?"

"아주 가능성이 없는 것도 아니지 않은가?"

"하지만… 그들이라고……."

"그들에게 천륜을 지킬 의지가 있다고 믿는가?"

"그건……."

"이미 신뢰를 깬 자들일세. 그들은 야망을 드러낸 자들이야. 무천향을 얻으면 충분히 천륜을 깰 수 있는 자들일세."

"그들이 무천향을 얻는 일은 없을 겁니다."

단보가 단호하게 말했다.

"그래. 그걸 막기 위해 우린 우리가 저버린 과거의 인연을 다시 찾은 것이지."

을지행이 의미심장한 눈으로 파소를 바라보며 말했다.

"언제 제가 알고 싶은 것들을 들을 수 있나요?"

을지행의 시선이 자신에게로 향하자 파소가 기다렸다는 듯 물었다. 파소는 이제 단보가 아니라 이 눈앞의 추레한 노인이 자신이 알고 싶어하는 모든 것을 알려줄 수 있는 사람이란 걸 느꼈다.

"뭘 알고 싶으냐?"

을지행의 물음에 파소가 잠시 생각에 잠겼다가 단호한 목소리로 말했다.

"제 뿌리에 대해 알고 싶어요. 그리고 제가 왜 지금 이 자리에서 어르신을 만나고 있는지 그걸 알고 싶어요."

파소의 질문에 을지행의 입가에 작은 미소가 걸렸다.

"알고 싶은 게 많구나."

"그렇지 않겠어요?"

"물론 그러리라 생각한다. 하지만 그 모든 것을 말해주려면 제법 시간이 걸릴 거다."

"전 제법 인내심이 강한 편이지요."

"그렇게 보이는구나. 좋다. 인내심이 강하다고 했으니 조금만 더 기다리거라. 일단은 네가 머물 곳을 둘러본 후 하나씩네 궁금증을 풀어주도록 하마."

을지행이 말을 하면서 단보를 바라봤다. 그러자 단보가 고개를 숙여 보이고는 자리에서 일어났다.

"날 따라오너라. 석 소저도 함께 오시게."

을지행이 거처하는 동혈의 구조는 파소가 처음 생각했던 것보다 훨씬 넓고 복잡했다. 파소와 석청이 처음 을지행을 만났던 석실은 동혈의 일부에 지나지 않았다.

을지행을 만났던 석실의 좌우로 사람이 드나들 만한 출입구가 있었고, 그 입구들을 지나면 그들이 지나온 석실 크기의 또다른 석실들이 줄지어 십여 개가 이어져 있었다. 단보는 그중한 곳으로 파소와 석청을 데려갔다.

"두 사람은 한 석실을 쓸 사이인가?"

단보가 파소에게 물었다. 그러자 파소가 자신도 모르게 붉게 달아오른 얼굴로 석청을 바라봤다. 석청 역시 파소의 시선을 받자 얼굴을 붉히더니 나지막한 목소리로 대답했다.

"아직은……."

"그렇군. 그럼 석 소저에겐 다른 석실을 내주지. 넌 이곳을쓰도록 하거라."

"이곳에 얼마나 머물게 되죠?"

파소가 재빨리 물었다.

"글쎄, 그건 나도 모르는 일이다. 말했지만 그건 너에게 달린 문제란다."

"내게 달린 문제라뇨?"

"네가 대성사님이 원하는 수준에 이르렀을 때 넌 이곳을 떠나게 될 거란 말이다."

대성사란 을지행을 가리키는 말이었다. 단보가 을지행을 지칭할 땐 항상 이 대성사란 호칭을 사용했다.

"한 가지만 더 묻죠."

파소가 조금 차가운 목소리로 말했다.

"말해봐라."

"제가 왜 당신들의 말에 따를 거라 생각하죠?"

그러자 단보가 잠시 파소를 응시하더니 불쑥 입을 열었다.

"그래야 무천향에 갈 수 있으니까."

간단한 대답이었지만 또한 그만큼 확실한 답이 없었다.

"그렇군요."

"잠시 쉬거라. 석 소저를 안내해 주고 다시 오마. 날 따라오시게."

단보가 석청을 데리고 파소의 석실을 벗어났다. 단보와 석청이 석실을 나가자 파소는 찬찬히 자신이 머물 석실을 살피기 시작했다.

석실의 넓이는 대략 오 장 정도, 그리 넓지 않은 석실이었지만 생활하는 데 필요한 모든 것이 준비되어 있었다. 나무가 귀한 곳이라 그런지 대부분의 물건들은 돌을 깎아 만든 것들이었다.

석실 남쪽으로는 사람 머리만 한 구멍이 서너 개 뚫려 있었는데, 파소가 구멍을 통해 내다보니 절벽 아래 초지가 한눈에 내려다보였다. 초지에선 이 석실을 발견하기가 쉽지 않겠지만 석실에선 이십여 장 넓이의 초지를 모두 살필 수 있었다.

"누구와 싸우기 위해 만든 석실인가?"

파소가 구멍을 통해 초지를 내려다보며 중얼거리는데 다시 단보의 목소리가 들려왔다.

"그런 용도로 만든 석실은 아니다."

생각보다 빨리 돌아온 단보를 파소가 돌아봤다.

"그럼 왜 이런 곳에 석실을 만든 거죠? 이곳에 있는 물건들을 보니 근래에 만든 것 같지는 않은데……."

"맞다. 이 석실이 만들어진 것은 정확하게 사십 년 전의 일이다."

"이 석실을 만든 사람 중 한 명인가요?"

"그렇다. 그리고… 그중에는 네 부친도 있었다."

순간 파소는 온몸의 솜털이 돋아 오르는 것을 느꼈다.

'내 아버지도 함께라고……?'

파소가 무언의 질문을 담은 눈으로 단보를 바라봤다.

"차차 알게 되겠지만 사실 이곳은 무공 수련을 위해 만든 공간이다. 네 부친과 나, 그리고 몇몇 친구들은 이곳에서 오 년간 폐관수련을 했었다. 수련이 끝난 후 우린 이곳을 떠났고 그 이후 이곳은 방치되어 있었다. 그러다 일 년 전쯤 다시 이곳을 찾게 되었다. 대성사 어른을 모시고 말이다."

단보의 어투에서 아련한 그리움 같은 것이 느껴졌다. 아마도 이곳에서 무공을 수련하던 시절을 그리워하는 모양이었다.

"왜 다시 이곳을 찾게 된 거죠?"

파소가 추억에 빠져 있는 단보를 현실의 세계로 되돌려 놓았다. 그러자 단보의 눈에서 아련함이 사라지고 한순간 차가운 한광이 스치고 지나갔다.

"그 이야긴 대성사 어른께 들어라."

"언제 들을 수 있죠?"

"오늘은 쉬도록 해라. 내일쯤 대성사 어른이 부르실 게다."

"하루쯤 더 기다린다고 문제가 될 건 없겠죠."

파소가 고개를 끄덕였다.

"그런 생각을 할 줄 안다니, 대견하구나."

"기다리는 것은 이미 오래전에 익숙해졌지요."

"그런가? 그렇구나. 생각해 보니 우리가 함께 지내던 시절 넌 유난히 질문이 많았지."

"그리고 당신은 언제나 제 질문에 입을 닫았죠."

파소의 대답에 단보가 그에게서 보기 드문 미소를 지었다.

"그랬었지. 하지만 가끔은 그렇게 입을 닫고 사는 게 입을 열고 사는 것보다 좋을 때도 있는 법이다."

"상대는 다르죠."

파소가 빈정거리듯 말했다.

"후후, 정말 닮았군."

"제 아버지라는 사람과요?"

"아니, 네 어머니와!"

"제 어머니요?"

"그래 한마디 더 해주고 물러가마. 이곳은 네 아버지가 머물던 석실이다. 그리고 석 소저가 기거하게 된 곳은 네 어머니가 머물던 석실이다. 그러니… 이곳에 있는 물건들을 소중히 다루도록 해라. 내일 보자."

단보가 멍하니 자신을 바라보는 파소에게 작별을 고하고는 서둘러 석실을 벗어났다. 단보가 석실을 벗어나는 것을 보면서도 파소는 아무런 움직임도 보이지 않았다. 그리고 잠시 후,

"아버지가 머물던 곳이라고?"

파소가 잠꼬대를 하듯 중얼거리더니 천천히 석실을 돌기 시작했다. 걸음을 옮기는 동안 파소는 손을 들어 석실에 있는 물건들을 하나하나 만져 보고 있었다.

第二章

비운의 천재

武天鄉
무천
향

　"올해는 천력(天曆)으로 정확히 삼백칠십이 년이 되는 해다."

　을지행은 파소를 데리고 동굴의 초지를 지나 귀곡성이 들려오는 황량한 사막의 계곡으로 나왔다. 그리곤 깎아지른 듯한 암벽을 타고 올라 계곡의 전경이 한눈에 들어오는 거대한 암석 위에서 멈춰 섰다. 계곡 안의 온화한 기후와 달리 계곡 위는 이글거리는 태양을 고스란히 받아 타는 듯 더웠다. 을지행이 입을 연 것은 바로 그 암석 위에 도착한 이후였다.

　"천력이란 뭘 말하는 거죠?"

　파소가 물었다.

　"천력은 무천향의 사람들이 쓰는 역력이다. 삼백칠십이 년 전 무천향을 처음 연 고인들은 무천향이 세속의 세계와 완전히 단절되기를 원했다. 그래서 세속의 역력이 아닌 무천향만의 천력을 만들었고, 무천향만의 천률을 만들었다."

"도대체 왜 세상과 격리되길 원한 거죠?"

"그건… 글쎄, 이렇게 말할 수 있을까? 그들이 너무 뛰어났기 때문이라고. 그래서 그들이 원하는 것이 범인들이 원하는 바와 달랐다고……."

을지행의 대답은 모호했다. 당연히 파소는 을지행의 말을 이해할 수 없었다.

'너무 뛰어나 세상과 스스로 격리되길 원했다고? 이해할 수 없군.'

파소가 고개를 갸웃하며 마음속에 있는 의문을 입으로 옮겼다.

"이해할 수 없군요. 뛰어난 자라면 세상에 자신을 드러내고 천하에 군림하고 싶어하지 않나요?"

"보통은 그렇지. 그런데 그들은 그냥 뛰어난 정도가 아니라 월등히 뛰어난 사람들이었던 것이 문제였다. 그들 중 일부는 선인(仙人)의 경지에 다다랐다고 믿어지니까. 그러니 그들의 행동을 세속의 기준으로 가늠할 수는 없는 것이다."

"선인의 경지라면……?"

"듣기로 단보 그 사람이 네게 천서(天書) 중 한 권을 주었다고 하던데……?"

을지행의 말에 파소가 품속에서 단보가 남기고 갔던 서책을 꺼내 들었다.

"이거 말인가요?"

파소가 책을 꺼내 들자 을지행이 파소의 손에서 서책을 받아 들고는 고개를 끄덕였다.

"그렇다. 이 서책은 무천향의 젊은이들이 읽기를 소원하는 삼십이천서 중 하나다. 넌 이 책을 모두 읽었느냐?"

"이젠 그 서책의 글자 하나까지 머릿속에 기억하고 있지요."

"그럼 이 서책의 내용 중 무(武)로써 선인의 경지에 오른 사람의 이야기를 기억하겠구나."

"검공을 육 단계로 나누어 풀어놓은 그 선인 말씀인가요?"

"그렇다. 무천향을 연 사람들은 바로 그런 경지에 오른 사람들이었다."

"그런 선인들이 정말 존재하긴 했다는 건가요? 그것도 한 명이 아니라 여럿이?"

파소가 믿을 수 없다는 듯 물었다. 파소가 서책에서 읽은 선인의 경지는 실재하는 것이라고 믿을 수 없는 경지였다. 그런데 그런 경지에 이른 사람이 하나가 아니라 여럿이, 그것도 동시대에 존재했다니 어떻게 그 말을 곧이곧대로 받아들일 수 있을까.

"정확하게는 열두 분이셨다. 무천향에서 그분들을 십이조사라 부르지. 물론 이러니저러니 해도 무천향 역시 사람 사는 곳이라 시간이 흐르며 십이조사에 대한 이야기는 어느 정도

부풀려졌을 수도 있다. 하지만 무천향을 처음 연 십이조사께
서 세인들이 감히 상상할 수 없는 무의 경지에 올랐다는 것만
은 확실하다."

"어떻게 확신하죠?"

"그건 바로 무천향 자체가 그걸 증명하고 있기 때문이다. 아
마도 네가 무천향을 보게 된다면 내 말의 의미를 알 수 있을 것
이다. 어쨌든 삼백칠십이 년 전 선인의 경지에 오른 열두 명의
무의 천재는 욕망이 들끓는 세속의 어지러움에서 벗어나 무도
를 추구하는 그들만의 세계를 만들기로 결심했다. 그리하여
탄생한 것이 바로 무천향이다."

솔직히 말해 무천향의 탄생 비화가 파소에게 그리 큰 감흥
을 주는 것은 아니었다. 세속을 떠나 산속에 파묻히는 은자들
이야 무림뿐 아니라 저자에도 흔히 있지 않은가? 무천향의 탄
생 비화는 그런 흔한 은자들의 이야기 중 하나에 지나지 않다
고 생각했다.

"십이조사는 무천향을 완벽한 무인들의 이상향으로 만들길
원했다. 야망이나 욕망에 물들지 않고 순수하게 무를 추구하
는 곳, 무를 통해 인간이 도달할 수 있는 극의를 추구하는 곳으
로 말이다. 더불어 피가 없는 곳으로……."

"피가 없는 곳이라고 했나요?"

파소가 어이없다는 듯 물었다.

"그렇다."

을지행은 단호하게 고개를 끄덕였다.

"그게 가능한 일인가요? 무인들의 천국에 피가 없다니. 무인과 피는 불가분의 관계잖아요?"

"그런 기준도 세속의 무림에 대한 기준에 지나지 않는다. 결국은 무를 어떤 시각으로 보느냐의 문젠데 세속의 강호에선 무공을 적을 베고 권력과 재물을 얻기 위한 수단으로 보지만 무천향에선 무를 선에 이르기 위한 수단으로 본다. 선도의 수단인 무공이 꼭 피를 볼 필요는 없지 않느냐?"

을지행이 파소에게 동의를 구하듯 물었다. 그러자 파소가 잠시 생각에 잠겼다가 고개를 저었다.

"그럴 수도 있겠지요. 하지만……."

"하지만 뭐냐?"

"본래 도검은 흉한 물건이지요. 그게 도검의 본성이에요. 선을 이루기 위한 수단으로써의 무공은… 도검의 본성에 역행하는 것 아닐까요?"

파소의 대답에 을지행의 표정이 어두워졌다.

"역시 피는 속일 수 없군."

"무슨 말이죠?"

"네 아비도 그리 말했었다."

순간 파소의 몸이 부르르 떨렸다. 왠지 모를 불길한 예감이 파소의 뇌리를 스치고 지나갔다.

"제 아버지도 그런 말을 했다고요?"

"베어야 할 땐 베어야 하는 것이 검이 아니냐고 했었지. 어린애가 뱀에 물리려는데 그 뱀을 살려둘 것이냐고, 그렇게 물었었다. 나에게서 무공을 배울 때 일이다."

"어르신이 아버지의 스승이었나요?"

파소가 새로운 사실을 알았다는 듯 물었다.

"난 무천향에서 대성사란 직위를 가지고 있다. 대성사란 무천향의 수련자들이 거치는 수련 단계 중 마지막 단계를 가르치는 사람을 말하지. 네 아버진 그 마지막 단계의 수련에 도달한 젊은이 중 하나였다. 무의 하늘이라는 무천향에서도 대성사에게 가르침을 받을 수 있는 젊은이는 백에 하나에 지나지 않지."

"뛰어나신 분인가 보군요."

"당연히, 무천향 역사상 최고의 기재라고 평가받던 사람이었다. 어쩌면 십이조사의 경지에 도달할지도 모른다고들 했었지."

"그 말은 무천향에서 십이조사 이후 그들의 경지에 도달한 사람이 없다는 말인가요?"

파소의 질문에 을지행의 표정이 굳어졌다.

"그렇다. 십이조사가 적멸한 이후 그 누구도 십이조사의 경지에 도달한 사람은 없다. 물론 무천향의 사람들이 무선이라 칭하는 경지에 도달한 사람은 열네 분이 계셨다. 하지만 난 무선으로 불렸던 그분들의 경지가 십이조사의 경지라고는 생각지 않는다. 그리고 그게 바로 무천향이 몰락하게 된 이유다."

순간 파소의 얼굴에 놀람의 빛이 서렸다.

"무천향이 몰락했다고요? 그럼 무천향은 더 이상 존재하지 않는다는 건가요?"

"진짜는 가고 거짓은 남아 있다."

"무슨 말이죠?"

"십이조사가 세운 무천향은 사라지고 욕망이 꿈틀대는 무천향은 존재한다는 말이다."

"무천향에 변고가 생겼군요."

"그래, 변고가 생겼지. 아니, 생기고 있는 중이다. 어쩌면 네 아비의 말이 맞았을 수도 있다. 애초에 불온한 싹을 잘라 버렸다면 이런 지경에 이르지는 않았을지도 모르지."

또다시 불길한 기운이 파소를 엄습했다.

"자꾸 과거의 사람처럼 말씀하시는군요."

파소의 목소리가 조금 떨렸다. 그러자 을지행이 파소를 바라봤다. 을지행은 파소의 눈을 한참 동안 응시하다 고개를 끄덕였다.

"그래. 네 생각대로다. 그는 과거의 사람이다."

쿵!

심장이 내려앉았다. 그러나… 예상 못한 일은 아니었다. 자식을 떼어놓을 정도라면 죽음의 위험 정도는 있어야 이유가 될 테니까. 하지만 정말 자신의 아버지가 죽었다는 소리를 타인의 입을 통해 듣는 것은 소금에 절여지는 듯 쓰라린 고통이었다.

"어차피 알아야 할 일이니 미루지 않으마. 네 부모는 네가 태어나던 그해에 세상을 떠났다."

아프지만 한편으론 속이 후련했다. 또 한편으론 안도의 한숨이 흘러나왔다. 자신이 버려진 것은 아니라는 사실, 그의 부모가 핏덩이인 자신을 단보에게 맡길 때는 다 그럴 만한 사연이 있었던 것이다. 그럴 만한 사연이 있다면 까짓것 죽은 사람들쯤 용서하는 게 뭐가 어렵겠는가? 하지만 그래도 여전히 의문은 남았다.

"왜 죽은 거죠?"

이 대답을 들어야 아마도 모든 것을 이해하고 넘어갈 수 있으리라. 파소의 질문에 을지행이 조금 망설이다가 어렵게 입을 열었다.

"그는 천률을 어겼고, 그에 대한 책임을 지고 스스로 목숨을 끊었다. 네 어머니 역시 그 뒤를 따라 스스로 목숨을 끊었다."

"뭘 잘못한 거죠?"

파소가 따지듯 물었다.

"그는 사람을 죽였다. 그것도 무천향 사람을!"

"이유가 있었을 거예요!"

파소가 반발하듯 소리쳤다.

"물론 이유가 있었겠지. 하지만 그는 그 이유를 밝히지 않았다. 또한 타당한 이유가 있다 해도 살생은, 그것도 동도에 대한 사사로운 살생은 천률에서 금하는 제일칙이다. 그는 그것을 어겼다."

"누구를 왜 죽인 거죠?"

"사실 그날 일에 대해선 여전히 많은 의문이 남아 있다. 그

래서 나도 네게 진실이 무엇인지 말해줄 수 없다. 단지 그날
그와 그의 친구들이 사람 셋을 죽였다는 것만 말해줄 수 있다.
더군다나 그가 죽인 사람은 무극천동에서 무극에 도전하던 수
행자들. 독을 사용한 흔적이 있었고, 기습이었다고 알려졌다.
동기가 어떠하든 죽음을 피할 수 없는 죄였다. 그 스스로 목숨
을 끊을 기회를 준 것조차도 향주께선 최대한의 배려를 한 것
이었다."

"어머닌 왜 함께 자결을 하신 거죠? 어린 자식을 남겨두고
함께 자결을 할 만큼 아버질 사랑한 건가요?"

"그 이유 또한 확실치는 않다. 다만……."

"다만 뭐죠?"

"네 아버지가 죽인 사람 중 한 명이 네 어머니의 부친이란
사실 때문이 아니었을까 짐작할 뿐……."

순간 파소는 한순간 정신이 어지러워짐을 느꼈다. 아버지란
사람이 사람을 죽였다는 소리를 들었을 때는 그럴 수도 있다,
무림에선 아주 흔하게 일어나는 일이니까 이렇게 생각했었다.
파소 자신도 사람을 벤 적이 있으니까. 그런데 죽은 사람 중
한 명이 아버지의 장인, 그러니까 파소의 외조부란 사실은 파
소에게도 충격적인 사실이 아닐 수 없었다.

"왜… 왜 장인을……?"

"알 수 없다. 그 이유를 정확히 알고 있는 사람은 아무도 없
다. 물론 그 이면에 어떤 음모가 있었다손 치더라도 향주께서
더 이상 그 사건을 거론하는 것을 금하셨기에 누구도 그 일에

대해선 더 이상 파고들 수 없었다."

"향주는 왜 그런 명을 내린 거죠? 사건의 전말을 밝혀야 하는 것 아니었나요? 억울한 죽음일 수도 있잖아요."

"향주로서도 어쩔 수 없었을 거다."

"무슨 말이죠?"

"그 사건은 무천향이 탄생한 이래 대대로 무천향의 향주 자리를 세습하던 정종 을씨 가문에게 있어선 최악의 사건이었으니까. 그 사건으로 인해 자칫 무천향과 정종의 위치가 흔들릴 수도 있었다. 그랬기에 향주께선 자신의 아들에게 죽음을 내렸고, 며느리를 잃었으며, 손자를 무천향에서 내보낸 후에 일체의 함구령을 내린 것이다."

"그럼 향주라는 사람이……?"

"짐작대로다. 무천향주께선 바로 네 조부다."

파소는 흔들리는 걸음으로 석실로 돌아왔다. 석실로 돌아오면서 파소는 어쩌면 자신의 뿌리 같은 것은 애초에 찾지 않는 것이 나을지도 몰랐다고 생각했다.

'단보, 그가 홍안령에 날 두고 떠나며 과거를 찾지 말라고 했던 것은 이런 이유 때문이었을까?'

파소는 무거워진 머리를 한 손으로 받치고 멍하니 석실 밖으로 뚫린 작은 창을 바라보고 있었다. 을지행은 하고 싶은 말이 많이 남은 듯했지만 파소는 그런 을지행을 뒤로하고 석실로 돌아왔다. 오늘은 더 이상 아무 말도 듣고 싶지 않았던 것이다.

'기껏 찾은 뿌리에서 썩은 냄새가 날 줄이야.'

파소가 살짝 인상을 찡그렸다. 오래전 단보가 무천향을 그리며 흥얼거렸던 노래를 들은 이후 파소는 무천향에 대해 일종의 환상 같은 것을 가지고 있었다. 더군다나 그 무천향에 자신의 부모가 있다는 생각은 무천향에 대한 환상을 더욱 크게 만들었다.

그러나 을지행으로부터 자신이 무천향을 떠나게 된 이유를 듣는 순간 파소는 무천향이라는 이 신비의 세계에서 은밀하게 피어오르는 역한 냄새를 맡았다.

"선인들이 만들었지만 결국 사람 사는 곳이 되어버린 건지도 모르겠구나."

을지행이 했던 말 중에는 이런 말도 있었다. 선인들이 만들었으나 결국 사람 사는 곳이 되어버린 곳, 그런 무천향이라면 그들이 말하는 속세의 무림과 무슨 차이가 있으랴.

파소는 부모의 비참한 죽음과 깨져 버린 무천향에 대한 환상의 찌꺼기들을 부여잡고 그렇게 하루를 보냈다.

가끔 단보와 석청이 파소의 석실을 기웃거렸으나 미동조차 하지 않는 파소에게 아무런 말도 걸지 못했다. 특히 석청은 무척 불안한 눈으로 파소를 지켜보다가 어느 때는 파소의 바로 뒤까지 다가와 어깨에 손을 얹으려다가는 그냥 돌아나가기를 몇 번이었다.

그렇게 하룻밤이 지나고 다시 태양이 석굴 아래 초지를 비출 때 단보가 드디어 입을 열었다.

"언제까지 그러고 있을 거냐?"

단보의 목소리는 여전했다. 세상사에 별반 관심이 없는 심드렁한 목소리, 파소가 받은 충격을 알고 있음에도 파소를 대하는 데 변함이 없는 단보의 목소리가 오히려 파소에게 안정감을 느끼게 해주었다.

"제 부모님들과는 어떤 관계죠?"

이제는 단보도 파소에게 숨길 것이 없었다.

"굳이 말하자면 늙은 사형쯤이라고 할 수 있다."

"사형이라고요?"

"그래. 우린 대성사께 마지막 단계의 수련을 함께 배운 사람들이다. 난 본래 을 대성사께 배울 사람이 아니었지만 네 아비와의 친분으로 그런 기회를 잡게 되었지. 하지만 재질이 부족해 마지막 단계에 들었을 때 내 나이가 이미 사십이 넘은 상태였다. 반면 그 당시 몽학과 효명은 모두 서른이 되지 않은 나이였다. 나이는 효명이 몽학보다 두 살 많았지. 둘 모두 무천향 역사상 최고의 기재들로 꼽혔었다. 그때까지 무천향에서 서른 이전에 수련의 마지막 단계에 이른 사람은 없었다."

"그게 두 분의 이름인가요?"

그러고 보니 파소는 지금까지 부모의 이름조차 모르고 있었다.

"그래. 을몽학과 심효명… 이 두 사람이 네 부모다."

"그렇군요. 을몽학과 심효명이라… 좋은 이름이군요."

"이름만큼이나 좋은 사람들이었다. 난 비록 그 두 사람보다 훨씬 나이가 위였지만 언제나 그 두 사람을 존경했다."

"왜 날 당신에게 맡긴 거죠?"

"그럴 수밖에 없었을 것이다. 그 일이 벌어졌을 때 죽은 사람은 그 두 사람만이 아니다. 당시 네 부모님을 포함해 모두 다섯 사람이 죽음을 선택했는데, 그들은 모두 이곳에서 함께 수련했던 친구들이었지. 그들 중 오직 나만 살아남았다."

"……?"

파소가 무언의 눈길로 어떻게 당신만 살아남았냐고 물었다.

"그것도 천운일까? 당시 난 무천향을 떠나 있었다. 내가 돌아왔을 땐 몽학 아우는 이미 죽은 후였고 효명도 목숨을 버릴 생각을 하고 있을 때였지. 아, 어쩌면 내가 돌아오지 않았다면 효명은 죽지 않았을지도 모른다. 널 버려두고는 숨을 끊지 못했을 테니까."

"그 말은 그만큼 어머님이 당신을 믿었단 말이군요. 날 맡기고 죽음을 택할 만큼……."

"나에겐 과분한 믿음이었지."

"왜 날 홍안령에 두고 떠난 거죠?"

"그야 헤어질 때가 되었으니까. 넌 혼자 살아갈 수 있는 나이가 되었고, 난 무천향에 돌아갈 시간이 되었던 거지."

"간단하군요."

파소가 힐난하듯 말하자 단보가 잠시 망설이다가 다시 입을 열었다.

"사실대로 말하자면 당시 우린 무척 위험했었다."

"무슨 말이죠?"

"그때 난 누군가가 너와 나의 흔적을 뒤쫓고 있다는 걸 뒤늦게 알게 되었다. 대성사님의 도움이 있었지. 그래서 널 떠날 수밖에 없었던 것이다. 물론 그 당시의 판단으로는 그렇게 네가 무천향과 무관하게 살아가는 것도 나쁘지 않다고 생각하고 있었다. 무천향이 다른 사람들에겐 도원경일지 모르지만 적어도 너에게는 결코 도원경이 될 수 없는 곳이었으니까. 오히려 지옥이었겠지."

그 말에는 파소도 동의했다. 부모가 죄인으로 몰려 목숨을 버린 곳이 어찌 도원경일 수 있으랴. 비록 그곳이 무공을 수련하는 사람들에겐 천국과 같은 곳일지라도…

"그런데 왜 날 다시 찾은 거죠? 아니, 그것보다 누가 우릴 뒤쫓고 있었던 거죠?"

파소가 묻자 단보가 걸음을 옮겨 파소의 곁에 자리를 잡고 앉았다. 그러고 보니 그때까지 단보는 계속 서 있는 상태였다. 그런데 단보가 다시 입을 열려는 순간 불쑥 석실 입구에 석청이 머리를 내밀었다.

"차라도 드릴까요? 이곳엔 다기까지 있어요."

석청은 짐짓 밝은 표정으로 파소에게 물었다.

"부탁할게요."

파소가 미소를 지으며 고개를 끄덕였다. 자신의 기분이야 어쨌든 석청까지 우울하게 만들고 싶은 생각은 없었다.

"좋아요. 하지만 맛은 기대하지 말아요. 알겠지만 난 요리나 차를 달이는 것에는 영 재주가 없어요."

"물론 잘 알고 있지요."

"그럼 다행이고요. 그럼 잠시만 기다려요."

석청이 손을 들어 보이고는 석실을 벗어났다.

"밝은 여인이다."

단보가 석청을 보며 말했다.

"그녀는 얼마나 알고 있죠?"

"네가 대성사님과 함께 나갔을 때 무천향에 대해 대충 말해주기는 했다."

"제 부모님에 대해서는요?"

"그것도 대충……."

"어쩐지 평소 같지 않더라니……."

"좋은 여인이더구나."

"저도 그렇게 생각해요. 다른 사람들은 다르게 보는지 몰라도……."

"후후, 하긴 여인치고는 좀 드센 면이 없지 않더라마는……."

"제 어머님은 어떤 분이셨죠?"

"두 사람은 비슷한 면이 있다. 물론 내가 보기엔 무공과 미모 모두 당시의 효명이 훨씬 뛰어나지만 말이다. 성정은 비슷한 면이 있어. 효명 역시 여인치고는 무척 담대한 성격을 지니고 있었다. 그러니 몽학을 따라 스스로 목숨을 버렸겠지. 물론 무천향의 여인들이 대체로 담대한 편이긴 하지만…….”

“그렇군요.”

파소가 고개를 끄덕였다. 석청의 등장으로 파소와 단보 사이의 감정은 조금 부드러워진 듯했다.

“하던 말을 계속하자꾸나. 너와 헤어지기 전까지만 해도 난 비록 네 부친의 행동을 이해할 수는 없었지만 거기에 어떤 음모가 있을 거란 생각은 하지 않았다. 그 모든 일이 진행된 과정을 들었을 때 어느 한 부분 의심할 만한 것이 없었기 때문이다. 또한 당사자들 모두 자신들이 한 일을 시인했을 뿐 아니라 스스로 목숨까지 끊었으니까. 그런데 너와 날 추격하는 자들이 있다는 사실을 아는 순간 난 어쩌면 네 부모에게 벌어진 일에 드러나지 않은 사연이 있을 수도 있다는 생각을 하게 됐다.”

“무슨 의미죠?”

“우릴 추격했다는 것은 오직 한 가지 이유 때문이라고밖에 볼 수 없었다. 바로 널 추격한다는 의미지. 왜냐면 난 비록 무천향에서 제법 이름을 얻은 사람이긴 하지만 무천향 내에서의 비중은 그리 큰 사람이 아니었다. 하지만 넌 다르다. 어린아이에 지나지 않지만 넌 적어도 무천향주의 피를 이어받은 아이니까. 거기에다 무천향 최고의 기재로 평가받던 사람의 아들이기도 하고, 또한 무천향 역사상 최악의 사건을 벌인 인물의 아들이기도 했다. 그러니 우릴 추격하는 사람이 있다면 너와 나 둘 중 누굴 목표로 했겠느냐?”

"저군요."

"맞다. 그들은 내가 아니라 널 추격하고 있었다. 그렇다면 그들이 왜 널 추격했겠느냐?"

"제가 살아 있는 걸 원치 않았겠군요."

단보가 고개를 끄덕였다. 그것 말고는 누군가 파소를 추격할 이유가 없었다. 그대로 놓아둔다고 해도 파소는 자신의 뿌리를 모른 채 무천향과는 동떨어진 삶을 살게 될 테니까.

"누군가 무천향에서 내쳐진 너의 죽음을 원한다는 것은 많은 것을 의미한다. 그중에서도 네 부모의 죽음에 뭔가 사연이 있다는 것을 말해주는 것이라 하겠지. 누군가 네 부모의 죽음에 관여했고, 그는 네가 성장해 네 부모의 죽음에 대해 아는 것을 원치 않았던 것이다. 네가 무천향에서 내쳐졌음에도 불구하고 후환을 걱정해 널 추격했다는 것은 그만큼 그, 혹은 그들이 네 부모가 죽음에 이르는 데 결정적인 역할을 했다는 의미겠지. 어쨌든 그래서 난 널 떠났다."

"그들에 대해 알아봤나요?"

"아직은……."

"벌써 팔 년이나 지났어요."

"향주님과 네 부모는 무천향에서 가장 뛰어난 사람들이었다. 그들을 어쩔 수 없게 옭아맨 사람들이 어찌 만만한 사람들이겠느냐? 물론 심증은 있지만… 물증은 없다."

"누구죠? 심증이 있다는 인물은?"

"지금은 말해줄 수 없다. 이건 무천향의 일이다. 네가 아무

리 몽학과 효명의 아들이라 해도 무천향에 있어서 넌 외인이
다. 네가 무천향의 일에 관여하려면 무천향에 들어야 할 것이
다. 네가 무천향에 든다면 그때 내가 가지고 있는 생각들을 말
해주마."

"언제나 결정적일 때 입을 닫는군요. 전 그분들의 아들이라
고요. 하나밖에 없는……."

"알고 있지만 난 여전히 천률(天律)을 따르는 사람이다."

단보의 태도는 확고했다. 더 이상 파소의 부모에게 벌어진
일에 대해 입을 열 생각이 없는 모양이었다. 파소는 이 노인이
한 번 입을 닫기로 작정하면 누구도 그 입을 열 수 없다는 것을
알고 있었기에 더 이상 그의 입을 열려 노력하지 않았다. 그리
고 마침 그때 석청이 돌을 깎아 만든 다기에 차를 내왔다.

"집에서도 하지 않던 일인데……."

석청이 파소와 단보 사이에 놓인 돌 탁자 위에 차를 내려놓
으며 겸연쩍은 목소리로 말했다.

"제법 잘 어울리는구만."

단보가 파소와의 어색해진 분위기에서 벗어나려는 듯 석청
에게 농을 던졌다.

'많이 변했군.'

파소는 석청에게 농을 던지는 단보를 보며 고개를 저었다.
자신과 천하를 유랑할 때 언제 한 번 따뜻한 미소라도 보여준
적이 있었던가.

"마셔봐요."

여전히 딱딱하게 굳어 있는 파소에게 석청이 차를 권했다. 그러자 파소가 굳었던 안색을 풀며 차를 들어 입에 가져갔다.

"조금 다르군요. 이건 무슨 차죠?"

파소가 차를 한입 머금고는 고개를 갸웃하며 석청에게 물었다.

"그야 저도 모르죠. 전 차에 대해 문외한이에요. 그저 있길 래 물만 부어왔을 뿐이에요."

석청이 어깨를 으쓱하며 고개를 저었다.

"이 차는 찻잎을 숙성해 만든 차다. 오래되면 오래될수록 값이 나가는 그런 차지. 그래서 오래전에 이곳에 가져다 놨음에도 아직도 차 맛을 볼 수 있는 거다."

"그럼 이 차가 이곳에서 수련하실 때 가져다 놓으신 거란 말인가요?"

석청이 놀란 얼굴로 물었다.

"그렇다네. 다행히 아주 잘 익었군. 후후, 향의 노인네들이 알면 경을 칠 일이야. 향에선 절대 좋은 차를 입에 대지 못하게 하거든……"

단보가 차를 한 모금 입에 담으며 말했다. 그런 단보를 물끄러미 바라보던 파소가 갑자기 질문을 던졌다.

"왜 다시 절 찾아오신 거죠?"

순간 잠시 온화한 기운이 돌았던 실내 분위기가 다시 차갑게 굳어졌다. 단보가 찻잔을 내려놓고 질문을 던진 파소를 바라봤다. 본래 단보는 일단 말을 하기로 하면 망설이는 법이 없는 사람이지만 이번에는 왠지 입을 열길 주저하고 있었다.

"왜죠? 혹, 우연이었나요?"

파소가 다시 물었다. 그러자 단보가 고개를 저었다.

"그렇지 않다. 우연히 널 만난 것은 아니었다. 난 널 찾고 있었다. 본래 이 년 전부터 널 찾고 있었지. 네가 만무시에 참가할 때 나도 심양에 있었다. 그런데 그때는 네가 만무시에 참가하는 것을 몰랐지. 당시 난 심양을 거쳐 홍안령 목장으로 가고 있었다. 그런데 홍안령에 도착해 보니 네가 목장을 떠나 모용세가로 갔다고 하더구나. 결국 난 헛걸음을 하고 만 셈이지. 해서 다시 모용세가로 돌아왔을 때는 이미 모용세가와 북삼룡의 전쟁이 시작된 이후였다. 나로선 드러내 놓고 네 행방을 찾을 수 없었기에 겨우겨우 네가 대흑산에 있다는 것을 알고 대흑산에 도착했을 때는 또 넌 북방을 향해 떠났더구나. 그때부터는 쉽지 않았다. 도대체가 어디로 움직이고 있는지 알 수가 없더구나. 적월단이 전멸한 곳에서부터는 그야말로 모래밭에서 바늘 찾기였지."

"그래도 결국 찾아내셨군요."

"운이 좋았다. 널 찾는 중에 무천향의 죄인 두 놈을 발견하게 되었거든."

"무천향의 죄인이라면… 혹?"

"맞다. 너와 모용세가 고수들을 추격하던 그자들이지. 본래 그자들은 오 년 전 천률을 어겨 무공을 폐하고 무천향에서 추방당한 자들인데 어떻게 무공을 회복했는지 초원에서 네 일행들을 추격하고 있더구나. 나로선 그때까지만 해도 네가 놈들에게 추격당하는 사람들 속에 포함되어 있는지 몰랐다. 난 일단 놈들이 무공을 회복하고 버젓이 강호에서 활동하고 있는 것이 의문스러워 놈들의 뒤를 따랐다. 그러다가 널 발견하게 된 것이다."

"정말 운이 좋았군요."

"우리 둘 모두에게 그렇다고 할 수 있지. 난 널 찾았고, 넌 목숨을 구했으니까."

파소가 고개를 끄덕이다가 재차 질문을 던졌다.

"이젠 정말 이유를 말해주실 때인 것 같은데요?"

"흠… 그래야겠지. 본래는 대성사께서 말해주기로 되어 있었지만 어차피 이리된 것, 내가 말해주는 것도 나쁘진 않겠지. 대성사께서도 네게 이 문제에 대해 말하는 것을 어렵게 생각하고 계셨으니까."

파소는 이 대단한 노인네가 도대체 무슨 말을 할까 무척 궁금했다. 그로서는 단보의 이런 우유부단한 모습은 처음 보는 일이었다.

"우린… 네가 무천향으로 돌아오기를 원한다."

순간 파소의 눈이 번쩍였다. 한순간에 수많은 감정이 파소의 머리를 스치고 지나갔다. 자신의 의지와 상관없이 무천향에서 내쳐진 그였다. 인연을 끊은 것은 자신이 아니라 무천향의 사람들이 아니었던가? 그런데 왜 다시 자신을 무천향으로 데려가려는 것인가?

"한 번 내쳐진 사람도 다시 돌아갈 수 있는 곳인가요?"

파소의 질문에 냉소가 담겨 있었다. 버릴 때는 언제고 다시 데려가려 하느냐는 비웃음이었다.

"물론 한 번 무천향에서 내쳐진 사람은 다시 무천향을 돌아갈 수 없다. 그래서 네가 무천향으로 돌아가려면 넌 은하의 계곡을 통과해야 한다."

"은하의 계곡은 뭐죠?"

파소가 의아한 눈으로 되묻자 단보가 정색한 얼굴로 입을 열었다.

"우린 무천향을 검 든 자들의 고향이라고 부른다. 애초에 시작은 십이조사와 그 식솔들의 은거로 시작된 무천향이지만 어느 순간부터 무천향은 강호 무성(武星)들의 고향으로 변했다. 강호에서 절정의 경지에 올랐다고 알려진 자들 중 일부가 은하의 계곡을 거쳐 무천향에 들어오게 되었던 것이지."

"무슨 말인지 이해하기 어렵군요. 하지만 그 문제는 나중에 다시 듣도록 하지요. 그러니까 결국 전 제 부모님의 아들로서가 아니라 강호의 한 무인으로서 무천향에 들어가야 한다는 말이군요."

"그렇다."

단보가 고개를 끄덕였다.

"제가 왜 그런 번거로운 일을 해야 하죠?"

그러자 단보가 물끄러미 파소를 바라보다 불쑥 되물었다.

"넌 네 부모의 죽음에 얽힌 의문을 풀고 싶지 않느냐?"

       *   *   *

　파소는 단보와 마주 서 있었다. 석청과 을지행은 두 사람으로부터 멀찍이 떨어진 곳에서 흥미로운 얼굴로 두 사람을 지켜보고 있었다.

　차릉!

　한순간 파소의 검이 검집을 벗어나 파소의 손에 들어왔다. 그러자 단보 역시 천천히 자신의 검을 뽑아 지면을 향해 내려뜨렸다.

　"시작해 보자."

　단보가 파소를 보며 고개를 끄덕였다. 그러자 파소가 살짝 고개를 끄덕이고는 지체없이 단보를 향해 달려들었다.

　파팟!

　파소의 검이 섬전처럼 단보의 가슴을 찔러갔다.

　"아!"

　멀리서 석청의 탄성 소리가 들려왔다. 석청은 지금까지 파소가 검을 쓰는 것을 여러 번 보았지만 지금처럼 전력을 다해 극쾌의 검법을 시전하는 것은 처음이었다. 그리고 그 순간 석청은 파소가 자신이 알고 있는 것보다 훨씬 고강한 무공을 지니고 있다는 것을 깨달았다.

　창!

　그런데 석청을 놀래킨 파소의 쾌검은 단보의 몸 한 뼘 앞에서 단보의 검에 가로막혔다.

"음!"

파소의 입에서 나직한 신음성이 흘러나왔다. 파소는 자신의 손을 통해 느껴지는 단보의 힘이 그가 지금껏 경험했던 그 어떤 고수보다도 강하다는 걸 순식간에 깨달았다.

'노독객 어른보다도 훨씬 위다.'

애초에 단보의 무공이 대단하다는 것을 모르는 파소가 아니었다. 파소 자신이 무공에 관심을 두게 된 것은 바로 단보가 보여주었던 나비를 부리는 재주 때문이 아니었던가.

그러나 직접 검을 맞댄 단보는 나비를 부리는 기술을 가진 노인 정도가 아니었다. 파소는 마치 거대한 절벽에 가로막힌 듯한 느낌을 받고 있었다.

'하지만!'

파소가 살짝 입술을 깨물었다. 어차피 이기자고 시작한 비무는 아니었다. 파소의 신형이 단보의 신형을 타고 빙그르르 회전하며 단보의 뒤쪽으로 이동했다. 두 개의 검은 그대로 맞댄 상태였다.

지잉!

검과 검이 서늘한 마찰음을 일으켰다. 순간 어느새 단보의 등 뒤로 돌아간 파소가 단보의 검에서 자신의 검을 떼어내며 무서운 속도로 회전했다.

웅!

파소의 검에서 강력한 파공음이 일어나며 한 바퀴 횡으로 회전해 단보의 허리를 베어갔다.

"좋구나."

창!

단보의 입에서 칭찬 소리가 흘러나왔으나 파소의 검은 어느
새 단보의 허리 앞에서 단보의 검에 막혀 있었다.

팟!

순간 파소는 가볍게 석실 바닥을 박차며 거꾸로 솟구쳤다.
순식간에 허공에서 물구나무를 선 파소가 재빨리 검을 끌어올
린 후 단보의 반대편으로 떨어져 내리며 일직선으로 검을 그
어냈다.

"앗!"

순간 멀리 서 있던 석청의 입에서 놀란 음성이 흘러나왔다.
그녀가 보기에 단보의 몸이 머리부터 발끝까지 일직선으로 파
소의 검에 갈라질 것처럼 보였기 때문이다.

단보를 공격하는 파소의 움직임은 실로 기이해서 단보로부
터 반 장 이상을 떨어지지 않은 상태에서도 단보의 전후좌우
로 자유롭게 신형을 이동시키며 쾌속한 검을 연속해서 떨쳐
내고 있었다.

그리고 결국 그러한 공격은 결실을 맺은 것처럼 보였다. 단
보의 검은 미처 자신의 머리를 쪼개오는 파소의 검을 막을 준
비가 되어 있지 않았던 것이다.

그러나 석청의 입에서 탄성을 흘러나오는 순간, 갑자기 단
보의 신형이 뿌연 잔영만을 남긴 채 파소의 앞에서 사라졌다.

삭!

파소의 검이 헛되이 허공을 갈랐다. 그 순간 파소는 자신의 왼쪽 목 어림에 섬뜩한 기운이 와 닿는 것을 느꼈다.

'젠장!'

파소가 속으로 욕설을 내뱉었다. 비무는 끝났다. 애초에 승리를 기대치 않은 비무, 하지만 이건 너무 허무한 패배였다. 파소가 고개를 돌려 자신의 왼쪽 목에 닿아 있는 단보의 검을 바라봤다.

"치워요. 잘못하면 정말 베이겠어요."

파소가 퉁명스럽게 말했다. 그러자 단보가 순순히 검을 거둬들이며 말했다.

"논 것은 아니구나."

"고양이 쥐 생각해 주는 거예요?"

"쥐치고는 대단했다. 보통 고양이라면 분명히 쥐의 이빨에 물려 죽었을 거야."

"결국 자기 자랑이군요. 고양이가 아니라 호랑이란 말이죠?"

"훗, 알고 있으니 됐다. 나 단보가 고양이 소리를 들을 사람은 아니지."

파소는 이 삭막하기 그지없던 노인이 농담을 흘려내자 신기한 눈으로 단보를 바라봤다. 하지만 단보는 이미 몸을 돌려 을지행과 석청이 있는 곳으로 걸어가고 있었다.

짝짝짝!

단보가 다가오자 을지행이 손벽을 치며 입을 열었다.

"좋군."

누구에게 하는 소린지 알 수 없었다. 단보에게 하는 소리라기엔 단보의 나이가 너무 많았다. 물론 을지행의 나이가 단보보다 훨씬 많아 보이긴 하지만 그렇다고 단보가 누구에게 칭찬이나 들을 나이는 아니었다. 그렇다고 단 오 초도 견디지 못하고 패한 파소에게 박수를 친다는 건 더 이상한 일이었다.

"나쁘지 않군요."

단보도 고개를 끄덕였다. 두 사람의 모습으로 보아 을지행이 박수를 친 대상은 단보가 아니라 파소인 듯싶었다.

"뭐가 좋다는 거죠? 사정을 봐줬는데 오 초도 견디지 못한 사람에게?"

파소가 두 사람에 다가오며 심드렁한 목소리로 물었다. 그러자 을지행이 투정부리는 손자를 대하듯 입을 열었다.

"아무리 사정을 봐줬다 해도 그를 공격한 세 번의 초식은 무척 뛰어났다. 기대 이상으로……."

"뭘 기대하셨는데요?"

"글쎄, 솔직히 말하자면 단 일 초에 끝이 날 줄 알았지. 아니, 혹은 검조차 뽑지 못할지도 모른다고 생각했지."

을지행의 표정을 보니 농담을 하는 것 같지는 않았다.

"그렇게 대단한 분이셨어요?"

파소가 단보를 보며 물었다. 그러자 단보 대신 을지행이 다시 입을 열었다.

"그는 대단한 사람이다. 무천향에서 무공만으로 따졌을 때 그의 서열은 적어도 삼십위 안에 들지. 그런 사람을 상대로 한 비무로는 너 역시 괜찮은 비무를 한 것이다."

"삼십위라… 그럼 당신보다 뛰어난 사람이 스물아홉 명은 더 있다는 말인가요?"

"그보다 많을지도 모르지. 대성사께서 날 너무 높게 평가하신 것 같구나."

단보가 담담한 목소리로 대답했다. 그러나 단보의 대답은 파소와 석청에게는 경악할 만한 일이었다. 단보가 누구던가. 모용세가 최고고수라는 무검 모용굉을 패퇴시킨 백혼에 비해 그리 떨어져 보이지 않던 회혼이라는 늙은이를 단칼에 베어버린 사람이 아니던가. 그런데 그런 단보보다 강한 무인이 적어도 스물아홉이 더 있다는 무천향이란 도대체 어떤 곳이란 말인가.

"도대체 무천향은 어떤 곳이죠?"

무천향에 대해 여러 번 설명을 들은 파소였지만 다시 물을 수밖에 없었다.

"말했지 않느냐? 천하 무성들의 고향이라고. 괜히 그런 호칭이 붙은 것은 아니다. 무천향의 무인들이 지닌 무공을 세속의 강호 무인과 견주어서는 안 된다."

단보가 충고하듯 말했다.

"그 대단한 무천향에 들어가려면 어느 정도까지 무공 수련해야 하는 거죠?"

"은하의 계곡을 통과하려면 적어도 나와 오십 초는 겨룰 수 있어야 할 거다. 무천향에서 태어나고 자란 사람들은 몰라도 외부에서 무천향으로 들어오는 사람들은 강호에서 절대고수 소리를 듣는 사람들이어야 하지."

단보의 말에 파소가 한숨을 내쉬었다.

"가능할까요?"

"너라면!"

"어떻게 그렇게 확신하죠?"

"넌 몽학과 효명의 아들이니까. 그리고 오늘 그들의 아들이란 것을 내게 증명해 보였으니까."

단보가 단정적으로 말했다.

"좋아요. 그럼 가능하다 치고, 얼마나 걸릴 것 같아요?"

"그 대답은 나보다 대성사께서 하시는 게 좋을 것 같구나."

단보가 대답을 을지행에게 미뤘다. 그러자 을지행이 사양치 않고 입을 열었다.

"처음 생각했던 것보다는 길지 않을 것 같구나. 한 십 년 정도?"

"예?"

파소의 눈이 커졌다. 십 년이 길지 않다니, 그럼 처음 생각했던 기간은 어느 정도였단 말인가?

"그래 봐야 네 나이 서른이 아니냐?"

대성사가 뭘 그리 놀라느냐는 듯 물었다.

"하지만 십 년이라면 너무……."

"너무 길다고 생각하느냐? 그렇지 않다. 무천향에서 태어난 사람들조차 나이 삼십 전에 수련의 마지막 단계에 드는 사람이 없다. 하물며 무천향 밖에서 생활한 네가 아니겠느냐? 외부에서 무천향으로 들어오는 고수들의 나이만 보더라도 오십 이전에 들어오는 경우는 단 한 번도 없었다. 그러니 십 년이라면 결코 긴 것이 아니다."

"그럼 그동안 이곳에서 나갈 수 없다는 말인가요?"

"그게 좋지 않겠느냐? 나이는 어리지만 세상 경험이야 충분히 한 것 같고……."

그러자 파소가 황당한 표정을 짓고 있다가 문득 석청과 눈이 마주쳤다.

"좋아요. 저야 그렇다치고 석 소저는 어떻게 하죠?"

파소의 질문에 을지행과 단보가 석청에게 시선을 돌렸다.

"석 소저는 이곳을 나가고 싶소?"

을지행이 부드러운 목소리로 물었다.

"나가겠다면 내보내 주실 건가요? 이미 무천향에 대해 많은 것을 들은 전데요?"

"물론 나가겠다면 말릴 것이오. 하지만 그래도 나가겠다면 아니 보내줄 수는 없겠지. 하지만 안내를 바라지는 마시구려."

한마디로 갈 테면 혼자 가라는 말인데, 그건 곧 사막에서 죽으라는 말과 같았다. 그러자 석청이 실소를 자아냈다.

"호호, 가다가 죽으라는 말이군요. 죽는 것보다야 이곳에서 사는 게 낫겠죠. 혼자 있는 것도 아니고… 이 정도면 사람 살기에 불편한 것도 없고요."

"잘 결정하셨소. 석 소저는 이곳에 있겠다는구나."

을지행이 파소를 보며 빙그레 미소를 지었다. 그러자 파소가 허탈한 표정으로 중얼거렸다.

"어쩔 수 없군요. 이렇게 죽들이 잘 맞으니 제가 뭘 할 수 있겠어요. 십 년 동안 갇혀 지낼밖에……."

第三章

선검(仙劍)

"떠나신다고요?"

아침 일찍 파소의 석실을 찾은 단보를 보고 파소가 놀란 눈을 하며 물었다.

"언제까지 이곳에 있을 수는 없지 않느냐? 네가 수련을 마치려면 빨라야 십 년인데……."

"하지만……."

"설마 내가 십 년 동안 너와 함께 이곳에 머물 거라 기대한 것은 아니겠지? 알겠지만 난 어린 널 흥안령에 버리고 떠난 사람이다. 하물며 지금이야."

단보가 농을 던졌다. 파소에게 과거의 일을 모두 이야기한 후 변한 단보의 모습이었다.

"그렇긴 하지만⋯⋯."

"네가 나에 대해 어떻게 생각할지 모르지만 난 밖에서 할 일이 제법 많은 사람이란다."

"무천향의 무인들은 무공을 수련해 선에 이르는 것이 본분 아닌가요?"

"물론 그렇지. 하지만 그것도 이젠 과거의 일이다. 요즘 은⋯⋯."

"요즘은 달라졌다는 건가요?"

"그건 나중에 듣도록 해라. 네가 무천향에 들 만큼 강해졌을 때!"

"절 찾아오신 이유 중 하난가요?"

파소가 날카로운 눈빛으로 물었다.

"그렇다. 널 다시 찾아간 이유는 네 부모님의 일도 있었지만 다른 이유도 있다."

"궁금하군요."

"그것도 나중에 알게 될 거다."

"지금 떠나시나요?"

"아침은 먹고 가야지. 나이가 들수록 끼니를 잘 챙겨 먹어야 하는 법이란다."

"알았어요. 오늘은 제가 아침상을 차려 드리지요. 떠나시는 기념으로."

파소가 자리에서 벌떡 일어났다.

"아니, 그럴 필요는 없을 것 같은데? 이미 석 소저가 준비를 하고 있단다."

"석 소저가요?"

"그래. 그런데 왜 그렇게 놀라느냐?"

"놀랄밖에요. 석 소저는 요리를 할 줄 모른다고요. 아니, 할 줄 모르는 게 아니라 평소 아예 음식을 만들지 않는다고요."

"그래도 여잔데……?"

"아이구, 오늘 제대로 아침 먹기는 틀렸구나."

파소가 재빨리 석실을 달려나가며 소리쳤다.

파소가 급히 주방으로 쓰는 석실에 도착했을 때, 석청은 이미 제법 푸짐한 아침상을 차려놓고 있었다. 파소는 석탁에 차려진 음식들을 보며 낭패한 표정을 지었다.

"어서 와요. 오늘은 제가 오랜만에 실력을 발휘해 봤어요. 마침 단 어르신도 떠나신다고 해서 특별히 준비를 해봤지요."

"그… 그랬어요. 그냥 두면 제가 할 것을……."

"언제나 소협만 음식을 할 순 없지요. 자, 자리에 앉아요. 다 준비됐으니까."

석청이 의기양양한 표정으로 파소에게 자리를 권했다. 파소가 어색한 표정을 지으며 음식이 차려진 석탁 한쪽에 엉덩이를 붙이며 앉자 마침 단보와 을지행도 석실로 들어왔다.

"오, 대단하군. 이런 진수성찬일 줄이야."

석실로 들어온 을지행이 석탁에 차려진 음식들을 보며 탄성을 흘려냈다.

"어서들 오세요. 준비는 다 됐으니 식사들 하세요."

석청이 을지행과 단보에게 자리를 권하고는 자신도 파소 옆에 앉았다.

"그럼 잘 먹겠소이다, 석 소저!"

단보는 불편한 표정을 짓고 있는 파소를 이상한 눈으로 바라보며 젓가락을 들어 석청이 만들어놓은 음식 중 하나를 집어 입으로 가져갔다. 을지행 역시 숟가락으로 석청이 끓여놓은 국물을 한술 떠 입에 집어넣었다. 그런 두 사람을 파소가 불안한 눈으로 바라봤다.

"음……."

"으음……."

일단 음식을 입에 넣고 잠시 맛을 음미한 단보와 을지행의 입에서 동시에 묘한 신음성이 흘러나왔다.

"맛이 어떤가요?"

석청이 한껏 기대가 섞인 눈으로 두 사람을 보며 물었다. 그러자 두 사람이 어색한 표정을 지으며 서로를 바라보다 겨우 입을 열었다.

"하하, 참 맛이 좋구려. 하하하."

"허허, 그렇구려. 이 국물 맛도 참 좋구려. 구수한 것이… 하하."

누가 봐도 어색한 대답, 그러나 석청은 두 사람의 대답에 만족한 듯 고개를 끄덕였다.

"입에 맞으신다니 다행이네요. 하도 오랜만에 요리를 한 것이라 혹 입에 맞지 않으면 어쩌나 걱정했었는데… 그럼 많이 들 드세요. 특히 단 어르신은 오늘 길을 떠나신다니 든든히 드시구요."

"음… 어헛허, 알았소이다. 석 소저가 정성껏 준비한 음식이니 고맙게 먹겠소이다."

단보가 어색한 웃음과 함께 대답을 하고는 다시 음식에 젓가락을 가져갔다.

"소협도 좀 드세요."

석청이 파소에게도 음식을 권했다. 그러자 파소 역시 단보와 을지행과 비슷한 표정을 지으며 고개를 끄덕였다.

"그래요. 석 소저도 어서 드세요."

파소가 젓가락을 들어 음식을 집어가며 말했다. 그러자 석청이 만족한 미소를 지으며 자신이 차려놓은 음식들을 이것저것 집어 먹기 시작했다.

힘겨운 아침 식사가 끝나고 단보가 떠날 준비를 마치자 네 사람은 함께 암벽 위의 석실에서 내려와 푸른 초지를 지나 황량한 사막의 계곡으로 나왔다.

"그만 들어가십시오."

단보가 을지행을 보며 말했다.

"조심하게."

"조심할 것까지야 있나요. 아직 위험이 겉으로 드러난 것도 아니고… 절 건드릴 이유도 없지 않습니까? 더군다나 절 건드리면 죽림(竹林)이 움직인다는 것을 알고 있을 테지요."

"그렇긴 하네만… 혹 자네의 움직임이 드러날 수도 있기에 하는 말일세."

을지행이 걱정스런 표정으로 말하자 단보가 고개를 끄덕였다.

"알겠습니다. 조심하지요."

그제야 을지행이 안심이 된다는 듯 얼굴색을 풀었다.

"먼저 어디로 갈 생각인가?"

"일단 요동의 모용세가로 가볼까 합니다."

"응? 모용세가는 왜?"

을지행의 의아한 눈빛을 흘려내며 묻자 파소와 석청도 눈빛을 빛내며 단보를 바라봤다. 두 사람에게 모용세가는 여전히 큰 의미가 있는 문파였다.

"이 아이의 말대로라면 북삼룡과 모용세가의 전쟁은 결국 백혼과 회혼 등 오 년 전 향에서 추방된 자들의 농간에 의해 일어난 일인 듯합니다. 일단 놈들이 어떻게 무공을 회복했는지, 그리고 무슨 배짱으로 대담하게도 천률을 어기고 강호무림사에 관여하고 있는지 알아볼 필요가 있을 것 같습니다. 그러자면 먼저 놈들이 모용세가에서 뭘 원한 것인지 알아야겠지요. 놈들이 향의 눈을 피해 일을 도모할 정도면 무척 중요한 물건일 듯싶습니다만……."

"그렇겠군. 그 일을 먼저 알아보는 것도 괜찮겠지. 그런데 그럼 자넨 추방된 자들이 향 내부와 끈이 닿았을 거라 생각하는 것인가?"

"폐쇄된 무공을 회복하기 위해선 반드시 향의 천약(天藥)이 필요하지 않습니까?"

"그렇긴 하지. 천약이 향 밖으로 유출되었다라……."

을지행이 말꼬리를 흐리며 뭔가를 생각했다.

"만약 누군가 놈들에게 천약을 건넸다는 증거를 잡게 된다면 오히려 일은 쉽게 풀릴 수도 있을 겁니다. 거기부터 시작하면……."

"그렇긴 하네만 너무 무리하지는 말게. 정말 놈들이 향 내부의 인물들과 연관되어 있다면 위험할 수도 있네."

"조심하겠습니다."

단보가 가볍게 고개를 끄덕였다. 그때 곁에 있던 석청이 재빨리 입을 열었다.

"모용세가가 무사할까요?"

"그건 무슨 말인가?"

단보가 고개를 갸웃하며 물었다.

"만약 그 백혼이란 자가 북삼룡의 고수들을 이끌고 본격적으로 모용세가를 공격했다면 모용세가가 그를 막아낼 수 없었을 것 같아서요. 무검께서 패한 마당에 누가 그를 막을 수 있겠어요."

그러자 단보가 잠시 생각에 잠겼다가 고개를 저으며 말했다.

"모용세가는 별 탈 없을 걸세."

"어떻게 확신하시죠?"

"백혼 그자가 모용세가를 침범했을 가능성은 거의 없네."

"왜죠? 그는 무검 어르신과 사각의 고수들을 추격하고 있었어요."

"쫓기던 사람들의 생사는 알 수 없네. 어쩌면 백혼의 손에 죽었을 수도 있겠지. 하지만 백혼이 그 길로 모용세가로 향하지는 못했을 걸세. 왜냐하면 회혼이 돌아오지 않았으니까."

"무슨 말씀인지 이해가 되지 않아요."

석청이 고개를 저었다.

"내가 곰곰이 생각해 보니 그가 처음 모용세가를 방문했을 때 자신의 목적을 이루지 않고 모용세가를 벗어난 것은 아마 나 때문인 것 같네."

"단 어르신 때문이라뇨? 그곳에서 그를 만나지 않으셨잖아요?"

"물론 난 그를 보지 못했지. 하지만 그 아니면 그의 동료들은 날 봤을 수도 있네. 본래 오 년 전 향에서 추방당한 놈들은 모두 네 명이었네. 무천향에선 그들을 사색사혼이라 불렀지. 그러니 비록 백혼 그자가 홀로 모용세가를 방문했다고 해도 심양에 나머지 삼 인이 있었을 가능성은 충분하네. 그들이 파소를 찾으러 심양에 들렀던 날 발견했을 것일세. 아마도 그래서 목적을 달성하기도 전에 모용세가에서 물러간 것일 걸세. 그들 네 사람이라면 나와 승부를 결해볼 수도 있겠지만 놈들은 내 무공보다도 내 눈에 자신들의 행보가 밝혀지는 것이 더 두려웠을 테니까. 그래서 자신들의 능력으로 충분히 모용세가를 압박할 수 있었음에도 불구하고 심양을 떠난 것일 걸세. 그리곤 혹여라도 자신들의 행보가 드러날까 봐 북삼룡을 자신들 대신 모용세가의 상대로 만들어놓은 걸 테고 말일세."

"역시 그럴 가능성이 가장 많군."

을지행도 단보의 말에 고개를 끄덕였다. 그러자 단보가 계속 말을 이었다.

"그렇게 모습을 숨긴 후 일 년 정도를 지켜봤겠지. 내가 자신들을 추격하는 것인지 아니면 우연히 심양에 들른 것인지 확인하면서… 그리곤 더 이상 내가 자신들을 추격하는 것이 아니라는 것을 확신하곤 재차 모용세가를 향해 움직였을 걸세. 물론 무검 모용굉이라는 미끼가 스스로 걸려들었으니 좋은 기회였겠지."

"그런데 왜 그들이 모용세가로 가지 않았을 거라 확신하시는 건가요?"

석청이 의아한 얼굴로 물었다.

"말했지만 회혼이 돌아가지 않았으니까. 놈들은 잔혹하지만 신중한 자들이야. 회혼이 돌아오지 않은 이상 백혼 그자가 다시 모용세가를 향했을 리는 없네. 오히려 지금까지보다 더 깊고 어두운 곳으로 숨어들었을 수도 있겠지. 어쩌면 모용세가와 북삼룡의 전쟁도 지금쯤 끝이 났을지도 모르네."

"그건 무슨 말이죠?"

이번에는 파소가 물었다.

"원흉이 사라졌으니 전쟁을 할 이유가 없을 것 아니냐? 백혼같이 신중한 자가 다시 북삼룡에 거처를 정할 일은 없을 게다. 그도 강호의 일반 고수가 회혼을 제거할 수 있다고는 생각지 않을 것이다. 당연히 무천향이 자신들을 추격하고 있었다고 생각하겠지. 그렇다면 놈들은 철저히 자신들의 흔적을 감출 것이다. 그런 상태에서는 북삼룡을 움직일 수도 없을 것이고, 그렇다면 북삼룡이 더 이상 이 전쟁을 할 이유가 없지 않느냐?"

"그렇게 확신할 수는 없을 것 같아요."

"왜냐?"

"어느 한쪽이 이 기회를 이용해 세를 넓히려 할 수도 있으니까요."

"그런가?"

"그게 무림 아닌가요? 시작이야 어쨌든……."

"그럴지도 모르지. 그게 무림이지. 그래서 무천향을 세운 것이고. 휴……."

단보가 낮은 한숨을 내쉬었다. 그러자 을지행이 단보의 어깨를 두드리며 말했다.

"어쩌겠나? 죽지 않으면 두 발로 서 있는 곳이 강호인 것을! 결국 무천향도 강호의 일부였을 뿐이겠지. 가보게."

"언젠간 다시 예전의 무천향으로 돌아갈 겁니다. 반드시……."

"그래야겠지. 그래서 우리가 이렇게 움직이고 있는 것 아닌가? 가시게."

"알겠습니다, 대성사! 그럼 다음에 뵙지요. 잘 있거라. 수련 게을리 말고."

단보가 파소에게 당부하듯 말했다.

"제 일은 제가 알아서 하지요."

"하긴, 어려서부터 잔소리를 하는 쪽은 항상 너였지. 그럼 다음에 보자."

"언제 오실 거죠?"

"기약할 수 없다. 별일없다면 일 년 후쯤 보자꾸나."

그 말을 남기고 단보가 세 마리의 낙타를 끌고 계곡을 따라 내려가기 시작했다. 파소는 단보의 모습이 완전히 사라질 때까지 그 자리에 서 있었다.

*　　　*　　　*

"호접십이검(胡蝶十二劍)?"

"네."

"왜 그런 이름을 붙였지?"

을지행의 물음에 파소가 자신이 익힌 열두 초식의 검식에 호접십이검이라는 이름을 붙인 이유를 설명했다. 어린 시절 단보에게서 보았던 그 신기한 무공에 대해서……

"흠, 그럴듯한 이름이구나. 하지만 네가 익힌 검식에 어울리는 이름은 아니다. 나비나 희롱하자고 만들어진 검식은 아니

선검(仙劍) 83

니까."

"애초에 이름이 있었나요?"

"을밀가, 누군 을밀부라 부르기도 하지만 우린 을씨 가문에서 을밀가로 부르는 것이 통례다. 어쨌든 을밀가에는 세 가지 절대무공이 존재한다. 어느 것을 익히든 절대의 경지를 엿볼 수 있는 무공들이지. 예전 을밀가가 해동의 백두에 있을 때는 강호의 어느 누구라도 을밀가의 무공을 한 번이라도 견식하길 소원했었다. 강호에 존재할 때부터 을밀가는 천하제일문이었다. 무공에 있어서나 경륜에 있어서나. 을밀가가 세속에 있을 때 을밀가에 의해 세워진 왕조가 한둘이 아니었다. 각기 다른 성씨의 왕조가 섰지만 그 이면에는 언제나 을밀가의 힘이 작용했지. 이런 또 말이 다른 쪽으로 새었군. 어쨌든 네가 익힌 검법은 을밀가의 세 가지 절대무공 중 선검(仙劍)이라 부르는 것이다."

"이해가 가지 않는군요."

"뭐가 말이냐?"

"전 이 호접십이검… 아니, 선검을 단 어른께 배웠어요. 하지만 단 어른은 무천향 사람이기는 해도 을밀가의 사람은 아니잖아요? 그런데 어떻게 단 어른께서 선검을 알고 계셨던 거죠?"

그러자 을지행이 고개를 저었다.

"단보 그 사람도 선검의 정수를 익힌 것은 아니다. 선검은… 너도 알다시피 머리가 아니라 몸으로 익히는 검식이다. 그가 선검의 구결을 알고 있었던 것은 아마도 네 모친이 단보 그 사람에게 널 맡길 때 선검의 구결을 전해주었을 것이고, 그는 널 데리고 다니면서 그 구결들의 동작을 조금 수련했을 것이다. 하지만 이 선검이란 것은 그런 식으로 수련하는 데는 한계가 있기 때문에 그가 선검의 정수를 익혔다고는 볼 수 없다는 거다. 또한 그가 선검을 익힌 이유는 스스로의 무공을 위해서가 아니라 너에게 선검을 전수하려는 목적이었을 테니 그가 선검을 집중해서 연마한 것도 아닐 것이다."

"하지만 단 어른께서 제게 선검의 초식들을 가르쳐 주실 때 보여줬던 경지는 대단했지요. 전 아직도 그때 단 어르신이 보여주었던 경지에 이르지 못했는걸요?"

"무공이란 말이다. 무엇을 익히든 극에 이르면 하나의 문으로 통하게 되어 있는 것이란다. 불가의 말에 만법이 귀일한다는 말이 있는데, 무공 역시 거기에서 벗어나지 않는다. 비급이니 구결이니 하는 것도 결국은 수단이지 그 자체가 목적은 아닌 것이다. 그런 의미에서 단보 그 사람은 이미 무공의 형식에서 벗어난 사람이라 할 수 있다. 해서 그는 선검의 구결을 들은 것만으로도 일정 수준 이상의 선검을 펼칠 수 있었을 것이다. 하지만 역시 정수를 전하진 못했겠지."

"그런 건가요? 어쨌든 그럼 전 제대로 된 선검을 익힌 게 아닌 거군요."

"그렇지는 않다. 지금 네 수준에서는 가장 적합하게 선검을 수련해 왔다고 볼 수 있다."

"무슨 말인지 모르겠어요."

"무공의 경지가 상승하면 고수는 결국 형(形)을 버리게 되지만 그 형을 버리는 경지까지 도달하기 위해선 완벽하게 형을 익히는 것이 먼저다. 그런데 넌 어려서부터 오로지 선검의 열두 초식만 익혀왔으니 선검의 형에 있어서는 거의 완벽하다고 할 수 있을 것이다. 그러니 이제 기를 정하게 하고, 형을 버리는 수련을 시작할 때가 된 것이지."

순간 파소의 머릿속에 문득 서책에서 선인, 그러니까 을밀가를 이끌고 무천향을 열었다는 그 선인이 말한 탈검(脫劍)의 경지가 떠올랐다.

"형을 버린다는 것은 혹 무공으로 선인의 경지에 올랐다는 그분이 말한 검공의 여섯 단계 중 네 번째 단계인 탈검을 말하는 것인가요?"

"바로 봤다. 바로 그 경지다. 하지만 너의 경우 지검의 경지가 완벽하지 않으니 기를 정하게 하는 수련을 함께 수행해야 할 것이다. 만약 네가 탈검의 경지를 완벽하게 이룬다면 그때는 은하의 계곡을 통과할 수 있을 것이다."

"그렇다면 탈검의 경지를 수련하는 데 십 년의 세월이 필요하단 말이군요."

"탈검이 완성되면 심검을 바라보게 된다. 심검(心劍)의 경지란 강호에서 전설의 경지라 불리는 단계이다. 그러니 어찌 탈검을 완성하는 데 걸리는 십 년이 길다고 할 수 있겠느냐? 오히려 부족할지도 모르는 일이다."

을지행이 주의를 주듯 파소에게 말했다.

"그런 건가요? 그런데 제게 가능성은 있는 건가요?"

"말하지 않았느냐, 너에겐 을밀가 적통의 피가 흐르고 있다고."

"을밀가의 피가 그렇게 대단한 건가요?"

"넌 아직 을밀가가 어떤 가문인지 제대로 감이 오지 않는 모양이구나. 한 가지만 말해주마. 처음 무천향을 세웠던 십이조사 중 을씨 성을 쓰는 사람이 여섯이었다."

을지행의 말에 파소가 놀란 표정을 지었다. 파소는 무천향을 세운 십이조사가 각기 다른 문파 출신인 것으로 생각하고 있었다. 그런데 을밀가 출신이 여섯이나 된다면 결국 무천향은 을밀가가 세웠다는 말이 되는 것이다.

"그 이유로 대대로 무천향의 향주는 을밀가에서 나오게 되었다. 무천향을 열 당시 을밀가 출신 외에 여섯 고수의 가문이 무천향에 함께 들었으나 그들 모두를 합쳐도 을밀가의 정순한 무학을 당할 수 없었다. 특히나 태조사라 불리는 을조인 조사의 무공은……."

"결국 무천향은 을밀가의 또 다른 이름이란 말이군요."

"적어도 백여 년 전까지는 그랬지."

"무슨 말이죠?"

"무천향에 든 사람들이 무공에 관한한 천부적인 재질을 지닌 사람들의 후손이기는 했지만 그들도 결국 인간임은 부인할 수 없었다. 십이조사의 후손들은 점점 그 자손이 귀해지기 시작했다. 대신 외부에서 무천향으로 들어오는 사람들의 숫자는 점점 늘어나기 시작했지. 물론 그들이 한 가문을 통째로 이끌고 들어오지는 못했지만 어쨌든 그렇게 해서 백여 년 전쯤부터 십이조사의 후손들보다 외부 출신의 고수들의 숫자가 더 많아지기 시작했다. 특히 우리 을밀가는 대부분의 사람들이 선도에 몰두하는 경향이 심해 더더욱 그 후손이 귀하게 되었다. 물론 아직도 무천향에서 을밀가의 권위는 절대적이지만 그 숫자에 있어서 과거와 같은 위상을 지닐 수는 없는 상황이다."

"그게 지금 무천향의 현 상황과 연관이 있는 건가요?"

파소의 질문에 을지행이 고개를 끄덕였다.

"결국은 그렇다고 봐야겠지. 드러내지는 못하지만 암암리에 을밀가의 권위에 도전하는 자들이 생겨났다는 것은 결국 을밀가의 세력이 그만큼 약해졌다는 의미가 되는 것이니까."

"제 부모님의 일도……?"

"어쩌면! 진실은 아직 밝혀지지 않았다. 우린 그저 하나의 단서만 잡았을 뿐이야. 우린 네가 그 모든 진실을 밝혀내길 바라고 있다. 그게 널 다시 찾은 이유다."

순간 을지행과 파소의 시선이 허공에서 날카롭게 얽혀들었다. 그리고 침묵이 이어졌다. 그렇게 얼마의 시간이 흘렀을까.

"결국 탈겁을 이루는 것이 먼저군요. 뭘 하든지 간에……."

"맞는 말이다. 역시 총명하구나."

을지행이 만족한 얼굴로 고개를 끄덕였다.

"뭐부터 시작하죠?"

"따라오너라."

을지행은 파소를 그들이 있던 곳에서 동쪽으로 세 개의 석
실을 지나 먼지로 뒤덮여 있는 허름한 석실로 데려갔다.

"이게 다 뭐죠?"

파소가 먼지로 뒤덮인 물건들을 보며 물었다. 석실 안에는
기이한 모양의 물건들이 먼지에 뒤덮여 있었는데, 살아가는
데 쓰이는 물건들은 아니었다.

"이곳은 네 부모와 그 친구들이 무공을 수련하던 곳이다."

"그럼 이 물건들은 무공을 수련하기 위한 도구인 모양이군
요."

"그렇다. 본래 무천향의 무인들은 대부분 검을 익히지만 그
중에는 다른 병기를 사용하는 사람도 있어 이처럼 다양한 물
건들이 준비되어 있는 것이지."

"도구를 이용해 무공을 수련하는 것은 본래 처음 무공을 익
히는 사람들이나 하는 일 아닌가요?"

처음 무공을 수련하는 사람들은 공력이 없어 근력에 의존해
야 하기 때문에 근력을 키우기 위해 도구들을 사용하는 경우
가 종종 있었다.

"그렇긴 하지. 하지만 이곳에 있는 도구들은 근력을 키우기
위한 도구라기보단 형을 가다듬는 데 쓰이는 도구라고 하는
것이 옳을 것이다."

을지행이 말을 하면서 먼지기 쌓인 물건들 중 하나를 집어 들었다. 그러자 물건 위에 쌓여 있던 먼지들이 우수수 떨어져 내렸다.

"쿨럭쿨럭, 수십 년 비워두었더니 먼지 구덩이가 되어버렸 군. 쿨럭!"

을지행이 연신 기침을 해대면서도 물건 위에 쌓여 있는 먼 지들을 털어냈다. 먼지가 사라지자 물건의 제 모양이 드러났 다. 을지행이 들어 올린 물건은 두 개로 포개진 쇳덩이었는데 쇳덩이가 포개지는 부분에는 큰 홈이 파여져 있었다.

"뭐에 쓰는 물건 같으냐?"

을지행이 파소에게 다가오며 물었다.

"글쎄요. 짐작이 가지 않는데요?"

파소가 고개를 저었다.

"팔을 내보아라."

을지행의 말에 파소가 자신의 팔을 내밀었다. 그러나 을지 행이 파소의 팔목을 두 쇳덩이로 포개듯 에워쌌다. 그리곤 쇳 덩이 양쪽 모서리에 만들어진 고리로 두 개의 쇳덩이를 연결 시켰다.

찰칵!

고리에서 경쾌한 소리가 울려 나오며 파소의 팔목에 쇳덩이 가 감기듯 채워졌다.

"음, 맞춘 듯이 딱 맞군."

을지행은 만족한 듯한 표정을 지었지만 파소는 황당한 표정을 짓고 있었다.

"설마 이 상태로 무공을 수련하라는 건가요?"

"무공 수련뿐 아니라 생활도 그 상태로 해야 한다. 또한 그
것 하나만이 아니라 다른 쪽 팔과 두 발목에도 그것과 같은 기
구를 차게 될 것이다."

"근력을 키우는 게 아니라고 했잖아요?"

"물론 근력을 키우려는 목적은 아니다. 그 물건들을 손목과
발목에 차고 선검십이초식을 처음부터 다시 연성하거라. 너도
알다시피 선검십이초식을 수련하는 것은 검만 움직이는 것이
아니라 몸 전체를 움직여야 하는 일이고, 그런 동작을 통해 자
연스럽게 내공을 증진시키는 효용이 있는 동작들이다. 이 쇳
덩이들을 차고 완벽하게 선검십이초식을 연성한다면 넌 그때
새로운 무공의 경지를 보게 될 것이다."

"그게 전분가요?"

"뭐가 말이냐?"

"제가 이곳에서 수련해야 할 것 말이에요."

"음, 사실 이곳은 수련 장소라기보다는 수련을 위한 도구들
을 모아둔 곳이라고 해야 맞는 말일 거다. 일단 네 사지에 그
현철을 찼으니 이후에는 계곡 어느 곳에서라도 수련을 해도
된다. 다만 하루에 두 번, 해가 뜰 때와 해가 질 때 계곡으로 나
가 너와 내가 올랐던 암벽의 정상까지 오르도록 해라. 그곳에
서 일출과 일몰을 보며 선검십이초식을 한차례 펼쳐라."

"그건 어떤 의미가 있는 수련이죠?"

"하다 보면 알게 될 게다."

"생각보다 단순하군요. 전 을밀가의 무공 수련법은 뭔가 다를 줄 알았는데."

"하다 보면 뭔가 다르다는 걸 알게 될 거다."

을지행이 같은 대답을 했다. 하지만 파소로서는 을지행이 지시한 수련법에 적이 실망하고 있었다. 을지행이 지시한 수련법은 강호의 어느 문파에서나 행하는 수련법의 일종이기 때문이었다.

'한 번 해보지 뭐. 정말 뭔가 다른 게 있을지도 모르니까.'

일단 을지행의 가르침을 받기로 했으니 파소로서는 을지행의 지시를 따를 수밖에 없었다.

"다른 무공들은 익히지 않나요?"

파소가 생각을 정리한 후 을지행에게 물었다.

"응?"

을지행은 파소가 생각에 잠겨 있는 동안 석실에 비치된 먼지 쌓인 수련 도구들을 바라보며 상념에 잠겨 있다가 파소의 질문에 잠에서 깨어난 듯한 표정으로 파소를 바라보며 되물었다.

"무슨 생각을 그리 골똘히 하셨어요?"

"생각은 무슨… 그저 이곳에서 네 부모와 그 친구들이 무공을 수련하던 때를 떠올렸을 뿐이다."

"제 부모님이 이곳에서 수련할 때도 이곳에 계셨었나요?"

"같이 있었던 것은 아니지만 아주 가끔 들러보긴 했다. 그게 대성사인 내 일이었으니까."

"아주 가끔요?"

"본래 무천향의 수련 체계에서 마지막 단계의 수련은 누구의 가르침보다는 스스로 무리를 깨쳐야 하는 단계다. 나와 같은 성사의 도움은 아주 가끔 필요할 뿐이지."

"성사(星師)란 무공을 지도하는 사람들을 말하는 건가요?"

파소는 처음부터 을지행이 단보에게 대성사라 불리는 것에 대해 궁금해하고 있었다.

"그렇다. 외부에서 무천향으로 들어온 사람들이야 이미 절대경지에 이른 무공을 지닌 사람들이지만 무천향에서 태어난 사람들은 그렇지가 않다. 해서 무천향에서는 향에서 태어나 자란 사람들에게 무공을 가르치는 사람들이 존재한다. 그들을 성사(星師)라고 부른다."

"별들의 스승이라, 좀 광오하군요."

"너도 알고 있지 않느냐? 무천향의 무공이 어떻다는 것을……."

"뭐… 그렇게 생각하면 광오할 만하군요. 그럼 대성사란 결국 성사 중 가장 뛰어난 사람을 말하는 건가요?"

"뛰어나다기보다는 가장 마지막 단계를 지도하는 성사를 일컫는 말이라고 해야겠지. 사실 내가 비록 대성사이긴 하지만 단보 그 사람보다도 무공은 뒤진다고 할 수 있다."

"그런가요?"

파소가 놀란 얼굴로 을지행을 돌아봤다.

"무공이 고강하다고 제자를 잘 키우는 것은 아니니까. 어쨌든 무천향엔 나와 같은 대성사가 나를 포함해 셋이 있다. 난 대부분 을밀가와 인연이 있는 후예들을 가르치지."

"그렇군요."

"그런데 아까 뭘 물었었지?"

"아, 예, 을밀가의 다른 무공은 익히지 않는지 물었습니다."

"음… 구결은 알려줄 수 있다. 하지만 너에겐 별반 소용이 되지 않는 일일 것이다."

"왜죠?"

"을밀가에 전해지는 무공은 많지만 그중 절대무공이랄 수 있는 세 무공은 각기 선검(仙劍), 밀검(密劍), 정해공(正解功)이라 불린다. 보통 을밀가의 후손들은 그중 하나를 선택해 평생을 수련하지. 그런데 그중 한 가지라도 대성하려면 평생이 걸려도 부족하단 말이다. 그러니 이제 와서 네가 나머지 두 개의 무공을 익힌다는 건 시간 낭비에 불과하다. 더군다나 선검과 나머지 두 개의 무공은 수련법이 완전히 상이하다."

"같은 을밀가의 무공인데도요?"

"그렇다. 밀검과 정해공은 각기 그 무공과 쌍을 이루는 심법이 따로 존재한다. 다시 말해 다른 강호의 무공들처럼 내공의 수련과 초식의 수련이 별개로 이루어진단 말이다. 그러니 네가 이제 와서 심법을 통해 내공을 수련할 수는 없는 것 아니냐?"

"듣고 보니 그렇군요. 역시 제겐 선검이 맞겠군요."

"좋은 점도 있다. 본래 선검의 수련은 신체를 부단히 움직여야 하고 수십 년 동안 꾸준히 수련해야 하는 것이므로 을밀가의 후예들이 그리 선호하는 무공이 아니다. 사람이란 누구나 마찬가지여서 좀 더 쉽고 빠르게 효과가 나타나는 무공을 선택하게 마련이니까. 밀검과 정해공은 선검과 달리 심법에 의해 내공을 수련하기 때문에 선검에 비해 빨리 내공의 힘을 발휘할 수 있다. 그에 비해 선검은 수련이 고단할 뿐 아니라 쓸만한 내공을 형성하기에도 오랜 시간이 필요한 무공이지. 해서 선검을 익히는 을밀가의 후예는 거의 없는 편이다."

"아무도 익히지 않는단 말인가요?"

"거의… 하지만 예전에는 달랐다. 선검이 익히기 까다로운 무공이기는 하지만 일단 대성한다면 다른 두 무공에 비해 선기가 월등하게 된다. 다시 말해 무공을 통해 선에 이르는 방편으로 보자면 선검이 다른 두 무공에 비해 월등하단 말이지. 더군다나 이 선검이야말로 실질적으로 무천향을 연 을조인 태조사께서 평생 수련하신 무공이었다. 해서 무천향 초기에는 사실 선검이 가장 인기있는 무공이었다. 그러나 시간이 지나고 선의 경지에 이르는 무인이 줄어들면서 선검을 익히는 사람도 사라지기 시작했다."

을지행이 아쉬운 표정으로 말했다.

"지금도 선검을 익히는 사람이 있긴 하나요?"

"없다. 선검의 맥이 끊긴 것이 벌써 수십 년이 되어갈 게다. 어쨌든 네가 다른 무공이 아니라 선검을 익혀 좋은 점이 또 있다."

"뭐죠?"

"을밀가에 선검을 익힌 사람이 사라지다 보니 선검을 본 사람도 자연히 줄어들었다는 거다. 네가 선검을 익혀 탈검의 경지를 완성한다면 아마도 네 무공을 보고 선검을 떠올릴 수 있는 사람은 거의 없을 것이다. 그러니 네가 선검을 수련해 은하의 계곡을 통과한다 한들 네가 을밀가의 피를 이어받은 사람이란 걸 의심할 사람은 없지 않겠느냐?"

"그도 그렇군요. 그런데 제 검술을 보고 을밀가를 떠올린 사람이 무천향 밖에는 있었습니다만……."

"그 금문 출신이라는 다루 주인 말이냐?"

"네."

"그야 지금의 네 수준에선 그럴 수 있는 일이다. 과거 무천향이 만들어지기 전 을밀가의 선검은 강호에서 무척 유명했으니까. 더더군다나 백두를 중심으로 한 해동의 무림계에선 말이다. 금문이나 구산선문의 수뇌부라면 아마도 어렴풋이 선검을 떠올렸을 수 있을 것이다. 하지만 일단 네가 탈검의 경지에 들어서면 누구도 더 이상 네 검에서 을밀가를 떠올리지는 못할 것이다."

"어쨌든 문제는 탈검의 경지를 완성하는 것이군요."

"바로 그렇다. 일단은 네 무공을 완성하는 것이 모든 일의 시작이라고 할 수 있다."

고개를 끄덕인 을지행이 걸음을 옮겨 파소의 한쪽 팔목에

채워진 것과 같은 모양의 쇳덩어리들이 담긴 작은 상자를 들고 왔다. 상자엔 역시나 수북한 먼지가 쌓여 있었다. 을지행이 그 상자를 파소에게 안기며 말했다.

"자, 이제 그만 나가자. 아니면 이곳에서 수련을 할 테냐?"

을지행의 질문에 파소가 천천히 석실을 훑어봤다. 먼지를 치우고 나면 제법 무공을 수련할 만한 장소였다. 그러나 파소는 잠시 후 고개를 저었다.

"적당한 곳을 찾아보겠습니다."

"왜 이곳이 싫으냐?"

"어둡군요."

"응?"

을지행이 파소의 말을 듣고는 석실을 내부를 훑어봤다. 그러나 파소의 말처럼 석실이 어두운 것은 아니었다. 만약 이 석실이 어둡다면 다른 석실들도 어둡기는 마찬가지였다.

"그리 어둡지는 않은 것 같은데……?"

"아마 제 기분에 그런가 봅니다. 하여튼 다른 곳을 알아보겠습니다."

"뭐, 그거야 너 좋을 대로 하거라. 그럼 나가자. 아주 가끔 내가 필요할 때가 있을 게다. 쇳덩어리를 달고 초식을 수련하다 보면 맨몸으로 수련할 때와 다르게 막히는 부분이 종종 있을 것이다. 그때는 날 찾아오너라."

"알겠습니다."

"좋다. 그럼 나가자."

그런데 을지행과 함께 석실을 벗어나던 파소가 문득 질문을
던졌다.

"그런데 대성사께선 저와 어떤 관계신가요?"

"웅? 내가 말 안 했던가? 난 너의 넷째 작은 할아비다."

*   *   *

시작은 언제나 어렵다. 그러나 시간은 그 모든 것을 익숙하
게 만든다. 파소는 지금 사막의 차가운 바람을 맞으며 암벽 사
이를 오르고 있었다. 사막 깊은 곳에 있는 황량한 계곡에 길이
있을 리 없었다. 하지만 파소는 능숙하게 암벽과 암벽 사이 움
푹 파인 부분을 따라 암벽을 오르고 있었다.

그렇다고 두 손 두 발을 다 써서 암벽을 오르는 것은 아니었
다. 중간 중간 발을 디딜 만한 돌출부가 있었고, 암벽 사이의
경사가 가파르긴 했지만 서 있을 만했기 때문에 파소는 두 발
만을 사용해 암벽을 오르고 있었다.

파팟!

파소가 암벽의 돌출부를 발로 찰 때마다 파소의 신형은 죽
죽 암벽을 타고 올랐고, 그의 발끝에서는 작은 소음들이 생겨
났다 사라졌다.

그렇게 얼마나 암벽을 올랐을까. 어느 순간 파소가 힘주어
발 돋음을 하자 파소의 신형이 쑥 떠오르더니 순식간에 암벽
의 정상을 뚫고 허공으로 솟구쳤다. 순간 파소의 얼굴에 붉은

노을이 와 닿았다.

파소는 눈이 부신 듯 손을 들어 눈에 박혀드는 노을빛을 막으며 가볍게 암벽 위에 내려섰다.

이 년 전 을지행을 따라 올랐던 암벽의 정상, 또 지난 이 년 간 아침저녁으로 한번도 빼놓지 않고 마주했던 사막의 광활한 풍경이 파소의 눈에 들어왔다.

후욱!

파소가 깊게 숨을 들이마셨다. 그러자 지는 해로부터 나오는 열기가 파소의 폐 속 깊이 들어왔다.

"언제 봐도 장관이야."

사막의 황량함은 처음 사막을 접했을 때는 절망이었지만 시간이 흘러 그 황량함에 익숙해지자 이젠 천하 어디서도 찾아볼 수 없는 아름다움을 파소에게 보여주고 있었다.

파소는 그렇게 일각여 동안 석양 속에 서 있다가 문득 허리춤에 매달린 검을 잡아갔다.

스르릉!

파소의 허리에는 여전히 투박한 모양의 검이 매달려 있었다. 홍안령 목장에서 목동을 할 때부터 썼던 이 검은 지금은 너무 낡아 검신이 처음의 삼분지 일은 사라져 버렸지만 여전히 파소에겐 수족과 같은 검이었다.

그 낡은 검이 검집을 벗어나 파소의 눈앞에 세워졌다. 검날이 석양을 머금어 붉은 혈검으로 변했다.

"시작해 볼까?"

파소가 낡은 검을 바라보며 마치 친구에게 말을 건네듯 입을 열었다.

지잉!

파소의 말을 알아듣기라도 한 걸까. 붉게 물든 낡은 검이 기이한 파공음을 흘려냈다. 순간 낡은 검의 검신에 붉은 기운이 일렁이더니 검끝으로부터 희미한 검기가 흐릿하게 한 자 길이로 생겨났다.

파소는 검기 끝에 만들어지는 또 하나의 흐릿한 검신을 신기한 듯 응시하고 있다가 불쑥 입을 열었다.

"누가 믿을 수 있을까. 내가 단 이 년 만에 검기를 만들어내는 경지에 이를 줄이야."

파소 자신조차도 믿기지 않는 경지. 그러나 분명 낡은 검끝에 생겨난 검 모양의 아지랑이는 무림 고수들이 그토록 바라는 검기가 분명했다. 자신이 만들고도 자신조차 믿지 못하는 검기를 파소는 한동안 바라보고 있었다. 그렇게 얼마나 지났을까. 파소가 천천히 낡은 검을 휘두르기 시작했다.

우우웅!

파소의 검이 허공을 가를 때마다 묵직한 파공음이 일었다. 파소는 붉은 노을과 희미한 검기, 그리고 검이 만들어내는 묵직한 파공음 속에서 선검십이초식을 아주 느리게 펼쳤다.

파소의 손목과 발목에는 여전히 을지행이 건네준 묵빛 쇳덩어리가 채워져 있었는데 그 무게 때문인지 파소가 펼치는 선검십이초식은 과거 호접십이검으로 이름 지어 펼치던 때보다 훨씬 느렸다. 그럼에도 파소의 얼굴에는 하나둘 땀방울이 맺히기 시작했다.

후욱, 후욱!

초식과 초식 사이에 파소의 입에서 깊은 심호흡이 흘러나왔다. 과거 파소는 선검십이초식을 한 호흡에 펼쳐 낼 정도로 수련했었지만 지금은 마치 그가 어린 시절 단보에게서 처음 선검을 전수받았을 때처럼 느렸다.

그런데 자세히 보면 지금 파소가 펼치는 선검십이초식은 과거 그가 수련했던 호접십이검과 동일한 초식이요, 형(形)이었지만 그때와는 뭔가 다른 이질적인 기운이 느껴졌다.

웅웅!

어쩌면 파소가 들고 있는 검이 만들어내는 파공음 때문이었는지도 몰랐다. 혹은 너무 느린 움직임 때문인지도 몰랐다. 그러나 가장 큰 차이는 파소의 검에 담겨 있는 힘이라고 할 수 있었다. 과거 파소는 선검십이초식을 쾌검식으로 수련했었다. 단보가 보여주었던 그 극쾌의 검초를 따라잡는 것이 파소에겐 최고의 목표였던 것이다.

그런데 지금 파소가 펼치는 선검은 누가 보아도 쾌검식이 아니라 중검(重劍)의 모습을 하고 있었다. 느린 것 때문만이 아닌, 검과 몸이 움직일 때마다 일어나는 웅장하면서도 묵직한 파공음이 그걸 증명하고 있었다.

그렇게 파소가 열두 초식의 검식을 이각에 걸쳐 한차례 펼쳐 냈을 때 파소의 전신은 온통 땀으로 물들어 있었다.

"핫!"

그리고 한순간 파소의 입에서 묵직한 기합성이 터져 나왔다. 동시에 그의 신형이 번개처럼 허공으로 떠오르며 횡으로 검을 그어댔다. 그 순간, 서쪽 지평선에 걸려 있던 붉은 태양이 정확하게 반으로 갈라졌다.

그렇게 또 시간은 흘러갔다.

第四章

탈검 (脫劍)

"어서 와요."

새벽에 암벽에 올라 선검십이식을 수련하고 내려온 파소를 석청이 반갑게 맞아들였다. 석청 앞에 놓인 석탁에는 가지런히 음식이 차려져 있었다.

"푸짐하군요."

"많이 먹어둬요. 이게 마지막이니까요. 당장 오늘 점심부턴 건량으로 끼니를 해결해야 해요. 어르신이 돌아오실 때까지는."

"보자, 떠나신 지 두 달 보름쯤 지났으니 이제 열흘 안에는 돌아오시겠군요."

"벌써 그렇게 됐나요?"

석청이 놀란 눈으로 물었다.

"사막에 갇혀 있다 보니 시간 가는 걸 잊은 모양이군요?"

"그럴지도 모르지요. 우리가 이곳에 들어온 지도 벌써 오 년이 되어가는데 바로 어제 들어온 것 같은 느낌이에요."

"이곳 생활이 즐거운 모양이군요. 본래 사람은 즐거운 곳에서는 시간 가는 줄 모르는 법이죠."

파소가 음식을 입에 넣으며 말했다.

"적어도 세가에 있을 때보단 나은 것 같아요."

석청이 고개를 끄덕였다.

"전쟁이 끝났다고 했죠?"

"지난번 단 어르신께서 오셨을 때 그리 말씀하셨죠. 이 년 전에 전쟁은 끝이 났다고."

"다들 어떻게 변했을까요?"

"모르죠. 그래도 송 대협께서 살아 계시다니 다행이에요."

"송 형님은 놈이 죽기 전에는 절대 죽을 사람이 아니지요."

"살아난 사람이 송 대협과 무검 어른뿐이라니, 안타까운 일이에요. 더군다나 무검께선 한 팔을 잃으셨다니……."

"하지만 어쨌든 백혼 그자가 더 이상 모용세가를 위협하지 않는다니 다행이라면 다행이지요."

"그는 어디 있을까요?"

"모르죠. 하지만 내 생각엔 모용세가에서 멀리 떨어져 있지는 않을 것 같아요. 그가 원하는 물건이 뭔지는 모르지만 어쨌든 물건이 모용세가에 있다면 근방에 숨어서 기회를 노리고 있겠지요."

"이곳을 나가면 놈을 상대해 보고 싶어요."

석청의 말에 파소가 미소를 지으며 물었다.

"무공에 진전이 있나 보군요?"

"지난번에 대성사께서 제 검을 보시고 옥류검이 구성에 도달했다고 하시더군요."

"구성이라, 대단한데요?"

"풋, 누구에 비하면 조족지혈이죠. 소협의 무공은 이제 저 같은 건 쳐다볼 수 없는 경지잖아요."

"그런 말씀 마세요. 대성사께서 말씀하시길, 석 소저의 재질은 천부적이라고 했어요. 처음 석 소저에게 옥류검을 전할 때는 오성 정도의 성취면 만족이라고 생각하셨는데 석 소저는 이미 이 년 전에 오성을 넘었잖아요. 그러니 대성사께서 석 소저도 나와 함께 은하의 계곡에 도전하라고 하시는 것 아니겠어요?"

"훗, 내가 그렇게 뛰어났었나?"

석청은 기분이 좋은 듯 어깨를 으쓱거리며 음식을 입으로 가져갔다.

"어쨌든 옥류검을 십성 이상까지는 수련해야 그 백혼이란 자를 상대할 수 있을 거예요. 대성사께 들은 바로는 백혼이란 자의 무공은 무천향에서 서열 육십위 안에 들었었다고 하더군요. 그러니……."

"알고 있어요. 은하의 계곡에 도전하기 위해서도 옥류검을 십성 이상 수련해야 한다는 것을요. 소협과 헤어지지 않으려면 은하의 계곡을 반드시 통과해야 할 테니 서둘러 십성의 경지를 이뤄야지요."

석청의 장난스런 말에 파소가 얼굴을 붉히며 석탁 위에 놓인 음식으로 시선을 돌렸다.

"이봐요."

그런 파소를 석청이 의미심장한 목소리로 불렀다. 그러자 파소가 고개를 들어 석청을 바라봤다. 워낙 정색을 하고 불렀기에 중요한 이야기를 하려나 보다 싶은 파소였다.

"무슨 일이라도……?"

파소의 눈에 정색을 한 석청의 얼굴이 들어오자 파소는 자신이 뭔가 잘못한 게 있나 싶은 얼굴로 물었다.

"문제가 있어요."

석청이 고개를 끄덕였다.

"무슨……?"

파소의 머리가 재빨리 회전했다. 어제오늘 해서 자신의 행동 중에 석청의 마음을 상하게 했을 일이 있었나 생각해 보았지만 딱히 실수를 한 것 같지는 않았다.

"언제까지 날 그렇게 부를 거죠? 그리고 우린 언제까지 이렇게 정중하게 대화를 나눠야 하죠?"

"그게 무슨……?"

"이봐요. 우린 어떤 사이죠?"

석청의 다그침에 파소의 입이 얼어붙었다. 먹던 음식도 위장으로 내려가지 않고 식도에 머물러 있는 것 같았다.

"그야……."

"날 좋아해요? 아니, 좋아하죠?"

물론 그건 부인할 수 없는 사실이다. 이미 두 사람의 마음은 이 사막의 계곡에 들어오기 전부터 확인한 사실 아니었던가?

"그걸 왜 묻죠?"

당연한 일을 왜 묻느냐는 듯 파소가 물었다.

"좋아요. 날 좋아한단 말이죠? 이봐요. 우리가 함께 지낸 지 벌써 오 년이에요. 그러니 이제 서로 편하게 말을 하자구요."

"지금 불편해요?"

순간 석청의 눈꼬리가 올라갔다.

"그럼 지금 아무렇지도 않단 거예요? 다른 연인들은 절대 이런 식으로 대화하지 않는다구요!"

"그럼 어떻게……?"

파소가 풀 죽은 목소리로 물었다.

"음… 그러니까. 음… 먼저 날 부르는 호칭을 바꿔보세요."

"어떻게요?"

"그러니까? 이름을 불러봐요. 청! 이렇게요. 그리고 말을 놔요."

"예?"

"반말을 하라구요."

"하지만 그건… 내가 나이도 어린데……."

"지금 내가 나이 많다고 불만인 거예요?"

"아니, 그건 아니지만……."

"이봐요, 을 소협. 우린 겨우 한 살 차이밖에 나지 않는다구요. 그러니 말을 놔도 이상할 것 없어요. 그러니 앞으로 내 이름을 부르고 말을 놓기에요. 알았죠?"

"그, 그게 그렇게 쉽게 될지……."

"뭐든 하다 보면 익숙해지는 법이에요. 그러니까 일단 시작이나 해보자구요. 알았죠?"

"그럼 석 소저는 절 어떻게 대할 거죠?"

그러자 석청이 잠시 고개를 갸웃하다 입을 열었다.

"본래 강호라는 곳이 남녀의 차별이 없는 곳이긴 하지만 그래도 그쪽은 남자고 난 여자이니 내가 그쪽에게 함부로 말을 놓을 수는 없지요. 전 지금처럼 부를게요."

"어? 불공평한데!"

"그럼 여자로 다시 태어나시든지."

석청이 억지를 부렸다. 하지만 파소는 석청의 억지를 굳이 따지고 들지 않았다. 그도 이미 예전부터 석청과 조금 더 편해지길 원했기 때문이다.

"일단 밥을 좀 먹고요."

파소가 여전히 줄어들고 있지 않은 음식들을 가리키며 말했다. 그러자 석청이 그제야 깨달은 듯 얼른 입을 열었다.

"아, 그렇군요. 어서 먹어요. 이런 다 식었네."

파소가 그런 석청을 보며 미소를 짓고는 본격적으로 아침밥을 먹기 시작했다.

일단 식사를 서두르자 두 사람의 식사는 그리 오래지 않아 끝이 났다.

'석 소저의 음식 솜씨는 날로 발전하는군. 이젠 어디 가서 객점을 차려도 되겠어.'

파소가 수저를 놓으며 생각했다. 파소의 생각처럼 처음 을지행과 단보를 경악시켰던 석청의 요리 솜씨는 지난 오 년 동안 장족의 발전을 해 이제는 제법 사람의 미각을 끌어당길 수 있는 수준에 이르러 있었다.

사막의 석동(石洞)은 모든 것이 부족해 요리할 재료도 부족했지만 가끔 을지행이 출타를 하고 오면 그는 항상 어디선가 신선한 재료들을 낙타에 실어오곤 했다.

더군다나 암벽 안쪽 초지에선 작으나마 채소를 기를 수 있었고, 암벽에서 흘러나오는 물은 얼음처럼 차가워 음식 재료를 꽤 오랫동안 보관해도 상하지 않았다. 덕분에 파소와 석청은 을지행이 출타를 했다 돌아오면 한동안은 그럴듯한 식사를 할 수 있었던 것이다. 물론 을지행이 가져온 재료들이 떨어지면 건량으로 끼니를 때워야 했지만 일단 재료가 있는 동안은 석청이 언제나 요리를 도맡았다.

처음에 파소는 석청의 요리 솜씨를 알고 있기에 자신이 세 사람의 식사 준비를 하려 했으나 석청은 기어코 주방의 권리를 자신이 가져갔다. 그 결과 처음 몇 달 동안 파소와 을지행은 고문 같은 식사 시간을 보내야 했으나 몇 달이 지나자 어느덧 석청도 음식의 간을 맞출 줄 알게 됐고, 최근에 들어서는 갖

가지 양념을 더해 그럴듯한 요리를 만들어내는 수준에 이르렀던 것이다.

"다 먹었어요?"

파소가 배불리 식사를 마치고 수저를 내려놓자 석청이 파소를 빤히 바라보고 있다가 냉큼 물었다.

"배불리 먹었어요."

"또!"

"하루아침에 고쳐지는 건 아니니 너무 다그치지 말아요."

파소가 미소를 지으며 말하자 석청이 큰 인심 쓴다는 표정으로 고개를 끄덕이며 말했다.

"좋아요. 한 달쯤 여유를 드리죠."

"노력해 보죠."

"이봐요, 그거 알아요?"

"또 뭐요?"

"당신 제법 잘생겼다는 거 말이에요."

뜬금없는 말에 파소가 당황스런 표정을 짓자 석청이 재빨리 말을 이었다.

"처음 보았을 때도 잘생겼다는 생각은 했었어요. 하지만 조금 갸름해서 어딘지 여성스럽다는 생각을 했었지요. 그런데 지난 오 년 동안 당신은 제법 많이 변했어요. 이젠 누가 봐도 호쾌한 미남자가 되어버린 거지요."

석청이 자연스럽게 파소를 당신이라고 부르고 있었다. 하지만 그 변화가 너무 자연스러워 파소는 석청이 자신을 부르는 호칭이 변한 줄도 모르고 있었다.

"사람이 그렇게 쉽게 변하나요, 그저 거칠게 생활하다 보니 조금 변해 보이는 것이겠지요."

"아뇨. 그렇지 않아요. 누가 뭐래도 당신은 이제 강호 대협이 되었다구요. 그런데 당신에게서 처음 느꼈던 그 여성적인 면모가 지금도 느껴질 때가 있어요."

"언제죠?"

파소도 호기심이 일었다.

"그건 바로 당신이 미소를 지을 때죠. 그래서 말인데요, 앞으로 강호에 나가면 절대 다른 여인에게 그런 미소를 짓지 말아요. 알았어요?"

석청이 경고하듯 말했다. 말은 장난스러웠지만 석청의 표정은 사뭇 진지해서 파소는 자신도 모르게 얼른 고개를 끄덕였다.

"그러죠. 뭐… 그런데……."

"하고 싶은 말 있어요?"

"나도 하나 부탁할게요."

"말해보세요."

"청… 청 누이도, 이렇게 부르는 게 좋겠어요. 어쨌든 청 누이도 강호에 나가면 다른 사람에겐 절대 그런 웃음을 보이지 말아요. 알았죠?"

파소가 그 말을 던지고는 얼른 자리에서 일어나 석실을 벗어났다. 석청은 갑작스런 파소의 말에 멍한 표정을 짓고 있다가 파소가 석실을 벗어나자 정신을 차리곤 크게 소리쳤다.

"걱정 말아요. 전 본래 그렇게 싹싹한 여자가 아니었다고요. 당신 앞에서만 다르다고요!"

그런데 석청의 목소리가 석실과 석실을 타고 퍼져 나가는 도중 갑자기 급히 석실을 벗어났던 파소가 석실 입구에 다시 얼굴을 들이밀고는 불쑥 한마디를 더 던졌다.

"요리도요. 다른 사람에겐 요리해 주지 마세요. 알았죠?"

말을 던진 파소가 석청이 뭐라 대답할 기회도 주지 않고 모습을 감췄다. 그러자 석청이 나직한 목소리로 중얼거렸다.

"걱정 말아요. 전 오직 당신을 위해서만 요리할 테니까요. 당신이 아니었다면 이 석청이 부엌에 들어올 일은 없었다구요."

그날 이후 파소와 석청의 관계는 좀 더 친밀해지기 시작했다. 예전에는 서로 마음을 주고 있으면서도 일정한 거리감을 가지고 있었는데 그날 이후부터는 정말 부부라도 된 듯 친밀한 말들을 거리낌없이 주고받았다. 그래서 그로부터 십여 일 뒤 사막의 계곡으로 돌아온 을지행은 채 한 시진이 지나기 전에 두 사람 사이가 전과 다르다는 것을 알아챘다.

"무슨 일이 있었느냐?"

을지행이 석청이 자리를 비운 틈을 타서 은밀하게 파소에게 물었다.

"무슨 일이라뇨?"

파소가 을지행이 말한 의도를 알아듣지 못하고 되묻자 을지
행이 석실 입구를 살피며 더욱 나직한 목소리로 물었다.

"석 소저와 말이다. 무슨 일이라도 있었던 거냐?"

"아뇨. 아무 일 없었는데요."

"그런데 둘 사이가 좀 변한 것 같은데?"

"아, 그거요. 말을 편하게 하기로 했어요."

파소의 대답이 기대에 미치지 못했던지 을지행의 얼굴에 아
쉬운 빛이 감돌았다.

"그렇게 된 거냐? 난 또……."

"무슨 다른 일을 기대하셨어요?"

"뭐, 그렇다기보단… 올해 네가 몇 살이지?"

"스물다섯이지요. 그리고 두 달 후면 스물여섯이군요."

파소의 대답에 을지행이 고개를 끄덕였다.

"음… 그렇다면 때가 됐군."

"때가 되다뇨?"

파소가 의아한 표정으로 물었다. 그러자 을지행이 정색을
하며 말했다.

"남자 나이 스물여섯이면 가정을 이룰 때가 되었다는 말이
다."

"예?"

파소가 당황한 얼굴로 을지행을 바라봤다.

"뭘 그렇게 놀라느냐? 내가 보기엔 석 소저도 널 좋아하는
것 같고… 석 소저만 한 여인을 만나는 것도 쉬운 일이 아니

다. 그러니 아예 이참에 둘이 혼례를 올리는 것은 어떠냐?"

"하지만……."

"하지만 뭐가 문제냐?"

"지금은 그런 문제를 말할 때가 아니지 않습니까? 수련 중인데……."

"누가 화려하게 잔치라도 벌이자는 말이냐? 애초에 두 사람 모두 격식을 따지지 않는 무림인이니 번거로운 절차야 생략하면 그만이고, 그저 물 한 사발 떠놓고 절만 하면 그뿐이지."

"그래도……."

"생각해 봐라. 네가 스물여섯이면 석 소저는 스물일곱이 된다. 여자 나이 스물일곱이면 늦어도 너무 늦은 나이야."

을지행은 계속해서 파소를 설득했다. 하지만 이 문제는 파소 혼자 결정할 문제가 아니었다. 더군다나 석청은 파소처럼 부모가 없는 것도 아니었다.

"저야 그렇다 해도 청 누이는 저와 다르지요. 엄연히 동호문주께서 살아 계시는데……."

"이런이런, 네가 석 소저의 부모에게 허락을 받고 혼례를 치르려면 아마도 너희들은 흰머리가 나야 혼례를 치를 수 있을 게다. 수련이 끝나면 무슨 일이 기다리고 있는지 너도 알고 있지 않느냐?"

을지행의 말처럼 파소와 석청은 수련을 끝낸다 해도 모용세가로 돌아갈 수 없었다. 또한 은하의 계곡을 통과해 무천향에 든다 해도 그 이후엔 생사를 가늠할 수 없는 일을 수행해야 할 것이다.

'맞는 이야기이긴 한데……'

파소도 내심 을지행의 말이 옳다는 것을 인정하기는 했지만 그렇다고 당장 석청과 혼례를 올리는 문제는 망설일 수밖에 없었다.

"생각해 보지요. 하지만 역시 지금은 수련 중이니……."

파소가 흘리듯 말하고는 재빨리 자리에서 일어나 회피하듯 석실을 벗어났다.

"흐흠, 중이 제 머리 깎기를 기다릴 순 없지. 내가 석청 그 아이에게 말해보는 게 좋겠군. 그 아이가 저 녀석보다 화통한 편이니 오히려 일이 쉽게 풀릴 수도 있겠지. 이 녀석아, 지금 을밀가는 후손이 필요하단 말이다."

을지행이 나직히 중얼거렸다.

파소는 황량한 계곡을 걷고 있었다. 북쪽에서부터 계곡을 타고 내려온 강렬한 바람이 흙먼지를 일으켜 파소를 휘감았지 만 파소는 강풍에 아랑곳하지 않고 일정한 보폭을 유지하며 계곡을 이쪽에서 저쪽으로 횡단했다.

강풍을 뚫고 파소가 계곡의 오른쪽 암벽에 도착하자 암벽 위로 올라가는 작은 길이 모습을 드러냈다. 지난 오 년간 하루 에 두 번씩 단 한 번도 빼놓지 않고 올랐던 암벽, 덕분에 애초 에 길이라고는 존재하지 않았던 암벽 사이에는 이젠 제법 사 람이 오를 만한 길이 모양을 갖추고 있었다.

팟!

파소가 가볍게 땅을 박찼다. 순간 파소의 신형이 물 찬 제비처럼 허공으로 솟구쳤다. 동시에 그의 신형이 암벽 사이의 소로를 따라 바람처럼 이동하기 시작했다.

파소는 순식간에 수십 척 높이의 암벽 정상에 도달했다. 그의 팔목과 발목에는 여전히 을지행이 채워준 쇳덩어리가 달려 있었지만 이제 파소는 그 쇳덩어리들이 처음부터 신체의 일부였던 양 그 존재를 거의 의식하지 않고 있었다.

파소의 몸이 암벽과 암벽 사이의 틈을 뚫고 나와 일 장 넘게 허공으로 솟아올랐다. 그리곤 잠시 허공에서 정지한 듯 멈춰섰다가 천천히 암벽 위에 내려섰다.

"혹!"

파소가 가볍게 숨을 뱉어냈다. 수십 척의 암벽을 단숨에 올랐으면서도 파소의 호흡은 한 올 흐트러짐이 없었다.

암벽 위 석양은 언제나처럼 파소를 기다리고 있었다. 아침의 일출과 저녁의 석양은 지난 오 년간 파소의 변함없는 친구였다.

"시작해 볼까?"

파소가 붉은 원을 그리고 있는 태양을 바라보며 친구에게 말을 건네듯 중얼거렸다. 그리고 천천히 오른손을 허리 아래로 내렸다. 순간 그의 허리춤에 있던 검이 마치 살아 있는 생명처럼 검집에서 벗어나 파소의 손에 들어갔다.

과거 백혼이 백벽에서 이런 식의 발검을 선보였을 때 경악했던 파소였지만 이젠 파소 자신이 진기를 이용해 검을 손으로 끌어들이는 경지에 이르러 있었다.

웅!

진기로 끄집어낸 검은 파소의 손에 들어오자 갑자기 살아 있는 생명인 양 거친 울음을 토해냈다. 순간 검끝에서 흰 기운이 어른거리더니, 순식간에 일 장에 가까운 검기가 만들어졌다.

파소는 자신의 눈앞에서 영롱하게 빛나고 있는 검기를 한참 동안 응시하다가 천천히 검을 움직이기 시작했다.

웅웅웅!

파소가 검을 움직일 때마다 검기 주변에서 묵직한 파공음이 터져 나왔다. 파소가 시전하는 검식은 언제나처럼 선검십이식, 하지만 파소가 펼치는 선검십이식은 어딘지 모르게 과거와 많이 달라져 있었다.

사막의 계곡에 들기 전처럼 극쾌를 추구하는 것도 아니고, 그렇다고 처음 사지에 쇳덩이를 차고 수련을 시작했을 때처럼 아주 느린 중검을 펼치는 것도 아니었다. 느리지도 빠르지도 않은 파소의 검식은 춤사위처럼 자유로울 뿐 아니라 강약의 조절 또한 능숙해서 벨 때와 찌를 때, 그리고 방어할 때의 속도가 제각기 다르면서도 유연하게 이어졌다. 또한 사지에 차고 있는 쇳덩이의 무게도 더 이상 파소의 움직임에는 아무런 방해를 주지 못했다.

우웅!

그리 빠르지 않은 속도임에도 불구하고 파소의 검에선 연신 무거운 파공음이 흘러나오고 있었다. 파공음이 무겁다는 건 그만큼 파소의 검이 지닌 힘이 강력하다는 의미. 그건 곧 파소의 내공이 수련을 시작한 오 년 전과는 비교할 수 없을 만큼 고 강해졌다는 의미기도 했다.

더군다나 파소가 열두 초식의 검식을 온전히 펼쳐 내는 동안 파소의 검에서 뻗어나간 검기는 단 한 치도 줄어들지 않고 꾸준히 일 장의 길이를 유지했다. 그건 곧 파소의 공력이 그만큼 정순하다는 의미였다.

팟!

언제나처럼 파소가 마지막 초식을 펼치기 위해 허공으로 치솟았다. 파소의 신형은 지면에서 거의 이 장 가까이 날아올랐다. 동시에 파소의 검이 일 장 길이의 검기를 매단 채 붉은 석양을 반으로 갈라냈다.

순간 파소의 몸이 허공에서 정지한 듯 보였고, 서산에 걸린 태양 역시 잠시 동안 반으로 갈라진 채 그대로 멈춘 듯한 착시를 일으켰다.

그러나 사람은 영원이 허공에 떠 있을 수 없고, 태양은 반으로 갈라질 수 없는 물건. 찰나의 순간 모든 것이 정지한 듯한 시간이 지나자 파소의 신형은 천천히 지면으로 내려왔고 태양은 다시 본래의 모습으로 돌아갔다.

"후욱!"

파소는 지면에 내려서자 가슴에 가득 찼던 공기를 밖으로 흘려냈다. 선검십이초식을 일초식에서부터 십이초식까지 일순하는 동안 파소는 오직 단 한 번의 호흡만 사용했다. 그러면서도 파소는 전혀 불편함을 느끼지 않을 만큼 호흡이 길어져 있었다.

"형(形)을 버릴 때가 된 것인지도 모르겠군."

파소가 두세 번 깊은 호흡으로 몸속에 신선한 공기를 불어넣고는 나직하게 중얼거렸다.

그런데 아마 누군가 파소의 말을 들었다면 경악을 금치 못했을 것이다. 형을 버린다는 것은 곧 선인이 언급한 탈검의 경지를 말함이었다. 파소의 나이 이제 겨우 이십대 중반, 그 나이에 탈검의 경지를 논한다는 것은 무천향에서조차 놀라운 일이 아닐 수 없었다.

을지행조차도 파소가 탈검의 경지를 이루는 시기를 십 년 이후로 잡고 있지 않았던가. 물론 탈검의 경지를 완벽하게 수련하기 위해선 또다시 얼마간의 시간이 필요할 것이지만.

"이젠 대성사께 가르침을 청할 때가 된 것 같아. 지금이야말로 좋은 스승이 필요한 때인 것 같으니까."

수련을 스승이 대신할 수는 없다. 스승이 필요한 때는 가야 할 길을 제시해 줘야 할 때였다. 파소는 스스로 판단하기에 처음 을지행이 제시했던 수련 방법으로는 더 이상의 성취를 얻을 수 없는 경지에 올랐다고 생각하고 있었다. 파소는 최소한 선검십이식의 형은 완벽하게 완성했던 것이다.

수련을 마치고 파소가 석실에 도착했을 때 사위는 이미 어두워진 후였다. 그런데 석실에선 생각지도 않은 반가운 얼굴이 파소를 기다리고 있었다.

"오랜만이구나."

단보였다.

"언제 오셨어요?"

근 이 년 만에 만나는 사람들치고는 너무 건조한 말과 어투들, 하지만 두 사람에게 이런 대화는 익숙한 것이었다. 그들은 둘이서 천하를 유랑할 때부터 항상 이렇게 건조한 대화에 익숙해져 있었다.

"좀 전에 도착했다."

"이 년 만인가요?"

"그렇게 됐지. 수련은 어떠냐?"

그러자 파소가 잠시 망설이다가 입을 열었다.

"내일쯤 대성사께 선검십이식을 정식으로 보여 드리려구요."

순간 단보가 놀란 표정으로 파소를 바라봤다.

"대성사께?"

"네."

"그렇다면 형을 완성했다는 말이구나."

"그것보단 더 이상의 진보가 없다고 말해야겠지요. 어쨌든 이젠 어떤 속도로 선검을 펼쳐도 편안해요."

파소의 대답에 단보가 고개를 끄덕였다. 초식을 수련하는

데 편안함을 느끼다면 그건 수련자가 그 초식에 완전히 통달했다는 의미였다.

"내가 널 과소평가했나 보다."

"네?"

"내가 알고 있기로 선검은 을밀가 삼대무공 중 하나로, 수련하기가 극히 까다로운 무공이다. 그 덕에 을밀가 내부에서도 선검을 수련하는 사람이 거의 없는 형편이지. 그런데 이제 겨우 스물다섯인 네가 선검의 형을 완성했다면 그건 기인이사가 넘쳐 나는 무천향에서조차도 놀랄 일일 거다."

"이게 모두 어려서부터 오직 선검만을 익혀온 덕 아니겠어요?"

그러자 단보가 실소를 흘려내며 물었다.

"설마 날 원망하는 거냐?"

"그런 건 아니고요."

"후후, 맞는 말일지도 모르지. 처음부터 너에게 다른 무공을 가르치지 않고 선검만 익히게 한 것이 오늘날 네가 이렇게 빠른 성취를 보게 된 이유 중 하나일 게다. 그러니 혹 나에 대한 원망이 있다 해도 접어두도록 하거라."

"꿈보다 해몽이 좋군요."

"어쨌든 결과는 좋으니까. 솔직히 말해 내가 네게 선검만을 가르친 것은 네 부모의 부탁도 있었지만 네 앞날을 생각해서였다. 내가 알고 있는 다른 무공들은 모두 강호에 나오면 절정무공 소리를 들을 무공들이었다. 그것들을 네게 가르친다면 넌 결국 무림인으로 살아가게 될 것이라 생각했었다. 하지만 선검은 수련하기가 어렵고 또 그 효과가 아주 느리게 나타나는 무공이기 때문에 선검을 가르치면 들짐승이나 어줍잖은 흑도 나부랭이에게서 네 몸 하나 지킬 만은 하지만 무림인으로 살아가진 못할 거라 생각했던 거지. 그런데……."

"결국 제가 무림인이 되는 것을 원치 않아서 선검을 가르쳤다는 말이군요."

"뭐, 그런 것이지. 그런데 그게 오히려 네게 도움이 될 줄이야 누가 알았겠느냐? 세상일이란 묘해서 꼭 바란 대로 되는 것이 아니지만 또 될 일은 이렇게 우연이라도 되는 쪽으로 흘러가게 마련인 것 같구나."

"어쨌든 고마워요."

"고맙다고?"

"그럼요. 지금의 성취가 모두 어르신 덕인데……."

"이제 좀 마음이 놓이는군."

단보가 엉뚱한 말을 흘려냈다.

"무슨 말씀이세요."

"난 이곳으로 돌아오면서 줄곧 걱정을 했었다. 혹여라도 네가 지금의 생활에 만족하지 못해 다시 널 찾은 것을 원망하고 있지나 않을까 하고 말이다."

"처음에는 적지 않게 원망했었지요. 하지만 이젠……."

"좋구나. 역시 세월인가……?"

"그런가 봐요. 이제 곧 스물여섯이니까요."

"아, 참! 네게 할 말이 있다."

파소가 자신의 나이를 언급하자 단보가 뭔가 생각난 듯 무릎을 치며 말했다.

"무슨 일인데요?"

"대성사께서 네 혼인 얘기를 하시던데……."

을지행이 벌써 단보를 붙들고 파소의 혼인 문제를 거론한 모양이었다.

"성미도 급하시지."

파소가 황당한 표정을 지으며 중얼거렸다.

"그건 네가 을밀가의 상황을 몰라서 하는 말이다."

"을밀가의 상황이라뇨?"

"을밀가는 무천향이 탄생한 이래 점점 그 숫자가 줄어들어 왔다. 세상과 동떨어져 폐쇄적인 삶을 살아왔으니 당연한 일이겠지. 그런데 최근 몇십 년래에는 더더욱 후손이 귀해져 최근에 들어서는 아이 울음소리 듣기가 몇 년에 한 번일 정도란다. 더군다나 향주의 직계는 더더욱 귀하지. 해서 을밀가에겐 후손을 보는 것이 무엇보다 중요한 일 중 하나가 된 상황이다. 더군다나……."

"……?"

"아니다. 그 이야기는 나중에 하자꾸나. 어쨌든 대성사께서 네 혼인을 재촉하시는 것은 나름대로 연유가 있다는 말이다. 그리고 내 생각엔 지금 네가 석 소저와 혼인을 하는 게 나쁠 것 같지는 않구나."

"수련 중에 누가 혼인을 해요?"

"본래 그렇긴 하다만 지금은 상황이 조금 다르지 않느냐? 청춘남녀가 서로 좋아하면서 오 년을 한곳에서 살아왔다. 이쯤 되면 결실을 맺어서 나쁠 것도 없지. 더군다나 두 사람의 성취가 우리가 생각한 것보다 훨씬 빠르니 혼인이 수련에 방해가 되지는 않을 것이다. 무엇보다도 너와 석 소저 스스로를 위해서도 필요한 일일 것이다."

"우리 두 사람을 위해서요?"

"너희 두 사람은 이곳에서 세상과 격리돼 있으면서 아무의 방해도 받지 않고 생활해 왔다. 당연히 사람들의 눈을 의식하지 않고 두 사람 사이를 발전시켜 왔겠지. 하지만 혼인을 하지 않은 상태에서 수련을 마치고 강호로 나간다면 너희 두 사람의 운명이 어떻게 변할지는 아무도 모른다. 그때는 누군가 한 사람의 사정에 의해 서로의 인연이 어긋날 수도 있다는 말이다. 본래 세상사는 다 때가 있게 마련인데 내가 보기에 지금이 너희 두 사람이 맺어질 때인 것 같구나. 특히 너는 어려서부터 외톨이로 살아왔으니 석 소저를 아내로 맞아들이게 된다면 심적으로도 안정감이 생기지 않겠느냐? 보통 무공을 수련하는 사람은 모든 인연으로부터 벗어나 수련에 몰두하기를 원하지. 그래서 폐관을 하기도 하고 굴속에 파묻혀 지내기도 한다. 하지만 그런 식으로 무공을 수련하는 것이 모든 사람에게 좋은 것은 아니다. 오히려 넌 지난 세월 고독했으니 이젠 반대로 그 고독에서 벗어나는 게 도움을 줄 수 있을 것이다."

"다른 방식으로 살아보라고요?"

"경험은 모든 수련 중 최고의 수련이다."

그러자 파소가 잠시 생각에 잠겼다. 단보는 파소가 충분히 생각할 수 있도록 그를 가만히 내버려 뒀다. 그렇게 얼마나 시간이 흘렀을까. 파소가 나직하게 입을 열었다.

"나쁘지 않을 것 같네요."

"그렇지?"

"하지만 무공 수련에 도움이 되자고 혼약을 하겠다는 건 아니에요."

"물론 넌 그런 거와는 거리가 먼 아이지."

"이곳을 벗어났을 때를 생각하면 여러 가지 문제가 생기기 전에 우리 두 사람의 관계를 확실히 하는 게 좋겠다는 생각이에요."

"좋아, 그럼 결정된 건가? 난 곧 다시 떠나야 하니 그전에 혼례를 치르도록 하자꾸나."

"대성사님이나 어르신이나 정말 성격들이 급하시군요. 아직 청 누이의 의사도 확인하지 않았는데……."

"그건 걱정 마라. 그녀는 너보다 더 빨리 결정했으니까. 대성사께서 내게 너희 두 사람의 혼인에 대해 말씀하실 때 석 소저도 함께 있었다. 그녀는 대성사께 고맙다고 하더라. 그 말인즉슨 그녀는 이미 오래전부터 너와 혼인을 할 의사가 있었다는 말이겠지."

"청 누이가 정말 그랬어요?"

"내가 없는 말을 하겠느냐? 곧 탄로날 일인데. 그나저나 그럼 대성사께 말씀드려 곧 날을 잡도록 하자꾸나. 대성사께서는 천문과 역술에도 능하시니 길일을 잡아주실 것이다. 이 문제는 내가 알아서 하마."

"고맙습니다, 어르신."

"홋, 너에게 고맙다는 소리까지 들어보는구나. 십삼 년을 키우고도 못 들어본 소린데. 역시 여자는 요물이로다. 핫하하!"

단보가 호쾌한 웃음을 터뜨리고는 파소의 석실을 벗어났다.

* * *

"검을 보여주겠다고?"

을지행이 석청이 달여 온 차를 마시다가 고개를 들어 파소를 보며 물었다.

"예."

파소가 고개를 끄덕였다. 한쪽에 떨어져 단보와 무슨 이야기를 나직하게 주고받던 석청이 고개를 돌려 파소와 을지행을 바라봤다. 그녀에게도 파소의 무공 성취는 주요 관심사였다.

"얼마나 됐지? 마지막으로 본 게……."

"일 년 전이었습니다."

"그렇군. 일 년이라… 그럼 한 번 볼 때도 된 것 같군. 그렇게 하지."

"말이 나온 김에 지금 했으면 합니다만."

"그래? 그럼 그러지 뭐."

"그럼 나가시죠."

파소가 먼저 자리에서 일어나 석실 밖으로 걸음을 옮겼다. 그러자 석실 안에 있던 사람들이 저마다 호기심을 드러내며 파소를 따라 걸음을 옮겼다.

파소가 암벽 아래 펼쳐진 초지 위로 가볍게 날아내렸다. 석청과 을지행, 그리고 단보는 초지로 내려오지 않고 석실 입구에서 파소를 내려다보고 있었다.

파소는 초지에 내려선 후 천천히 걸음을 옮겨 둥근 원형을 이루며 자란 초지의 중앙으로 걸어갔다. 때마침 우연인지 암벽 위쪽으로 뚫린 거대한 구멍을 통해 아침 햇살이 눈부시게 내리쬐고 있었다. 파소가 그 볕 속으로 들어가자 왠지 신비한 분위기가 파소 주위에서 흘러나왔다.

"좋군."

아직 초식을 시전하지도 않았는데 을지행이 고개를 끄덕였다.

"놀라운 성취지요. 저 나이에……."

"뭐라 하던가?"

"형을 완성한 것 같다더군요."

"형을 완성했다라… 그럼 지검의 경지를 넘어 탈검에 들어섰다는 말이군."

"그게 관계가 있습니까?"

"본래 선검 육단계 중 지검의 완성을 형의 완성으로 보는 시각이 많다네. 본가에서 선검을 익혔던 사람들은 모두 그렇게 해석했지. 왜냐하면 선인께서 말씀하시길, 지검의 경지란 검이 살아 있음을 안다는 것인데 형은 본래 죽은 검이거든. 선검의 초식은 균형이 부족하면 절대 그 형을 완성할 수 없네. 그런데 선검을 시전하며 균형을 완벽하게 하려면 반드시 순정한 공력의 성취가 필요하지. 다시 말해 정순한 공력의 힘을 빌어야 죽은 선검의 형을 완벽한 살아 있는 형으로 완성할 수 있다는 말일세. 즉, 선검 육단계 중 지검을 넘어서는 것은 정순한 공력을 초식에 주입해 선검십이식의 완벽한 형을 찾는 데 그 끝이 있다고 할 수 있다는 걸세. 그러니 저 아이가 형을 완성했다는 것은 곧 지검을 넘어섰다는 말이 되는 걸세. 그런데 지금 저 아이의 걸음걸이로 보니 그 말이 틀린 것 같지가 않아."

을지행의 설명에 석청이 고개를 갸우뚱했다. 을지행의 말을 알아들을 듯하면서도 쉽게 그 진의를 파악할 없었기 때문이다. 반면에 단보는 을지행의 말을 이해했는지 고개를 끄덕이고 있었다.

"걸음걸이로도 수련의 성취를 읽을 수 있나요?"

석청이 을지행에게 물었다.

"당연하네. 본래 사람의 걸음걸이란 그 사람의 성정과 신체 구조를 가장 잘 나타낸다네. 팔자나 육자 걸음은 신체 구조에 기인한 바가 크고, 보폭과 속도는 성정에 관계된 바가 크지. 몸의 상태 또한 걸음걸이에 영향을 미치네. 아, 이런 건 나중에 시간 날 때 말하기로 하고, 무공도 마찬가지여서 그 익힌 무공의 성격에 따라 사람마다 걷는 모습이 조금씩 다르지. 하지만 어떤 무공을 익혔든 그 성취가 진보할수록 그 사람의 걸음걸이는 균형을 잡아간다네. 다시 말해 한 무인의 걸음걸이는 사람의 지문처럼 각자의 무공 특성과 그 성취를 나타낸다는 말일세."

"어렵군요."

"나중에 세월이 지나 수많은 고수를 만나게 되면 자연스럽게 그 이치를 알게 될 걸세."

"그럼 어쨌든 파소 소협의 모습은 좋다는 말이네요?"

"그렇지. 형으로 이룰 것은 다 이룬 모습이야. 거기에 저토록 자연스럽게 주변의 사물과 어울리니 이미 탈검의 경지 깊숙이 들어선 것일지도……."

"그렇게까지 보십니까?"

단보가 놀란 눈으로 물었다.

"굳이 검을 볼 필요도 없을 것 같네. 탈검의 모습이 보인다는 건 지검을 넘어섰다는 말이니……."

"그럼 멈추라고 할까요?"

단보가 묻자 을지행이 고개를 저었다.

"그냥 두게. 지금 저 아이의 모습을 보니 완전히 몰입한 것 같은데, 이런 기회는 흔치 않네. 저 아이에게 좋은 기회란 걸세. 뭔가 얻을 수도 있을 걸세."

을지행이 말을 하는 사이 어느새 파소는 선검십이식의 첫

초식을 펼치고 있었다.

파소의 검이 예의 그 일 장 길이의 검기를 뻗어내고 있었다. 움직임은 유려했고, 기괴한 동작을 취함에도 안정된 균형을 유지하고 있어 보는 사람의 마음을 안심시켰다.

그런 부드러운 중에 검은 살아 있는 생명처럼 웅웅거리며 토하듯 파공음을 만들어내고 있었다. 파소의 손안에서 그의 검은 완전히 하나의 살아 있는 생명으로 변해 있었다.

"아!"

석청의 입에서 자신도 모르게 탄성이 흘러나왔다. 석청의 눈에는 파소의 모습이 마치 신선처럼 보였다. 암벽 위로 뚫린 공간으로부터 비쳐 드는 햇빛 때문인지 파소는 온통 눈부신 빛에 휘감겨 있었다.

그 빛 속에서 파소는 지난 수십 년간 익혀온 선검십이식의 완벽한 모습을 석청 등에게 보여주고 있었다.

"대단하군."

어지간해서는 감정을 드러내는 법이 없는 단보조차도 석청의 탄성에 맞춰 감탄사를 흘려냈다.

반면 무천향의 대성사 을지행은 변함없는 표정으로 뚫어지게 파소를 바라보고 있었다. 그런데 웬일인지 을지행은 파소의 초식이 팔초를 넘어서는 순간부턴 무척 긴장한 모습으로 두 손을 꽉 말아 쥐고 마치 당장에라도 초지로 뛰어내려 갈 사람처럼 긴장하기 시작했다.

당연히 그런 을지행의 모습이 석청과 단보에겐 불안하게 보여질 수밖에 없었다.

"무슨 문제라도?"

단보가 걱정스런 표정으로 을지행에게 물었다. 그러자 을지행이 단보를 돌아보지도 않고 손을 내저으며 말했다.

"아닐세. 집중하게. 저 아이가 새로운 눈을 뜨는 것 같네."

第五章

바람 속에서

武天鄉
무천
향

　화살처럼 내리꽂히던 햇살의 중간 부근이 잘려 나갔다. 순간 잘려 나간 햇살 아래쪽에 원통형의 그늘이 만들어졌다. 파소가 펼친 선검십이초식의 마지막 초식이 만들어낸 기현상이었다.

　파소는 자신이 빛을 잘라 만든 그림자 안에서 천천히 하강하고 있었다. 그런데 파소의 발이 초지에 닿은 듯한 순간 섬전 같은 속도로 재차 검을 들어 허공을 향해 찔러 갔다. 파소의 검이 빛의 그늘 정중앙을 번개처럼 뚫고 지나갔다.

　쏴아아!

　빛이 소리를 낸다는 이야기는 금시초문이었지만 석청 등 삼인은 파소의 검에 의해 뚫린 그늘의 작은 틈을 통해 막혀 있던 햇살이 시원한 빗소리와 함께 폭포수처럼 쏟아져 내리는 듯한 착각에 빠져들었다.

그리고 조금 더 시간이 흐르자 파소의 검에 의해 뚫린 구멍이 점점 넓어지더니, 어느 순간 검에 의해 만들어졌던 원통형 그늘이 사람들 눈에서 사라졌다.

검무는 끝났다. 신인(神人) 같던 파소의 모습도 다시 평범한 청년으로 돌아왔다. 그러나 암벽 위에서 파소의 검무를 지켜보고 있던 삼 인은 누구도 쉽게 입을 열지 못했다. 그만큼 오늘 파소가 보여준 검무는 그들이 상상했던 것 이상의 모습이었다.

"제가 모르는 선검의 구결이 더 있었습니까?"

입을 먼저 연 것은 단보였다.

"자네가 알고 있는 구결이 전불세."

을지행이 대답했다.

"하지만 지금 저 아이가 마지막에 펼친 초식은 제가 모르는 초식입니다만……."

"그건 나도 마찬가질세. 마지막에 펼친 초식은 나도 모르는 검식일세. 아니, 나뿐 아니라 천하의 그 누구도 모르는 초식일 걸세. 설혹 과거 선검의 구결을 남기신 을조인 태조사께서 살아 돌아온다 해도 저 초식은 모를 것일세."

"그게 무슨 말씀이십니까? 선검을 남긴 태조사께서도 모르는 초식이라니요?"

"왜냐하면 마지막에 저 아이가 펼친 초식은 그 순간 파소 저 아이가 스스로 만들어낸 초식이기 때문이네. 드디어 저 아이가 탈검의 경계에 들어선 것일세. 과거의 초식에 얽매이지 않고 순간순간 자신이 필요로 하는 초식을 만들어낼 수 있는 경지, 아니, 그 몸이 자신도 모르는 사이에 그 순간 가장 적절한 초식을 만들어내는 경지, 내가 이해하고 있는 탈검의 경지란 바로 이것이고, 저 아이는 지금 그런 경지를 보여준 것일세."

을지행의 설명에 단보가 놀란 표정으로 파소에게 시선을 돌렸다. 그때 검무를 마친 파소는 천천히 암벽 쪽으로 다가오고 있었다.

암벽 밑에 도달한 파소가 석동에서 내려진 밧줄을 잡더니 가볍게 땅을 박찼다. 순간 파소의 신형이 쏘아진 화살처럼 솟아오르더니 순식간에 석청 등 삼 인 앞에 내려섰다.

"대단했어요."

파소가 암벽 위로 올라오자 석청이 아직도 감격의 여운이 가시지 않은 목소리로 파소를 맞았다. 그녀의 목소리는 조금 떨리는 것 같기도 했다.

"괜찮았나요?"

"괜찮은 정도가 아니에요. 정말 훌륭했어요. 전 지금껏 그렇게 아름다운 검무를 본 적이 없어요."

그러자 파소가 이번에는 을지행을 돌아봤다. 다른 누구보다도 을지행의 평가가 중요했다.

"어떻게 보셨는지요?"

파소의 질문에 을지행이 잠시 뜸을 들이다가 천천히 입을 열었다.

"좋더구나. 이젠 그 쇳덩어리는 벗어버려도 되겠다."

순간 파소의 눈빛이 반짝였다.

"그럼⋯⋯."

"지검은 넘어섰다. 넌 탈검의 경지에 들어섰다. 마지막에 네가 본능적으로 선검십이식에 없던 초식을 펼쳤던 순간을 기억하느냐?"

"네. 그 느낌이 아직도 생생합니다. 전 답답함을 느꼈고, 마지막 초식은 그 답답함을 풀어주는 일 초였습니다."

"바로 그거다. 형에 얽매이지 않고 원하는 초식을 본능적으로 만들어낼 수 있는 경지, 그게 바로 탈검의 경지다. 이제부턴 조금 다른 수련을 하자꾸나."

"조금 다른 수련이라면⋯⋯."

"나중에 말해주마. 그것보다 새로운 수련에 들어가기 전에 너희 두 사람의 혼례부터 치르도록 하자."

을지행의 말에 파소와 석청의 얼굴이 붉게 물들었다.

*　　　*　　　*

어둠이 가시지 않은 석실, 파소가 조용히 침상에서 빠져나왔다. 침상을 벗어난 파소가 조심스럽게 밖으로 나갈 준비를 하고 있는데 뒤에서 석청의 목소리가 들려왔다.

"이봐요. 벌써 나가는 거예요? 아직 해도 뜨지 않았는데……."

"더 자요. 대성사님과 약속이 있어요."

순간 졸음에 겨운 목소리를 흘려내던 석청이 벌떡 침상에서
몸을 일으켰다.

"아, 그러고 보니 오늘이 새로운 수련을 시작하는 날이군
요?"

"이제 생각났어요?"

"이런 정신 좀 봐. 이렇게 세월 가는 줄 모르다니……."

석청이 자신의 머리를 주먹으로 두드렸다.

"다녀올게요."

준비를 마친 파소가 문쪽으로 걸어갔다.

"오래 걸릴까요?"

"그리 오래 걸리진 않을 거예요. 한두 시진 안에 돌아올 거
예요."

"알았어요. 그럼 다녀오세요. 제가 맛있는 요리를 해놓을게
요."

"알았어요. 기대할게요."

파소가 살짝 미소를 지어 보이고는 석실을 벗어났다. 그러
자 석청이 그대로 침상에 쓰러지며 중얼거렸다.

"아, 좀 더 자고 싶다. 하지만 낭군을 굶길 수는 없으니 어쩔
수 없이 일어나야겠지. 그나저나 우리 낭군님은 어쩔 수 없는
샌님인가 봐. 여전히 말투는 고치지 못하는군. 하지만 이것도
좋은 것 같아. 어쨌든 내가 나이는 한 살 많으니까. 이러나저

러나 낭군님은 이미 내 사람이 되었고. 흐흐……."

석청이 죽은 듯 잠시 그렇게 누워 혼자 웃음을 흘리다가 이
내 몸을 일으켜 나갈 준비를 하기 시작했다.

"흠, 제시간에 나왔구나. 신혼의 단꿈에 젖어 늦잠을 자는
게 아닌가 걱정했었는데……."

"대성사께서 기다리시는데 그럴 수야 있나요? 그런데 단 어
르신은……?"

"당연히 자고 있지. 같이 가자니까 무공을 가르치는 일은 내
일이라고 하더구나. 뭐, 틀린 말은 아니지. 가자."

을지행이 가벼운 몸놀림으로 암벽을 내려가 초지에 서자 파
소도 이내 을지행의 뒤를 쫓았다. 초지에 내려선 두 사람은 서
둘러 초지를 벗어나 황량한 사막의 계곡으로 나섰다. 차가운
북풍이 서릿발처럼 몰아치고 있었다. 보통 사람이라면 몸을
가눌 수도 없을 지경인 그 속에서 을지행은 파소를 이끌고 계
곡의 북쪽으로 이동했다.

북쪽으로 올라갈수록 계곡은 좁아지고 바람은 거세졌다. 그
래서 호리병 모양을 이루고 있는 계곡의 북쪽 끝에 도달했을
때는 마치 태풍이라도 만난 듯 두 사람의 신형이 흔들거리고
있었다.

"다 왔다."

계곡의 가장 좁은 곳에 도착하자 을지행이 걸음을 멈췄다.

"바람이 세군요."

"그렇지. 이 계곡에선 이곳이 가장 바람이 세게 부는 곳이다. 그래서 네 무공 수련 장소로 이곳을 택한 것이다."

"이곳에서 무공을 수련한다고요?"

"오냐. 앞으로 지금처럼 해 뜨기 반 시진 전과 해 지기 반 시진 전에 이곳에 와서 선검을 수련토록 해라. 그 시간이 이곳에서 가장 강한 바람을 맞을 수 있으니까."

"이곳에서 수련하는 게 무슨 이득이 있는 거죠?"

"말했지 않느냐? 이곳의 바람 때문에 이곳을 선택했다고. 탈검이 형을 벗어나는 단계란 말은 이미 했고, 다른 말로 하자면 찰나간의 순간에 자유자재로 변초를 이뤄 외부의 변화에 대응하는 것이라고 할 수 있다. 이곳의 바람은 절정고수가 흘려내는 기운에 못지않으니 이 바람을 상대로 선검을 수련하다 보면 자연스럽게 바람의 변화에 따라 네 검의 초식도 변하게 될 것이다. 만약 네가 이곳에서 강력한 북풍을 아랑곳하지 않고 자유롭게 선검을 펼칠 수 있다면 그땐 탈검을 대성했다고 할 수 있을 것이다."

"잘 이해가 되지 않는군요. 다시 선검을 수련하는 것이 어떻게 탈검을 대성시킬 수 있는지……."

"일단 시작해 보거라. 시간이 흐르면 내 말의 의미를 알 수 있을 것이다."

"그럴까요?"

파소가 고개를 갸웃하고는 걸음을 옮겨 계곡의 중앙으로 나갔다. 계곡의 중심에 서자 바람은 더욱 세차게 파소의 몸을 때렸다.

'오 년 전이었다면 제대로 서 있지도 못했겠군.'

파소가 공력을 끌어올려 거친 바람에 저항하며 생각했다. 지난 오 년간 수련을 통해 증진된 공력이 아니었다면 세차게 불어오는 북풍을 절대 감당하지 못했을 터였다.

잠시 후 계곡을 넘어오는 강풍에 어느 정도 익숙해지자 파소가 천천히 검을 뽑아 들었다.

'쉽지 않군.'

뽑아 든 검을 자신의 몸 앞에 세우려던 파소의 얼굴이 딱딱하게 굳었다. 거친 바람을 맞은 검이 평소와 달리 파소의 손을 따르지 않고 자기 멋대로 이리저리 요동치는 것이었다.

웅!

파소가 재빨리 검에 진기를 주입하자 한차례 파공음을 일으킨 검이 그제야 요동을 멈추고 파소의 의도대로 움직였다.

'휴, 공력의 힘을 빌어야 검을 움직일 수 있다니, 이런 상태로 과연 선검십이식을 제대로 펼칠 수 있을까?'

내심 걱정을 하며 파소가 천천히 선검십이초의 검식을 펼치기 시작했다.

파소의 검에서는 언제나처럼 일 장 길이의 검기가 뻗어 나와 있었다. 그런데 초식이 진행될수록 검기의 크기가 점점 변하기 시작했다. 어느 때는 일 장 이상 늘어났다가 또 어느 때는 겨우 한 자 길이로 줄어들 때도 있었다.

그런데 이런 검기의 변화가 파소에 의해 의도된 것이 아니라는 것은 약간의 눈썰미만 있으면 누구나 알아볼 수 있었다. 검식을 펼치는 파소의 이마에는 송글송글 땀이 맺혀 있었다.

　그렇게 파소의 검기가 수없이 많은 변화를 일으키는 가운데 파소가 선검십이초식을 모두 펼쳐 냈다. 그러나 이번에는 며칠 전 석실 앞 초지에서 초식을 선보일 때와는 달리 선검십이초식 이외의 초식을 시전하지 않은 채로 초식의 전개를 마친 파소였다.

　"후욱!"

　선검십이초식을 일순한 파소가 깊은숨을 내쉬며 고개를 절레절레 흔들었다. 그리곤 잠시 계곡 북쪽에서 불어오는 형체 없는 바람을 노려보다가 천천히 걸음을 옮겨 자신을 지켜보고 있는 을지행에게 다가갔다.

　"어떠냐?"

　을지행이 미소를 지으며 묻자 파소가 고개를 저으며 대답했다.

　"쉽지 않던데요."

　"그렇지?"

　"바람이 너무 세요. 덕분에 진기는 고르지 못하고 형은 무너졌어요. 처참해요. 지금껏 수련한 게 이 정도밖에 되지 않았었나 하는 생각이 들어요."

　"후후, 자책할 것 없다. 그곳에선 네가 아니라 천하의 그 누구도 자신의 무공을 온전히 펼칠 수 없을 것이다."

"이곳에서 선검을 완벽하게 펼칠 때까지 수련해야 하는 건 가요?"

파소가 묻자 을지행이 잠시 생각에 잠겼다가 신중한 목소리로 입을 열었다.

"넌 이미 선검의 형을 완성했다. 바람의 방해를 받지 않는다면 넌 언제 어디서든 선검십이식을 완벽하게 펼칠 수 있을 것이다. 그러니 더 이상 형에 몰두할 필요는 없다."

"그럼 뭘 해야 하나요?"

"네가 이곳에서 수련을 마치는 시기는 형이야 어떻든 네가 바람의 영향을 전혀 받지 않고 편하게 선검을 펼칠 수 있을 때라고 해두겠다."

"같은 말 아닌가요? 편하게 선검을 펼칠 수 있다면 결국 완벽한 형태의 선검이 되는 거잖아요."

"같은 듯하지만 다른 말이다. 이곳에서 네가 가장 편하게 펼칠 수 있는 선검이 이전까지 네가 익혔던 선검이 아닐 수도 있다."

"그게 무슨 말이죠?"

"거센 북풍을 상대하는 방법은 두 가지다. 순응하거나, 맞서거나! 피할 수는 없다. 왜냐하면 네가 지켜야 할 자리는 저곳이니까. 어느 쪽으로 선택하더라도 결국 선검은 변할 것이다. 이 이치를 알겠느냐?"

"잘 모르겠습니다."

"지금까지 네가 익힌 선검이 정(靜)의 선검이었다면 이제 넌

동(動)의 선검을 익혀야 한단 말이다. 바람에 순응하든 대항하든 넌 바람 속에서 또 다른 형태의 선검을 찾아야 할 것이다. 그걸 찾는 순간 넌 탈검을 완성할 수 있을 것이다. 그리고 어떤 상황에서도 펼칠 수 있는 너만의 검을 가지게 될 것이다. 다른 누군가가 정해놓은 형식에 얽매이지 않는 너만의 선검을 말이다."

을지행의 말에서 열기가 느껴졌다. 순간 파소는 을지행의 가르침보다 을지행도 한 명의 무인이었다는 사실에 더 관심이 갔다.

'이분도 무인이셨구나. 이런 열정을 지니고 계셨던가? 무천향의 대성사 이전에 한 명의 무인이셨어!'

무천향의 대성사는 거저 되는 것이 아니다. 을지행은 단박에 파소가 다른 생각을 하고 있다는 걸 알아챘다.

"무슨 생각을 하는 거냐?"

정신 차리라는 듯 을지행이 매섭게 소리쳤다. 순간 파소가 얼른 제정신을 차렸다. 그리곤 화가 난 듯한 을지행을 보며 씨익 미소를 지으며 말했다.

"대성사님도 무인이셨군요."

"응?"

"흥분하셨어요."

순간 무천향의 대성사 을지행은 자신이 어떤 모습을 하고 있는지 깨달았다. 그러자 갑자기 커다란 웃음을 터뜨렸다.

"핫하, 그렇구나. 내가 잠깐 흥분했었구나. 네 말이 맞다. 난 무천향의 대성사 이전에 한 명의 무인이다. 그래서 네가 탈검의 경지를 넘어서는 것을 꼭 보고 싶구나. 난 지금껏 선검을 익혀 탈검을 완성한 사람을 본 적이 없다. 너를 통해 을밀가 삼대무공 중 하나이자 태조사의 무공이 현세에 완성되기를 기대한다."

"탈검을 완성했다고 선검을 완성하는 건 아니잖아요? 선검의 끝은 망검인데요?"

"그렇긴 하지만 솔직히 탈검 위의 경지인 심검과 망검의 경지는 사람의 경지가 아니니 어찌 그것까지 욕심을 내겠느냐? 무림을 호령하기엔 탈검만으로도 충분할 것이다."

여전히 대성사 을지행의 눈에는 붉은 열기가 일렁이고 있었다.

"노력하죠."

파소는 진심으로 이 늙은 스승의 기대를 이뤄주고 싶었다.

"오냐. 널 믿는다. 나도 그런 널 위해 선물을 하나 주마."

"선물이요?"

파소가 의아한 눈으로 되묻자 을지행이 대답없이 품속에서 하나의 목함을 꺼내 들었다. 옻칠을 해 검은색이 묻어나는 자그마한 목함이 을지행의 손에 그 뚜껑이 열렸다. 순간 그윽한 향기가 목함으로부터 번져 나왔다.

'맑다.'

파소는 콧속으로 밀려드는 향기가 정신까지 맑게 해주는 듯한 느낌을 받았다.

"받아라."

향기를 음미하고 있던 파소에게 을지행이 목함에서 손톱 크기의 둥근 단환을 꺼내 내밀었다.

"뭔가요?"

"을밀선단이란 거다."

"을밀선단이요?"

파소가 을지행의 손에서 단환을 받아 들어 자신의 눈앞에 가까이 가져왔다. 향기는 더욱 짙어졌고 파소의 눈앞에서 단환은 투명한 붉은 기운을 흘려냈다. 하지만 그 붉은 기운이 사람의 정신을 산만하게 만들지는 않았다. 본래 붉은색은 기를 흥하게 만들지만 이상하게도 을밀선단이 흘려내는 붉은 기운은 파소의 마음을 차분하게 가라앉히는 것이었다.

'냄새 때문일까?'

파소가 여전히 그윽한 향기를 흘려내는 을밀선단을 살펴보며 이런 생각했다.

"적당한 시간을 찾아 복용하거라."

"어떤 약인가요?"

"그게 말이다. 그래 봬도 세상에 나오기 참 힘든 물건 중 하나다."

"예?"

세상에 나오기 힘들다면 그만큼 귀중하다는 의미, 또한 이 단환을 만들기가 극히 어렵다는 말이기도 했다.

"을밀선단은 을밀가 최고의 영약이다. 아니, 무림에서도 을밀선단에 비견될 만한 환단은 거의 없다고 봐야겠지. 소림의 대환단이 유명하다지만 지금의 소림에 대환단을 만들 수 있는 능력이 있는지는 모르겠다. 어쨌든 본래 을밀가엔 제법 대환단이 많았었는데 오늘날에 와서 급격하게 소모되어 겨우 다섯 개가 남아 있을 뿐이다. 그것도 어쩌면 곧 사용하고 말겠지."

"왜 갑자기 그토록 많은 을밀선단을 사용한 거죠?"

"그 이유는 나중에 자연히 알게 될 게다. 어쨌든 그 을밀선단은 내공의 증진은 물론이고, 몸의 사기를 사라지게 만드는 효용이 있다. 내공이야 네가 지금껏 수련한 것으로도 크게 부족하지 않으니 내가 네게 을밀선단을 준 것은 어려서부터 쌓여온 사기를 씻어내라는 의도다."

"제게 사기(邪氣)가 있었나요?"

파소가 놀란 표정으로 물었다.

"그리 놀랄 것 없다. 무림에서 흔히 말하는 사기를 말하는 것이 아니니까. 그저 속세의 때라고 해두자. 어쨌든 사기를 몰아내면 넌 좀 더 평안함을 느끼게 될 것이다. 또한 사물에 대한 감각도 지금보다는 훨씬 밝아질 것이다. 그리된다면 저 북풍 속에서 너만의 선검을 이루는 것도 조금은 수월해지겠지."

"그런 건가요?"

"비록 검공이지만 검만으로 수련할 단계는 지났으니까. 사실 내가 굳이 널 혼인시킨 이유에는 수련을 위한 것도 있었다."

을지행의 말에 파소가 의아한 표정으로 을지행을 바라봤다.

"혼인과 수련이 무슨 연관이 있나요? 아니, 오히려 방해가 되는 것 아닌가요?"

"세속에서라면 그랬겠지만 이곳에선 석청 그 아이와의 혼인이 아마도 네게 마음의 안정을 주었을 거라 생각하는데, 잘못 생각한 거냐?"

을지행의 질문에 파소의 머릿속에 갑자기 석청의 얼굴을 떠올랐다. 최근 며칠간 그녀와 얼마나 행복했던가. 그 며칠간은 파소가 태어나서 처음으로 행복이란 단어의 의미를 진정으로 깨달았던 시기였을 것이다. 파소의 입가에 자신도 모르게 미소가 지어졌다.

"아뇨, 역시 도움이 된 것 같아요. 마음이 많이 편해졌어요."

파소의 대답에 을지행이 만족한 듯 고개를 끄덕였다.

"누가 뭐래도 넌 을밀가로부터 버려진 아이다. 또한 네 부모는 비참하게 목숨을 잃었지. 어린 시절 역시 홀로 세상을 살아내느라 평탄치는 않았다. 이런 경험들은 사람을 독하게 만들어 무공의 성취를 높일 수도 있지만 또 어떤 경우에는 마음에 아집을 만들어 대성(大成)을 이루는 데 방해가 되기도 한다. 그런 걸 심마라고 하는데, 난 네가 석청 그 아이를 통해 과거의 어두움을 조금이라도 덜어내길 원했던 것이다. 이곳에서 탈검을 완성하기 위해선 마음의 안정이 반드시 필요하니까."

을지행의 말에 파소는 한편으로는 깊은 고마움을 느끼면

서도 무공을 수련하는 데 있어 사람의 심리 변화까지도 예측해 그 대비책을 만드는 을지행의 용의주도함에 혀를 내둘렀다.

'과연 무천향 대성사의 가르침은 다르군.'

파소가 을지행을 처음 보는 사람처럼 바라보며 내심 그에게 감탄하고 있을 때 을지행이 다시 입을 열었다.

"그만 가자꾸나. 시간이 많이 늦었으니 네 안사람이 날 원망할지도 모르겠다. 음식이 다 식었다고 말이야."

"요즘은 제법 음식 솜씨가 좋으니 식었어도 맛이 있을 거예요."

"하하, 맞는 말이야. 석청, 그 아이의 요리 솜씨만큼은 네 무공의 진보보다도 놀랍다고 할 수 있지. 어서 가자."

파소와 을지행이 서로를 보며 가벼운 미소를 짓고는 서둘러 걸음을 옮기기 시작했다.

"오늘 떠나신다고요?"

늦은 아침 식사를 마친 후 석탁에 둘러앉아 차를 마시던 파소가 단보를 보며 물었다.

"온 지 꽤 오래되지 않았느냐? 두 사람 혼례도 끝났으니 나가봐야지."

단보가 고개를 끄덕이며 말했다.

"도대체 어딜 그렇게 다니시는 거죠?"

파소가 일 년 중 대부분을 계곡에서 떠나 있는 단보의 행보가 궁금해 물었다.

"무천향, 그리고 강호… 내가 갈 곳이 그 두 곳 말고 또 어디 있겠느냐?"

"뭔가 하시는 일이 있는 건가요?"

파소의 물음에 단보가 어이없다는 듯 되물었다.

"당연히 할 일이 있지. 내가 그저 팔자 좋게 놀고만 다니는 사람인 줄 알았느냐?"

"무슨 일을 하시는데요?"

"내가 말 안 했던가? 난 무천향의 천안성(天眼星)이야."

"천안성이오?"

"그래, 무천향 천안성 삼십인 중 한 명이지."

"뭘 하는 직책이죠?"

"천안성은 무천향에 머물지 않고 강호를 떠돈다. 본래 외성이라고도 부르는데, 어쨌든 강호에 나가 강호 정세를 살피는 일을 맡고 있지."

"무천향도 강호의 일에 관심이 있는 건가요? 외부와 단절된 삶을 살기 위해 무천향을 세운 거라고 했잖아요?"

파소가 의아한 표정을 지으며 물었다.

"물론 네 말이 맞다. 하지만 무천향이 외부와 철저히 격리되기 위해선 오히려 무천향 밖에서 일어나는 일들을 철저하게 파악하고 있어야 한다. 강호에서 일어나는 일들 중 무천향에 어떤 식으로든 영향을 미칠 수 있는 일들을 사전에 통제해야 하니까. 천안성은 그런 일들을 하기 위해 뽑힌 사람들이란다."

"그렇다면 결국 강호의 일에 관여하는 거잖아요?"

"무천향에 영향을 미칠 수 있는 일에 한해서!"

"고립된 세계인 무천향에 어떻게 외부에서의 일이 영향을 미칠 수 있죠?"

"처음 무천향이 만들어졌을 때는 그럴 염려가 없었다. 하지만 세월이 지나면서 무천향을 찾아드는 외부의 고수들이 많아지고, 또 천률을 어겨 강호로 추방되는 인물들도 늘어나자 어느 순간부턴지 강호의 일이 무천향에 영향을 미치는 경우가 생겨나기 시작했다. 해서 그런 일을 사전에 방비하고자 천안성이라는 직책이 만들어진 것이다."

"정확하게 하는 일이 뭐예요?"

"내가 회혼을 벤 일을 기억하지?"

"그럼요. 죽다 살아났는데……."

"그 일도 천안성이 하는 일 중 하나라고 보면 된다. 본래 사색사혼은 무천향에서 추방될 때 무공이 폐쇄되고 향후 무림사에 관여치 않겠다는 맹세를 한 인물들이다. 그런 약속이 없었다면 그들은 추방이 아니라 죽임을 당했을 것이다. 그 두 가지 약속은 어찌 보면 가혹한 조건인 것 같지만 무천향이 강호와 연관되지 않기 위해선 반드시 필요한 조건이다. 그런데 무천향에서 추방당한 자들 중 사색사혼처럼 무공을 회복하고 무천향의 눈을 속여 다시 강호사에 관여하는 인물들이 존재한다. 천안성의 임무 중에는 그런 자들을 제거하는 일도 포함되어 있다. 천안성이 하는 일은 이런 식의 일들이다."

"생각보다 철저하군요. 추방되어서까지 무천향의 감시를 받아야 하다니…….."

"그 모든 것이 무천향의 존속을 위한 것이다. 무천향의 존재가 강호에 알려진다면 그 순간 무천향은 강호의 일부가 되는 것이니까."

"그런 식이라면 지금도 무천향은 강호의 일부지요. 그 존재를 아는 사람이 적을 뿐이지…….."

"그런가? 뭐, 그도 그렇군. 어쨌든 내가 하는 일은 이런 것이다."

"그럼 무천향에는 오래 머물지 못하시겠군요?"

"그래서 항상 그곳이 그립다…….."

단보의 입에서 그에게 어울리지 않는 감상적인 말이 흘러나왔다. 그러나 이런 단보의 모습이 파소에게 낯선 것은 아니었다. 과거 파소를 데리고 천하를 떠돌던 시기에도 단보는 가끔 이런 식의 표정을 드러낸 적이 있었기 때문이었다.

"도대체 무천향의 뭐가 그리 좋은 거죠?"

파소가 불쑥 질문을 던졌다. 사람 사는 곳은 다 같은데 단보 같은 이가 항상 무천향을 그리워한다는 것이 쉽게 이해되지 않았기 때문이었다. 그러자 단보가 별처럼 눈을 빛내며 대답했다.

"그건 네가 나중에 무천향에 가면 깨닫게 될 것이다. 물론 무천향에서 뭘 보고 느끼느냐는 것은 사람에 따라 다르겠지만 무천향은 그 모습 자체로 아름다운 곳이려니와, 특히 무인들에게는 천국이나 마찬가지인 곳이다. 천하의 무공이 모여 있고, 바로 옆에 사는 사람이 스승이 될 수 있는 곳이며, 또 무의 극에 도전하는 진실한 수행자들이 살아가는 곳이니까."

"지금도요?"

파소가 의미심장한 표정으로 물었다. 순간 단보의 표정이 차갑게 변했다.

"아직까지는… 아니, 모르겠구나."

단보의 얼굴에 그늘이 만들어졌다. 두 사람의 대화를 듣고 있던 을지행 역시 표정이 무겁게 변했다.

그날 단보가 떠나고 파소는 다시 수련을 시작했다. 부부의 연을 맺은 석청은 언제나 파소 곁에 있었지만 파소의 수련은 고독했다.

파소가 수련하는 동안은 석청 역시 자신의 수련에 몰두했다. 을지행으로부터 전해진 옥류검을 수련하는 석청의 열의도 파소 못지않게 대단해서 석청은 어느새 옥류검의 십이성 대성을 앞두고 있었다.

물론 옥류검이 파소가 익히고 있는 선검과는 비교할 수 없는 무공이지만 선검이 아닌 강호의 여타 무공에 비교하자면 어떤 무공에도 뒤지지 않는 검법이었으므로 석청의 성취는 무공을 전수한 을지행조차 놀랄 정도로 빠른 것이었다.

계절은 그렇게 다시 수련의 시간과 함께 흘러갔다. 파소와 석청도 어느덧 이십대 중반을 넘어 삶의 깊이를 느끼는 나이가 되어가고 있었다. 두 사람이 맺은 부부의 연은 두 사람에게 삶에 대한 또 다른 눈을 뜨게 해주었고, 서로에게 서로가 있다는 믿음은 외로운 사막의 계곡 생활을 묵묵히 견뎌낼 수 있는 힘을 만들어주었다.

그렇게 계절이 또 몇 번이 바뀐 어느 날 파소는 언제나처럼 새벽 전 짙은 어둠 속에서 북풍을 맞으며 계곡 북쪽에 서 있었다. 그의 손에는 언제나 그와 함께한 목동들의 검이 들려 있었다.

그런데 어느 순간 그 허름한 검이 어둠 속에서 갑자기 투명한 빛을 흘려내기 시작했다. 그렇다고 예전처럼 검기가 만들어진 것은 아니었다. 파소의 검은 검기를 만드는 대신 검신 그 자체가 투명하게 변해가고 있었다.

그리고 잠시 후 파소의 낡은 검이 천하의 보검이라도 되는 양 신비로운 빛으로 휘감겼고 그 순간 검이 움직였다.

선검십이초식, 십수 년을 익혀온 파소의 선검십이초식이 다시 그의 몸에서 펼쳐지기 시작했다.

휘이잉!

계곡을 타고 밀려드는 북풍의 찬바람이 거센 용음을 만들어내며 파소를 스쳐 지나갔다. 그러나 그 광풍 속에서도 파소의 검은 전혀 흔들림없이 선검십이초식을 펼쳐 나갔다.

바위를 날려 버릴 듯한 광풍을 맞으며 유려한 움직임으로 선검십이초식을 펼치는 파소에게선 한줄기 선기마저 느껴졌다. 그런데 얼핏 보면 선검십이초식이 분명해 보이는 파소의

검법은 자세히 들여다보면 그가 과거 익혔던 선검십이초식과
는 조금 차이가 있었다. 파소의 검은 그가 완벽하게 이뤘던 선
검십이초식의 그 형(形)이 아니었다. 분명 기운과 기세, 그리
고 흐름은 선검십이초식이되 그 검로는 원형의 선검십이초식
과 미세한 차이가 있었던 것이다.

파소의 달라진 선검십이초식이 마지막 초식인 열두 번째 초
식에 이르렀다. 파소의 몸이 허공으로 솟구쳐 오르며 횡으로
검을 그었다.

부아앙!

순간 강력한 파공음이 일어나며 파소의 얼굴을 향해 달려들
던 북풍이 검이 지난 길을 따라 아래위로 갈라졌다. 그러자 북
풍에 휘날리던 파소의 옷자락과 머리칼이 마치 무풍지대에 있
는 것처럼 고요하게 내려앉았다.

거친 바람의 흐름을 가르는 검, 그렇게 파소가 찰나의 순간
고요 속에 정지했고, 갈라졌던 바람은 다시 기세를 회복해 하
나로 합쳐진 후 파소의 몸을 무너뜨릴 듯 닥쳐들었다. 순간 파
소의 검이 다시 한 번 아래에서 위쪽으로 번개처럼 그어졌다.

"핫!"

파소의 입에서 창룡이 토해내는 듯한 기합성이 터져 나왔
다.

쿠우웅!

순간 파소의 검끝에서 한줄기 빛이 번쩍이더니 그어진 검로
를 따라 일직선으로 닥쳐오는 바람을 향해 뻗어나갔다.

쩌저적!

파소의 검끝에서 시작된 벽력은 기이한 파열음을 만들어내며 검을 벗어나 십여 장 거리까지 순식간에 뻗어나갔다. 순간 파소를 향해 달려들던 북풍이 이번엔 좌우로 물살 갈리듯 갈라졌다. 파소는 다시금 고요 속에 서 있었다.

그리고 이번엔 파소의 검이 그의 발끝에 내려진 후에도 한동안 고요가 계속됐다. 그의 발끝에서 앞쪽 십여 장 앞까지 황량한 계곡 바닥이 번개에 맞은 듯 한 자 깊이로 길게 파여져 있었다.

휘잉!

하지만 사람의 힘으로 불어오는 바람을 영원히 막을 수는 없는 법, 한동안의 고요는 다시금 밀려든 북풍에 의해 옛일이 되어버렸다.

우우웅, 우웅!

잠시 길을 막았던 파소를 원망하는 걸까. 북풍은 전보다도 더욱 거센 울음을 울어대며 파소를 휘감고 계곡 아래로 달려 내려갔다.

"이 정도에서 만족해야겠군. 바람을 영원히 멈추게 할 수는 없어. 한순간 틈을 만들 수는 있지만⋯ 그러니 바람에 맞서기보단 그 바람을 타고 자유롭게 주유하는 것이 좋겠지. 그게 나에게 맞는 방법인 것 같아. 운명이란 놈도 그래. 행이든 불운이든 어쨌든 다가온 운명이니 멋지게 타고 놀아보자구."

파소의 얼굴에 편안한 미소가 만들어졌다. 그러자 거칠던 북풍도 그 세기가 조금 줄어든 듯 보였다.

"놈, 손을 내미니 대답을 해주는 거냐?"

파소가 불어오는 북풍을 만지듯 손을 내밀며 나직하게 중얼거렸다.

을지행과 석청은 초지로 들어가는 암벽 입구에 서서 파소를 기다리고 있었다.

"정말 오늘 수련을 끝냈을까요?"

석청이 초조한 눈빛으로 물었다.

"아마도… 요즘 그 아이의 눈빛이 심상치 않았네. 특히 어제 수련하는 모습을 보고 오늘은 따라가지 말아야겠다고 생각했지. 왜냐하면 오늘 그 아이의 무공이 완성될 것 같은 예감이 들어서 말이야. 본래 그런 중요한 순간에는 잡인이 끼어들면 안 되는 법이거든."

을지행의 말에 석청이 풋, 하고 웃음을 터뜨렸다.

"대성사께서 어찌 잡인이신가요? 그이의 스승이시잖아요?"

"한 사람이 깨우침을 얻는 순간에는 스승도 잡인(雜人)일 뿐이라네."

"그럼 저도 잡인이겠네요?"

"그 순간에만큼은 마누라도 잡인이지."

"무섭네요."

"깨달음은 그런 것이야. 오로지 스스로에게만 집중할 때 얻어지는 것이지. 그때만큼은 부모 자식도 잡인일 뿐이야. 자네도 이제 옥류검의 십이성 대성을 눈앞에 두고 있으니 명심하시게. 십이성에 도전할 때는 결코 그 무엇에도 신경을 분산하면 안 돼. 오로지 자네 자신과 검에만 집중해야 하네."

"가르침, 명심할게요."

"좋아. 난 아주 운이 좋아. 말년에 아주 좋은 제자들을 뒀어."

그러자 석청이 호기심 어린 표정으로 물었다.

"지금껏 몇 분의 제자를 가르치셨지요?"

"뭐, 제자랄 것도 없지. 무천향에서 태어난 젊은이들은 모두 세 단계의 수련을 거치네. 그중 재질이 모자란 아이들은 평생 일 단계를 마치는 것이 목적이고, 그중 오 할 정도가 이 단계에 오르지. 그런데 이 단계를 마치고 삼 단계에 드는 사람이 아주 적어. 그리고 그중에서 삼 단계 수련을 모두 마치는 사람은 극히 적으니, 마지막 단계까지 수련하는 것은 무골의 피를 타고 태어난다는 무천향의 무인들에게도 결코 쉬운 일이 아니지."

"일 단계에 머무는 사람도 있군요?"

석청이 의외라는 듯 물었다. 그도 그럴 것이, 은연중에 파소와 석청은 무천향의 인물들이 하나같이 단보와 을지행 같은 절정고수들이라 생각하고 있었기 때문이다. 그런데 삼 단계의 수련 중 일 단계에 머무는 사람도 있다니 의외였던 것이다.

"후후, 어느 곳이라도 재질이 좀 부족한 사람들이 있기 마련이지. 하지만 아무리 일 단계라 해도 만만히 봐서는 안 되네.

일 단계를 마치면 무공이 어느 수준에 오르는지 아는가?"

을지행의 자신 만만한 질문에 석청이 쉽게 답을 하지 못했다.

"저로선 짐작하기 어렵군요."

"무천향에서 일 단계의 수련을 마치면 도기와 검기를 일으킬 수 있네. 비록 완성된 것은 아니지만 말일세."

순간 석청의 얼굴이 경악으로 물들었다. 강호에서 도기와 검기를 일으킬 수 있는 사람을 절정고수라 부른다. 강호에 기인이사가 많다지만 도기와 검기를 일으킬 수 있는 사람은 극히 희박하다고 할 수 있었다. 그런데 단지 수련의 일 단계를 완성하면 도기와 검기를 일으킬 수 있다니, 아무리 스스로 무의 하늘이라 칭하는 사람들이 모여 있는 곳이라 해도 믿겨지지 않는 경지였다.

"믿지 못하는 표정이군."

"아니, 그런 것이 아니오라……."

"뭐, 사실 쉽게 믿을 수 있는 이야기는 아닐 걸세. 하지만 그렇다고 내가 거짓을 말한 것은 아닐세. 뭐, 물론 일 단계를 마친 자들이 만들어내는 도기와 검기는 말 그대로 잠시 흉내를 내는 정도일세. 도기과 검기를 일으켜 상대와 수십 합을 싸울수 있는 경지는 아니지. 그런 경지에 도달하려면 이 단계의 수련을 마쳐야 한다네. 이 단계의 수련을 마치면 도기와 검기를 자유롭게 사용할 수 있을 뿐 아니라 내력도 정순해져서 수백 합을 겨뤄도 내공이 마르지 않는 단계에 이르게 되지."

"그럼 삼 단계를 통과한 사람의 무공은 도대체 어느 정돈가요?"

"그건 보지 않았는가?"

"네?"

"단보 그 사람의 무공 말이야. 단보 그 사람이 바로 삼 단계 수련을 마친 사람이야. 그것도 아주 오래전 일이지. 그러니 그동안 그의 무공 역시 발전했을 테지만 어쨌든 가장 가까이서 찾자면 단보 그 사람의 무공을 보면 될 걸세."

"삼 단계를 마친 후에는 어떤 일을 하나요?"

"뭐, 그야 여러 가지지. 물론 무공 수련은 계속되네. 무천향 사람들은 평생 무공 수련을 멈추지 않으니까. 하지만 성사(星師)들을 통해 체계적으로 무공을 수련하는 과정은 그것으로 끝인 거지. 그 이후는 스스로 깨우쳐 가야 하네. 운이 좋다면 개인적으로 스승을 모실 수도 있지. 하지만 어쨌든 삼 단계를 넘은 자의 무공은 그 스스로의 몫이네. 그리고… 삼 단계를 넘은 사람들에게는 약간의 특권이 주어지게 되네."

"어떤 특권이죠?"

"단보 그 사람처럼 무천향을 벗어나 강호를 주유할 수 있는 권한이 주어지네. 물론 특정한 임무를 부여받았을 때의 일이지만……."

"그럼 천안성 삼십 인은 모두 삼 단계를 거친 사람이겠군요."

"그렇지. 그러니 삼십 인의 숫자로 무천향을 강호에서 격리시킬 수 있는 것이네."

을지행의 설명에 석청이 고개를 끄덕였다. 석청은 지금까지 단보가 무공을 펼치는 것을 단 한 번 보았을 뿐이었다. 과거 그들의 뒤를 추격하던 회색노인, 단보와 을지행이 회혼이라 부르던 자를 베던 그 순간 얼핏 보았던 것이 전부였다.

하지만 그 한순간의 경험만으로도 석청은 단보의 무공이 얼마나 높은 경지에 있는지 충분히 알 수 있었다. 회혼의 무서움을 극렬하게 경험한 그녀였기 때문이다.

"전 어느 정도일까요? 무천향의 고수들에 비하면 형편없겠죠? 제 실력으로 그 사람과 함께 은하의 계곡을 통과할 수 있을까요?"

문득 자신의 무공에 대한 자신감이 사라진 석청이 걱정스레 물었다. 그러자 을지행이 미소를 지으며 고개를 저었다.

"그렇지 않네. 자네가 언제 검기를 형성했었지?"

"삼 년 전이죠. 혼례를 올리기 바로 직전이었으니까요."

"흠, 그렇군. 역시 놀라운 일이야."

"네?"

"두 사람의 성취 말이야. 지금으로선 처음엔 그저 빠르다 싶었는데 혼례를 올린 이후는 그야말로 경악할 지경이군."

"무슨 말씀이신지……?"

"오늘 그 아이가 어떤 성취를 가지고 돌아올지 모르지만 아마도 탈검을 완성했을 거라 기대하네. 엊그제 보았던 그 아이의 검은 이미 탈검의 완성을 목전에 두고 있었으니까. 그리고 자네 역시 옥류검의 십이성 대성을 눈앞에 두고 있네. 옥류검을 십이성 대성했다는 것은 곧 검기를 자유롭게 시전할 수 있다는 의미, 그런 경지라면 무천향의 이 단계 수련을 마치고 삼단계 수련에 들어가는 수준이라 할 수 있네. 삼 단계 수련에 들었던 무천향의 무인 중 가장 젊었던 사람이 바로 파소 그 아이의 부모일세. 자네의 나이는 그들이 삼 단계 수련에 들어갔을 때보다는 많지만 자넨 여전히 서른 이전일세. 무천향이었다면 자넨 무골들의 천국에서조차 기재 소리를 들었을 걸세. 그러니 자네의 무공에 자신을 가져도 되네."

"은하의 계곡은 통과할 수 있을까요?"

"무공으로만 보자면 가능하네. 은하의 계곡을 만들 때 삼 단계 수련에 든 사람들이 통과할 수 있을 정도의 안배를 했으니까. 하지만 무천향 외부의 인물이 은하의 계곡을 통과하려면 무공만 뛰어나서는 안 되네."

"다른 게 필요한가요?"

"꼭 하나 필요한 게 있지."

"뭐죠?"

"운(運)일세."

"네?"

석청이 황당한 표정으로 되물었다.

"말 그대로 운이 필요하단 말일세. 이상하게 들릴지 모르지만 무천향의 사람들은 무(武)를 통해 선(仙)을 추구하는 사람들이라 인연이라는 것을 무척 중시한다네. 그래서 은하의 계곡을 만들면서도 그런 인연의 의미를 부여했지. 즉 실력뿐 아니라 운이 닿아야 은하의 계곡을 통과할 수 있단 말일세."

"재미있군요."

"후후, 맞아 재미있는 장난이지. 사실 나와 단보 그 사람이 어두운 면만 드러내서 그렇지 무천향은 무척 즐거운 곳이라네. 기인(奇人)도 많고 기사(奇事)도 많지. 후후."

석청과 을지행이 가벼운 미소를 흘려내고 있을 때 멀리 계곡 북쪽이 서서히 밝아오기 시작했다. 어느새 사막의 계곡에 새벽이 찾아들고 있었던 것이다.

그리고… 그 새벽빛을 등지고 파소가 걸어오고 있었다.

第六章

출곡(出谷)

　팔 년, 파소와 석청은 팔 년 만에 사막의 계곡을 떠났다.

　"이건 정말 놀라운 일이다. 너희들의 수련 기간이 이렇게 짧을 거라고는 전혀 생각지 못했다. 어쩌면 파소 네 부모의 넋이 널 돌봐준 건 아닐까 그런 생각까지 하게 되는구나."

　계곡을 떠나는 파소와 석청에게 을지행이 건넨 말이었다. 애초 수련을 시작할 때 빨라야 십 년의 시간을 예상했던 을지행이었다. 그런데 그의 예측은 파소와 석청의 놀라운 성취로 인해 빗나갔고 이제 파소와 석청은 팔 년 만에 황량한 사막의 계곡을 떠나고 있었다.

　파소와 석청이 계곡을 떠나는 모습은 그들이 사막의 계곡에 들어왔을 때의 모습과 같았다. 단지 그들 곁에 있는 낙타가 다섯 마리로 늘어나 있다는 것만 빼고는. 마찬가지로 그들의 곁에는 단보가 있었다. 을지행은 계곡 속 석동에 남아 세 사람을 전송했다.

"대성사께서는 무천향으로 언제 돌아가시나요?"

파소가 묻자 단보가 고개를 저었다.

"너희들이 은하의 계곡을 통과한 이후 시차를 두고 돌아가실 게다. 할 일도 있으시고……."

"예?"

"대성사의 제자는 너희 두 사람만이 아니니까."

"무슨 말씀이신지?"

"당연한 일 아니냐? 무천향의 대성사가 어찌 너희 두 사람만 가르칠 수 있겠느냐? 대성사께서 때때로 석동을 비우신 이유가 뭐겠느냐?"

"그럼 그동안 무천향의 다른 제자들을 돌봐오신 건가요?"

파소가 놀란 눈으로 단보를 바라보자 단보가 천천히 고개를 끄덕였다.

"덕분에 향을 오랫동안 떠나 있으실 수 있었던 것이다. 본래 삼 단계 수련을 거치는 수련자들은 향 외부에서 수련할 수 있고, 그 때문에 그들을 지도하는 대성사들도 외부 출타가 잦은 편이다. 그중에서도 을 대성사님은 자신 밑에 들어온 수련자는 모두 외부로 내보내는 것으로 유명하지."

"그랬군요. 어쩐지……."

파소가 고개를 끄덕였다. 대성사 을지행은 파소와 석청의 무공을 지도하면서도 여전히 무천향의 대성사로 살아가고 있었던 것이다. 을지행이 자신과 석청이 아닌 다른 무천향의 수련자들을 지도하고 있었다는 사실을 알게 되자 파소는 왠지 모르게 을지행과 자신 사이에 그동안 없었던 거리가 생긴 것처럼 느껴졌다.

"우린 이제 은하의 계곡으로 가나요?"

파소가 생경한 감정에 잠겨 있을 때 석청이 문득 단보에게 물었다. 그러자 단보가 고개를 끄덕였다.

"그래야 할 걸세. 물론 나도 두 사람의 수련이 생각보다 일찍 끝나 사정이 허락한다면 둘만의 시간을 주고 싶지만 무천향의 일도 조금 급하게 돌아가고 있어서 말이야."

"일단 은하의 계곡을 통과해 무천향에 들어가게 되면 그 이후엔 어떻게 해야 하죠?"

파소가 물었다.

"본래 무천향은 피가 존재하지 않는 곳이었지. 그런데 무천향에 암류가 생겨나기 시작하면서 피를 금하는 무천향에도 하나둘 피를 보는 일들이 생겨나기 시작했다. 물론 그 시발점이 된 것은 바로 네 부모의 일이 일어나기 시작한 때부터지. 그나마 다행이랄 수 있는 것은 그런 혈사가 지금까지는 무천향 밖에서 일어났다는 것이지. 그건 아직 무천향 내에서는 천률이 작동하고 있다는 의미니까."

"이해가 가지 않는군요. 천안성 말고는 무천향을 벗어날 수 없다고 하지 않으셨나요? 그런데 어떻게 무천향 밖에서 혈사가 일어나는 거죠? 혹 삼 단계 수련자들이……?"

"수련자들의 행보는 대성사들이 철저히 관리하고 있으니 문제가 될 수 없다. 특히 비록 무천향을 벗어나 수련한다 해도 그 수련 장소가 제한되어 있거든."

"그럼 누가……?"

"바로 그게 문제인 거다. 누군가 천률을 어기고 무천향 밖으로 출입하고 있다는 의미이기 때문이야. 그리고 그들의 움직임을 천안성이 미처 따라잡고 있지 못하다는 의미이기도 하다."

"분명 뭔가가 있긴 하군요."

"그렇다고 봐야지. 더군다나 최근에 들어서는 일이 더욱 심각해지기 시작했다."

"……?"

"도저히 죽으면 안 되는 사람들이 죽기 시작했다는 의미다."

"절대 죽어서는 안 되는 사람들이라뇨?"

"무천향에서 최고의 경지에 올라 무극에 도전하는 사람 중 두 사람이 희생자가 되었다는 말이다. 검 든 자들의 고향이라는 무천향에서도 무극의 경지에 도전할 수 있는 사람은 그리 많지 않다. 무극에 도전한다는 것은 결국 과거 십이조사의 깨달음을 재현하는 일로, 수백 년 무천향 역사에서도 그 경지에 도달한 사람은 열네 분뿐이지. 특히 최근 수십 년 사이에는 무선이 아예 배출되지 못했다. 그러니 무선이 되고자 하는 사람들의 능력을 짐작할 수 있겠지?"

"무천향 최고의 고수들이겠군요."

"그렇단다. 한 명 한 명이 강호에 나가면 강호제일인은 물론 천하를 손에 넣을 능력이 있는 사람들이라 할 수 있지."

"그런 사람이 얼마나 있죠?"

"현재는 모두 열일곱 명의 수련자가 무극동천에 들어 있다. 무극동천은 무선에 도전하는 수련자들이 향주의 인가를 받아야 입동할 수 있는 수련동을 일컫는 말이다. 무천향에서 선기가 가장 강한 무극동천이라 무천향의 무인들에겐 꿈의 수련동으로 여겨지는 곳이다. 그런데 바로 그 무극동천에 든 사람 중두 명이 최근 삼 년 내에 무천향 밖에서 살해된 채로 발견된 것이다."

"놀라운 일이군요. 그런 사람들을 살해할 수 있는 사람이라면 결국 무극동천에 든 사람밖에는 없을 텐데요?"

"바로 그게 문제다. 무천향의 암류가 무극동천의 수련자들과 연관이 있다면 그건 무천향의 근간을 흔들 수 있는 일이니까. 더군다나 무극동천에 있어야 하는 사람이 무천향 밖에서 시체로 발견된 것은 더욱 충격적인 일이지. 그들이 무극동천에서 살해된 것인지, 아니면 무단으로 무천향을 벗어났다가 일을 당한 것인지조차 확실치 않은 상황이다. 어쨌든네 부모의 죽음 이후 을밀가의 권위도 예전 같지 않은 상황에서 이런 일들이 벌어졌기 때문에 더더욱 무천향의 혼란은심각해지고 있는 상태다. 더구나 현재의 무천향에는 과거로

부터 존재해 오던 종파들이 파벌을 형성하고 있는 실정이
다."

"파벌이오?"

"그래. 무천향의 무인들은 그 출신 성분과 성격에 따라 삼분
되어 있는 형국이다. 가장 먼저는 역시 무천향의 순수한 전통
을 따르는 이들로, 을밀가를 중심으로 한 정종이라 부르는 세
력이다. 명분만을 놓고 보자면 무천향 최고의 파벌이지. 두 번
째는 십이조사 중 을밀가 출신이 아닌 여섯 조사의 후예들이
모여 있는 파벌로, 무천향 북쪽에 있는 검산이란 곳에 대부분
거주하고 있다 해서 산 이름 그대로 검산이라 부르는 세력이
다. 이들은 무천향의 전통을 잇자는 데는 동의하지만 그 내면
에는 을밀가 일문으로 이어진 무천향주의 세습에 반대하고 있
는 것으로 알려져 있다. 하지만 겉으로는 여전히 향주의 권위
를 인정하고 있지. 그리고 나머지 한 곳은 내가 속해 있는 곳
인데, 십이조사의 후예가 아니면서 무천향에 든 사람들이 모
여 있는 곳이다. 무천향 서쪽 대나무 숲에 거주한다고 해서 죽
림으로 부르지. 지금 무천향에는 대략 이렇게 세 개의 파벌이
존재하고 있다. 물론 파벌에 들지 않고 홀로 살아가는 사람들
도 없는 것은 아니지만……."

"그 세 개의 파벌 중 한 곳이 암류의 근원일까요?"

"모르지. 하나가 문제인지 셋 전부가 문제인지. 아니면 셋
모두가 아닌 또 다른 뭔가가 있는지. 어쨌든 네가 은하의 계곡
을 통과하게 된다면 일단 넌 성시(星市)에 머물게 될 게다."

"성시는 뭐죠?"

"무천향 중심부에 있는 저잣거리다. 무천향도 사람이 사는 곳이라 시전이 형성되어 있지. 뭐, 그런 건 무천향에 들어보면 알 거고, 성시 중심부에서 벗어난 언덕 위에 초성관이라는 곳이 있는데 그곳은 은하의 계곡을 통해 무천향에 들어온 사람들이 무천향에 적응할 수 있도록 일정 기간 머무는 곳이다. 그 초성관에 석 달간 머문 후 네 거처를 정하게 될 것이다. 물론 그때가 되면 정종과 검산, 그리고 죽림에 대한 정보를 어느 정도 알게 되므로 대부분 외부에서 들어온 사람들은 죽림을 선택하게 된다. 하지만 만약 네 재질을 다른 세력에서 욕심낸다면 너에게 정종이나 검산에서 다른 제안이 올 수도 있다. 그때가 되면 넌 죽림을 거처로 택하도록 해라. 그러면 그곳에서 날 다시 만나게 될 게다. 이후의 일은 죽림에서 상의하도록 하자꾸나."

"알겠어요. 그렇게 하지요. 그런데 은하의 계곡은 어디에 있죠?"

"고비 남쪽에 있다. 사실 무천향을 알고 있는 강호인은 존재하기 어렵지만 은하의 계곡을 알고 있는 사람은 제법 될 게다."

단보의 말에 파소가 고개를 끄덕였다.

"예전에 모용세가 구대가신이신 노독객 어른께 어르신에 대해 물어볼 때 은하의 계곡에 대한 말이 나왔었지요. 사막의 원주민들 사이에서는 알음알음 알려진 지역이라고 했던 것 같아요."

"후후, 맞는 말이다. 사막에서 살아가는 사람들도 은하의 계곡을 알고는 있지. 하지만 그곳이 무천향으로 들어가기 위한 관문이란 것을 아는 사람은 오직 이 패를 받은 사람들뿐이다."

단보가 품속에서 두 개의 패를 꺼내 파소와 석청에게 하나씩 건넸다. 단보가 건넨 패는 청옥색의 영롱한 빛을 뿌리고 있었는데, 패 중앙에는 은하곡(銀河谷)이란 글씨가 금사되어 있었다.

"이 패를 지닌 사람만이 은하의 계곡에 들 수 있다. 본래 천안성들에게는 천하의 정세를 살피는 일 이외에 다른 하나의 임무가 주어지는데, 바로 강호의 절정고수에게 무천향에 이르는 길을 열어주는 일이 그것이다."

"그래서 천하 모든 무성(武星)들의 고향이라고 하는군요."

"기억하고 있었느냐?"

"그럼요. 그 노랫가락을 언제나 기억하고 있었지요. 내 뿌리를 찾아갈 수 있는 유일한 단서였으니까요."

파소의 말은 과거 단보가 무천향을 그리워하며 읊조렸던 노랫가락을 말하는 것이었다.

"그래. 이제 네 소원대로 그 무성(武星)들의 대지, 네 뿌리가 있는 곳으로 들어가 보도록 하거라."

단보가 감회 어린 시선으로 파소를 보며 말했다.

세 사람은 꼬박 한 달 반 동안 사막을 이동했다. 때론 찌는 듯한 더위 속을, 때론 얼음장처럼 차가운 사막의 밤을 그렇게 번갈아가며 보낸 한 달 반의 시간이 지나자 파소의 눈앞에 듬성듬성 풀포기가 보이기 시작했다.

"사막이 끝난 건가요?"

"아래로 내려가면 하북에 닿을 거다."

"우린 어디로 가죠?"

"이대로 사막과 초원의 경계를 따라 서쪽으로 이동한다."

"얼마나 가야 하죠?"

"은하의 계곡까지는 보름여가 걸릴 테지만 나와는 닷새 뒤에 헤어지게 될 거다."

단보의 말에 파소가 의문을 담은 눈으로 단보를 바라봤다.

"본래 강호에서 천안성이 누군가를 은하의 계곡으로 보내고자 하면 천안성은 자신의 정체를 밝히지 않은 상태에서 청옥패를 전하고 몇 가지 암시를 주어 그 대상자가 스스로 은하의 계곡으로 향하게 만든다. 천안성들이 일반 강호인에게 자신의 정체를 드러내면 안 되기 때문이기도 하고 은하의 계곡을 통과하기 전에는 무천향에 대한 존재를 외인에게 알려서도 안 되기 때문이다."

"하지만 그런 식이라면 은하의 계곡으로 강호 절정고수를 이끄는 것은 어렵지 않나요?"

"뭐, 그리 어려울 건 없다. 본래 강호 무림인들이란 절세무공이라면 처자식도 베어버릴 부류의 인간들이기 때문에 아무리 고수라도 은하의 계곡까지 유인하는 것은 그리 어렵지 않다. 그리고 은하의 계곡을 통과하면 그제사 그들은 무천향에 대해 알게 되지."

"은하의 계곡을 통과한 후 무천향에 들길 원치 않는 사람은 어찌 되죠?"

"지금껏 그런 사람이 있다는 소린 들어본 일이 없다. 왜냐하면 무천향은 그들을 유인한 당근 이상의 것을 보여주니까."

"강호의 인연을 모두 버려야 하는데도요?"

"그래서 천안성의 역할이 중요한 것이다. 천안성이 은하의 계곡으로 사람을 보낼 때는 그 사람의 성품과 주변 상황까지 고려하니까. 고수라고 모두 무천향으로 이끄는 것은 아니다."

"다시 말해 무도에 미친 사람을 선택한다는 거군요. 무공만 고강해서 되는 일이 아니라."

석청이 두 사람의 대화에 끼어들었다.

"맞네. 바로 그 말일세. 물론 가장 중요하는 것은 선기지. 물론 지금도 그 기준이 지켜지고 있는지는 모르지만……."

단보가 씁쓸한 표정을 짓더니 다시 파소를 보며 입을 열었다.

"어쨌든 이런 이유로 내가 은하의 계곡까지 동행할 수 없는 것이다. 그리고 이미 내 말을 들으며 짐작했겠지만 넌 그저 우연히 옥패를 손에 넣고 은하의 계곡에 대한 은밀한 소문을 들어 은하의 계곡에 온 것이라는 걸 명심해라. 어떤 경우라도 내 이름을 입에 올리면 안 된다. 물론 대성사 어른의 이름은 더더욱. 만약 우리 두 사람의 존재를 드러낸다면 이번 일은 실패로 돌아갈 것이다. 그뿐 아니라 우리 모두의 목숨 역시 위험해지겠지."

"명심하죠."

"좋아. 둘 다 현명한 사람들이니 잘 처신할 거라 믿지."

단보는 파소와 석청을 이끌고 사막과 초원의 경계를 따라 해가 지는 서쪽을 향해 다시 닷새를 이동했다. 그렇게 닷새가 지나자 파소 앞에 기이한 마을이 모습을 드러냈다.

"다 왔다."

단보는 마을이 내려다보이는 황량한 바위산 위에서 걸음을 멈췄다.

"무슨 마을이죠?"

"인근 사람들은 사막의 마을이라 해서 사촌으로 부르고, 무천향 사람들에게는 계명원으로 알려진 곳이다."

"계명원이오?"

"은하의 계곡에서 보았을 때 새벽별이 뜨는 곳이라 해서 붙여진 이름이지. 은하의 계곡으로 들어가기 전 처음이자 마지막인 마을로, 저곳에서 적어도 한 달치 양식을 준비해 떠나야 할 것이다. 물론 길을 아는 사람에겐 열흘길이지만 혹 길을 잃게 된다면 다시 제 길을 찾기가 그리 쉽지 않을 테니 말이다."

"그런데 어떻게 은하의 계곡을 찾아가죠?"

파소가 묻자 단보가 한 장의 장보도를 꺼내 들며 파소에게 물었다.

"별 길을 볼 줄 알지?"

"예전에 가르쳐 주셨잖아요."

"아직 기억하고 있나 싶어서."

"물론 기억하고 있지요. 더불어 목동들의 별자리 읽는 법까지 배웠으니 제가 좀 더 나을지도 모르죠."

"흠, 그렇단 말이지? 후후, 다행이군. 그럼 문제될 게 없겠어. 이 장보도는 저 계명원을 기점으로 은하의 계곡에 이르는 길을 별자리로 표시해 놓은 것이야. 그러니 이 장보도로 길을 찾으면 된다."

"밤에 길을 가야 한다는 말이군요."

파소의 말에 단보가 고개를 끄덕였다. 파소가 단보의 손에서 장보도를 받아 들고는 장보도에 그려진 별자리를 유심히 살폈다.

"북극성을 중심으로 움직이면 되는군요."

"제대로 봤구나."

"이대로 가면 되나요?"

"은하의 계곡에 들어가서도 그 장보도는 필요할 게다. 장보도가 나타내는 길의 끝이 바로 은하의 계곡이 끝나는 지점일 테니까."

"장보도에서 나타내는 길 중간에 은하의 계곡이 시작된다는 말씀이군요."

"바로 봤다. 자, 그럼 이제 우리가 헤어질 때가 되었구나."

단보의 말에 파소가 조금 불안한 표정으로 물었다.

"이젠 정말 제가 무천향에 들어가야 뵐 수 있는 건가요?"

"아마도……."

"은하의 계곡이 끝나면 그곳이 바로 무천향인가요?"

"아니다. 계곡을 통과하면 누군가 길을 안내할 것이다."

"복잡하군요."

"무천향은… 천외천이니까."

단보가 단호한 표정으로 말했다.

"천외천이라… 정말 그런지 두고 보면 알게 되겠죠."

"실망치 않을 거다. 가거라. 석 부인도 수고하시게."

단보가 석청에게도 작별 인사를 건넸다.

"다시 뵐게요."

"그리될 걸세."

단보가 고개를 끄덕인 후 일행이 끌고 온 다섯 마리의 낙타 중 두 마리를 떼어냈다.

"그럼 조심하거라."

"제 실력… 충분한 거죠?"

파소가 확인하듯 물었다.

"물론! 은하의 계곡을 통과하고 나면 나조차도 널 감당하지 못할 것이다."

"지나치시군요."

"아니, 이건 내 평가가 아니라 대성사님의 평가다. 대성사님은 결코 허언을 하지 않는 분이시지. 은하의 계곡을 통과하는 건 하나의 시험이지만 또한 수련이기도 하다. 네가 은하의 계

곡을 통과하면서 마음의 검에 눈뜨길 바란다. 그럼 잘 가거
라."

단보가 깊은 눈으로 파소를 한 번 응시하고는 낙타를 끌고
온 길을 되짚어가기 시작했다. 파소와 석청은 바위산 높은 봉
우리에 서서 단보의 모습이 사막 위에 한 점으로 변할 때까지
바라보고 서 있었다.

얼마 후 단보의 모습이 보이지 않게 되자 파소가 입을 열었
다.

"이제 가볼까요?"

"좋아요."

"겁나지 않아요?"

"오히려 기대돼요. 그런데 그 말투, 여전히 고치지 못하는군
요? 이미 부부가 됐는데도……."

"이게 익숙해요."

"후후, 알았어요. 편한 대로 해요."

"고마워요."

"고맙긴요. 보통 남자는 혼인하면 부인을 존중하지 않는데,
여전히 날 존중해 주니 내가 고맙죠. 가요."

석청이 씩씩한 여장부의 모습으로 먼저 낙타를 몰아 바위산
을 내려가기 시작했다.

계명원(鷄鳴園). 사막의 사람들에게 사촌(沙村)이라 불린다
는 마을은 산 위에서 볼 때와 다르게 안으로 들어서자 제법 큰

규모를 자랑했다. 하지만 마을의 규모에 비해 사람들은 그리 많지 않아, 곳곳에 텅 빈 채 허물어진 집들이 눈에 들어왔다.

"스산하네요."

석청이 몸을 떨며 파소의 곁에 바싹 다가섰다.

"하지만 아름답기도 하군요. 사촌이란 이름이 어울리지 않아요. 사막에 이렇게 아름다운 녹지가 존재하다니……."

"하지만 기분은 좋지 않아요. 너무 사람이 없잖아요."

"단 어른께서 말씀하시길, 사촌에 거주하는 사람은 그리 많지 않다고 해요. 사람들이 제법 많이 찾는 곳이긴 하지만 이곳에 정착하는 사람은 많지 않다고 했지요. 그래서 빈집이 이렇게 많은 것이고요."

"왜 정착을 하지 못할까요? 당신 말처럼 이렇게 아름다운 곳인데… 사막에서 이런 녹지를 찾는 것은 거의 불가능한 일일 거예요."

"워낙 외진 곳에 있으니 이곳에서 먹고살기 어려워서겠지요."

"그럴까요?"

"이곳까지 왔던 길을 생각해 보세요."

파소의 말에 석청이 고개를 끄덕였다.

"생각해 보니 정말 그렇군요. 단 어르신이 아니었다면 도저히 이곳까지 오지 못했을 거예요."

"그래도 다행히 저곳에는 사람이 좀 보이는군요."

파소가 손을 들어 휘황한 불빛이 흘러나오는 시전을 가리켰

다. 사촌의 중심부에 자리 잡고 있는 시전은 사촌(沙村) 외곽의
황량함과 달리 제법 많은 사람들로 웅성거리고 있었다.

"이제야 사람 사는 곳에 온 것 같네요."

석청의 얼굴이 밝아졌다. 흥청거리는 시전을 대하자 사촌에
들어서며 느꼈던 황량한 기분이 사라진 모양이었다.

파소는 석청을 이끌고 환한 불빛이 흘러나오는 시전 안으로
들어갔다. 시전은 대략 삼십여 장에 걸쳐 이루어져 있었는데,
사막 한가운데 있는 시전치고는 제법 많은 물건들이 거래되고
있었다.

파소와 석청은 이것저것 팔려고 내놓은 물건들을 구경하며
시전 안쪽으로 깊숙이 들어갔다.

"객잔을 찾을 수 없네요."

석청이 잠시 걸음을 멈추고 주변을 돌아보며 의아한 얼굴로
말했다. 석청의 말처럼 시전은 제법 많은 상점들이 늘어서 있
었지만 술을 파는 주점은 있어도 여행객이 묵어 갈 객잔은 눈
에 띄지 않았다.

"길을 모르면 물어봐야죠."

파소가 미소를 지으며 피륙을 파는 상점 쪽으로 다가가 주
인인 듯한 중년 사내에게 말을 걸었다.

"말 좀 묻겠습니다."

"말해보슈?"

이미 피륙을 살 손님이 아니라는 것을 눈치챈 상점 주인이
퉁명스런 목소리로 대꾸했다.

"객잔을 찾고 있는데 통 보이지가 않는군요."

"초행이우?"

중년 사내가 슬쩍 눈을 꼬아 뜨며 물었다.

"그렇습니다만……."

"흠, 그러니 사촌에서 객잔을 찾고 있지."

사내가 고개를 끄덕이며 말했다.

"사촌엔 객잔에 없습니까?"

"객잔 없는 마을이 어디 있겠수. 이 사촌에도 객잔이 있기는 있소. 하지만 딱 하나, 그것도 객잔이라고 부르기 창피한 곳이라우."

"제법 왕래하는 사람이 많은 듯한데 어째서……?"

"오면서 빈집들 봤수?"

"예, 무척 많더군요."

"그렇게 빈집이 많은데 누가 돈을 주고 객잔에 들겠수. 사막을 여행하는 사람들이란 주머니가 가벼울뿐더러 노숙에 익숙한 사람들이라 은자를 주고 객잔에 드느니 쓸 만한 빈집을 찾아 하루 묵어 가는 게 보통이라우. 해서 이 사촌에서 객잔을 찾는 건 초행자들이나 하는 행동인 것이우."

"아, 그런 사정이 있었군요. 그런데 그 하나 있다는 객잔은 어디에 있나요?"

"그래도 객잔에 드시려우?"

"내자가 있어서……."

파소가 석청을 돌아보며 말했다. 그러자 상점 주인이 흘낏 석청을 훑어보고는 고개를 끄덕이며 말했다.

"하긴 아무리 돈을 아긴다 해도 젊은 내자를 데리고 빈집을 찾아들 수는 없겠지. 이 길로 죽 걸어 올라가 보시우. 시전이 끝나는 곳에서 객잔을 찾을 수 있을 게요."

"고맙습니다."

"미리 말해두지만 타지의 객잔과 같은 모습을 기대하지는 마시우. 사실 사촌 외곽의 빈집들에 비해 그리 낫지 않을 거요."

"그래도 빈집보다야 낫겠지요."

"흠, 뭐, 그렇다고 해둡시다. 끼니도 해결될 테고… 그런데 피륙은 필요없수? 옷 한 벌 해 입을 때가 된 것 같은데……."

상점 주인이 은근히 눈을 굴리며 물었다. 그도 그럴 것이, 파소와 석청의 옷은 누가 봐도 너무하다 싶을 정도로 낡아 보였다. 물론 바람을 막고 몸을 가리는 데는 어려움이 없었지만 사막의 계곡에서 수년간 기워 입은 두 사람의 옷은 두 사람의 출중한 외모가 아니라면 상거지 꼴을 면하기 어려운 지경이었다.

"글쎄요……."

파소가 말꼬리를 흐렸다. 은하의 계곡으로 들어갈 텐데 굳이 옷감을 살 필요가 있을까 해서였다. 그런데 그때 석청이 불쑥 입을 열었다.

"혹 지어놓은 옷은 없나요? 이곳에서 옷을 지을 수는 없을 것 같은데……."

석청의 말에 중년 사내가 얼른 고개를 끄덕였다.

"그건 걱정 마시우. 이곳은 사막 한가운데 있는 마을이라 피륙을 사서 직접 옷을 지어 입을 수 없는 사람들이 대부분이라오. 해서 우리 점포에도 미리 만들어놓은 옷이 몇 벌 있다오."

"보여주세요."

석청이 시원하게 말하자 상점 주인의 얼굴에 이내 미소가 떠올랐다.

"알겠수. 안으로 들어오시우."

점포 주인이 얼른 두 사람을 자신의 점포로 이끌었다.

"사게요?"

파소가 석청에게 귓속말로 묻자 석청이 고개를 끄덕였다.

"우리가 입고 있는 옷이 얼마나 오래됐는지 알죠?"

"물론 그렇긴 하지만……."

"새로운 사람들을 만나러 가는데 이런 꼴로 갈 수는 없잖아요. 더군다나 이 석청의 낭군님이신데……."

석청이 파소에게 눈을 찡긋하고는 서둘러 점포 주인을 따라 상점 안으로 들어갔다.

"이거 어떻수? 두 분의 외모가 워낙 출중해서 어떤 옷이라도 어울리겠지만……."

점포 주인이 두 벌의 옷을 가지고 나와 파소와 석청 앞에 내려놓았다. 하나는 청색의 남자 옷이었고, 다른 하나는 오색으로 치장된 여자 옷이었다.

"이거 말고 이것과 같은 것으로 주세요."

석청이 아름답게 치장된 여자 옷을 물리고 파소와 같은 남자 옷을 요구했다.

"남장을 하시게?"

점포 주인이 놀란 얼굴로 물었다.

"사막을 여행하는데 이런 차림으론 곤란하잖아요?"

"흠, 그렇긴 하오만… 뭐, 알겠소. 사겠다는 사람 마음이니까. 그럼 좀 작은 것으로 가져오리다."

점포 주인이 고개를 끄덕이고는 안으로 들어가 다시 청색 남자 옷을 가지고 나왔다.

"어때요?"

석청이 점포 주인에게서 옷을 받아 들고는 자신의 몸에 대보며 파소에게 물었다.

"좋아요. 물론 좀 전에 보았던 옷을 입으면 더 아름답겠지만……."

"호호, 그건 나중으로 미뤄요. 옷은 마음에 들어요?"

석청이 묻자 파소가 고개를 끄덕였다.

"크기도 적당하고 편할 것 같아요."

"좋아요. 그럼 이걸로 할게요. 싸게 주실 거죠?"

석청이 직설적으로 점포 주인에게 물었다. 마치 싸게 주지 않으면 당장이라도 점포를 나갈 사람처럼.

"허, 정말 화통한 여장부시군. 에이, 좋소이다. 어차피 오늘은 공치는구나 생각하고 있던 차이니 싸게 드리지. 은자 닷 냥 내시오."

은자 닷 냥이라면 흥정할 필요조차 없이 싼 금액이다. 물론 두 사람이 살던 심양이라면 무척 비싼 값이지만 이곳은 사막 속에 있는 마을이 아닌가.

"여기 있어요."

파소가 얼른 은자를 꺼내 주인에게 건넸다.

"하하, 이거, 젊은 사람들이 시원시원하시구만."

값을 흥정하려 들지 않는 파소와 석청이 마음에 들었던지 점포 주인이 너털웃음을 터뜨렸다.

"사막이니까요."

"맞는 말이우. 이곳은 사막이지. 그래, 오래 머물 거요?"

점포 주인이 짐짓 가까운 척하며 물었다.

"아뇨. 하루만 묵어 갈 겁니다."

"저런, 아쉽구려. 며칠 묵어 가면 말동무라도 해줄까 했는데⋯⋯."

점포 주인이 아쉬운 듯 말했다. 파소와 석청이 제법 마음에 든 모양이었다.

"하하, 저도 아쉽군요. 하지만 갈 길이 바쁘니 어쩔 수 없지요. 그럼 가보겠습니다. 많이 파세요."

"쩝, 바쁘다니 어쩔 수 없지. 혹 더 머물게 되면 찾아오시오."

"알겠습니다. 그럼⋯⋯."

파소가 고개를 숙여 보이고는 두 벌의 옷을 챙겨 들고 점포를 나섰다.

점포를 나선 파소와 석청은 점포 주인이 알려준 대로 시전의 북쪽 끝까지 이동했다. 그러자 과연 시전 끄트머리에 낡은 간판을 매단 객잔이 눈에 들어왔다.

"예상은 했지만 이건 너무 심하군."

파소가 눈앞에 나타난 객잔을 보며 난감한 표정을 지었다. 풍사객잔이란 그럴듯한 이름을 가진 객잔은 그러나 이름만 객잔일 뿐, 사촌 외곽에 늘어선 빈집들과 크게 다르지 않은 모습을 하고 있었다. 다른 점이 있다면 문 앞에 파삭 늙어 등이 굽은 노인 한 명이 코를 골며 졸고 있다는 것과 허름한 객잔의 창을 통해 희미한 불빛이 새어 나오고 있다는 것 정도였다.

"말씀 좀 묻겠습니다."

파소가 조심스런 목소리로 졸고 있는 노인에게 말을 붙였다. 그러나 노인은 여전히 고개를 끄덕이며 졸고 있을 뿐, 쉽게 잠에서 깨어나지 않았다.

"이봐요!"

괄괄한 성격의 석청이 조심스런 파소와 달리 큰 소리로 노인을 불렀다. 순간 졸고 있던 노인이 화들짝 놀라며 눈을 크게 뜨곤 주위를 두리번거렸다. 그러다가 파소와 석청을 발견하고는 심드렁한 목소리로 물었다.

"지금 자네들이 날 불렀나?"

단잠을 깨운 것이 몹시 불만스런 목소리였다.

"객잔에서 일하세요?"

석청이 다그치듯 물었다.

"그렇다네. 내가 이 객잔의 주인이지."

"방 있어요?"

"방? 왜 묵어 가시게?"

노인이 덜 떨어진 잠을 털어내며 반색을 하고 자리에서 일어났다.

"그러니까 방을 찾죠."

"하, 그럼 진즉에 그렇게 말할 것이지. 자자, 들어오시게. 방이야 많지. 이놈의 사촌엔 빈집이 많아 우리 풍사객잔은 항상 방이 남아돈단 말씀이야. 그래서 언제든 전망 좋은 방을 구할 수 있다는 장점이 있긴 하지만. 하하하."

노인이 과장된 웃음을 터뜨리며 두 사람을 객잔 안으로 이끌었다.

"이봐, 손님들 오셨어. 얼른 제일 좋은 방으로 안내해 드려."

객잔 안으로 들어선 노인이 큰 소리로 누군가를 불렀다. 그러자 객잔 안쪽 깊숙한 곳에서 한 명의 노파가 모습을 드러냈다.

그런데 노파의 모습이 파소와 석청을 놀라게 만들었다. 백발 노파는 나이답지 않은 거대한 체구를 자랑했다. 어찌나 덩치가 큰지 주방으로 보이는 안쪽 공간에서 문을 열고 나올 때는 문에 몸이 끼어 몸을 틀어 겨우 빼내야 할 정도였다.

"손님이 왔다 그랬어요?"

그런데 노파의 목소리가 파소와 석청 두 사람을 또 한 번 놀라게 했다. 노파의 목소리는 버들가지처럼 가늘고 부드러워서 그녀의 나이와 체구와는 도저히 어울리지 않는 것이었다.

"글쎄, 그렇다니까?"

노파에 비하면 그야말로 어린애와 같은 체구를 지닌 노인이 호기를 부리며 소리쳤다.

"호호호, 굼벵이도 구르는 재주가 있다더니 영감이 손님을 다 불러들이고, 해가 서쪽에서 뜨겠어요."

부드러운 목소리와 달리 노파의 입에서는 거침없는 말이 흘러나왔다.

"제길, 내가 굼벵이란 말이야?"

"몇 년 지나면 기어다니지 않겠어요?"

"흥, 그전에 누구부터 먼저 굼벵이처럼 굴러다녀야 할걸?"

이쯤 되면 이 노부부의 관계가 의심스럽지 않을 수 없었다. 부부는 부부인데 오가는 대화 속에 칼이 숨겨져 있는 듯 보였다. 두 노부부가 원수를 보듯 서로를 노려보다 거대한 체구의 노파가 갑자기 안면을 바꾸며 파소와 석청을 바라봤다.

"그래, 묵어 가신다고?"

"예."

"얼마나……?"

"내일 길을 떠나야 합니다."

"저런 아쉽네. 오랜만에 든 손님인데. 그럼 이층으로 올라가 오른쪽 끝 방에 짐을 푸시구려. 주인 된 입장으로 안내를 해줘야 하겠지만 보다시피 내 몸이 이래서……."

"아닙니다. 저희들이 알아서 찾아가지요."

"호호, 젊은 사람들이 싹싹하기도 하지. 짐을 풀거든 내려와요. 내 그동안 식사를 준비해 놓을 테니."

"알겠습니다. 그럼……."

파소와 석청이 서둘러 짐을 챙겨 들고 객잔의 이층으로 이어지는 계단으로 향했다.

"호호, 정말 잘 어울리는 한 쌍이네. 아, 나도 저런 시절이 있었는데……."

"양심이란 게 좀 있어봐. 당신의 그 푸짐한 인덕은 소싯적부터 싸아온 거잖아?"

"그런데 이 말라깽이 늙은이가?"

"한판 해볼까?"

"그러고 싶지만 오늘은 손님이 있으니 다음에 봅시다."

"홍, 다음에 보자는 사람 무섭지 않더라."

노인이 한마디 쏘아붙이고는 번개처럼 객잔 문을 나섰다.

방은 생각보단 쓸 만했다. 단지 문제가 있다면 너무 오랫동안 손님이 들지 않아서인지 곰삭은 냄새가 난다는 것 정도. 하지만 한동안 찬 사막에서 노숙을 해온 두 사람에게 침상 위에 몸을 누일 수 있다는 것 자체가 감지덕지할 뿐이었다.

대충 짐을 정리한 두 사람은 반 시진 정도 흐른 뒤에 요기를 하기 위해 다시 객잔의 일층으로 내려갔다.

"어때요? 방은 맘에 들어요?"

마침 주방에서 나와 있던 노파가 아무리 들어도 체구와 어울리지 않는 목소리로 물었다.

"뭐, 그럭저럭……."

파소가 무심결에 말을 하다 입을 다물었다. 하지만 노파는 그리 마음이 상한 것 같지는 않았다.

"이 사촌에선 객잔이 이곳 하나뿐이라오. 하지만 하나뿐인 이 객잔조차도 손님이 든 날보다 들지 않는 날이 많다우. 방이 오래 비면 아무리 청소를 해도 티가 나는 법이니 마음에 들지 않아도 이해하시구려."

"아닙니다. 생각보단 좋았습니다."

"흠, 그렇다면 다행이고. 식사하셔야지?"

"그러려고 내려왔습니다."

"마침 잘됐수. 양고기를 삶아놨는데 잠시 기다려요."

나긋한 목소리로 말을 뱉은 노파가 쿵쿵거리며 주방으로 향했다. 그리곤 여전히 그녀의 몸집에 맞지 않는 문을 겨우 통과해 주방 안으로 사라졌다.

"평범한 사람들 같지는 않아 보이죠?"

노파가 주방으로 사라지자 석청이 십여 개의 식탁 중 한곳에 자리를 잡고 앉으며 나직하게 물었다.

"무공을 익히고 있어요."

"역시 그렇지요?"

"밖의 노인이나 주방의 할머니나 보통 사람이라면 그런 몸을 하고는 걸음조차 걸을 수 없을 거예요."

"맞아요. 몸져누워 있으면 딱 맞을 사람들이지요. 이유는 정반대지만. 그런데 그러면서도 진기를 밖으로 흘리지 않으니……."

"고수란 말이지요."

파소가 단정적으로 말했다.

"이 사촌은 정말 이상한 곳 같아요. 뭔가 안정이 안 돼 보이는 것이… 마치 구름에 떠 있는 마을 같아요."

"썩 마음에 드는 곳이 아닌 건 확실해요."

파소가 석청의 말에 맞장구를 치는 사이 주방에 들어갔던 노파가 쟁반에 음식을 담아 들고 나왔다.

쿵쿵!

객잔 바닥이 노파의 체중을 이기지 못하고 신음 소리를 토해냈다.

두 사람이 있는 곳으로 다가온 노파는 여전히 어울리지 않는 아름다운 목소리를 흘려냈다.

"객잔은 이래도 음식 솜씨는 제법 유명하다우."

웬만한 사내의 허벅지만 한 굵기를 자랑하는 노파의 팔이 빠르게 쟁반에 놓인 음식들을 식탁으로 옮겼다.

'역시 보통 사람이 아니야.'

음식이 담긴 그릇들을 옮기는 노파의 손놀림을 보며 파소는 자신의 추측이 틀리지 않았음을 확신했다.

"그럼 맛있게들 들어요."

파소의 생각이야 어떻든 노파는 여전히 어울리지 않은 나긋한 목소리로 음식을 권하고는 다시 주방으로 향했다. 그런데 바로 그 순간 갑자기 객잔 문이 벌컥 열리며 객잔 주인인 노인의 호기로운 목소리가 들려왔다.

"이봐, 할멈. 또 손님이야!"

마치 자신이 손님이라도 된 듯 의기양양하게 소리치는 노인을 향해 노파가 웬일이냐는 듯한 표정을 지으며 돌아섰다. 그러자 과연 깡마른 몸집에 굽은 등을 한 주인 노인 곁에 손님으로 보이는 초로의 사내 한 명이 서 있었다. 파소와 석청 역시 호기심 어린 표정으로 새로운 손님을 향해 고개를 돌리다가 두 사람 모두 흠칫한 표정을 지었다.

'고수!'

파소의 머릿속에 오직 이 한 단어가 떠올랐다. 노인을 따라 들어온 허름한 마의 차림의 초로의 노인에게서 파소는 또 다른 고수의 기운을 강렬하게 느꼈던 것이다.

第七章

별을 따라가다

武天鄉
무천향

"무서운 사람이죠?"

식사를 끝내고 객방으로 돌아온 석청이 방에 들어서자마자 눈을 동그랗게 뜨며 파소에게 물었다.

"그래요. 대단한 인물이에요. 하지만……."

파소가 말꼬리를 흐렸다.

"하지만 뭐죠?"

"하지만 이 객점의 주인만큼 강해 보이지는 않아요."

파소의 말에 석청이 화들짝 놀라며 물었다.

"지금 그 낯선 손님보다 이 객점의 주인인 꼬부랑 노인네가 더 대단한 고수라고 말하는 거예요?"

"내가 보기엔 그래요."

그러자 석청이 고개를 갸웃거리며 물었다.

"왜죠? 내가 보기엔 그 초로의 손님이 훨씬 대단해 보이던데요. 난 마치 한 자루 도검이 들어오는 듯한 느낌을 받았어요. 예전의 나였다면 그 앞에서 검조차 뽑지 못했을 거예요. 하지만 객점의 주인에게선 그런 위압감이 느껴지지는 않았잖아요?"

"바로 그게 무섭다는 거예요. 무공을 익혔는데 그 흔적을 흘리지 않으니 소위 말하는 순정한 단계에 접어들었다는 말이 아닐까요?"

"노화순정이요?"

"그래요. 공력이 순정해지면 오히려 호수처럼 고요해진다잖아요."

"바로 당신처럼요?"

석청이 파소의 눈앞에 얼굴을 바싹 들이밀며 물었다.

"나야 그런 경지에 미치지 못하죠."

"아뇨. 대성사께서 말씀하시길, 당신의 내공은 누구보다 순정하다고 했어요. 애초에 그런 무공을 익혔다고요."

"그런 말씀을 하셨어요?"

"그래요. 대성사께서 말씀하시길 무림에 수많은 내공고수가 있지만 자신이 지닌 내공을 모두 사용할 수 있는 사람은 극히 드물다고 했어요. 그건 내공이 순정하지 못하기 때문이라고 했지요. 그런데 당신이 익힌 그 선검이란 무공은 처음부터 온몸으로 내공을 익히기 때문에 일단 모아진 공력은 고스란히 사용할 수 있다고 하더군요. 더군다나 선검의 특징은 수련 초기에는 공력의 증진이 미미하지만 시간이 지날수록 급격하게 늘어난다고 하더군요. 그것도 극히 순정한 공력이 말이에요. 그거 알아요? 당신에게서도 무공을 익힌 흔적을 찾기 어렵다는 거요."

"내가 그런가요?"

"그래요. 모르는 사람이 보면 당신을 그저 잘생긴 목동이라고 생각할 거라고요. 그러니 당신이나 이 객점의 주인이나 다를 바 없는 거죠. 물론 난 아직도 이 객점 주인이나 그 괴상한 노파가 그 낯선 손님을 능가할 만큼 대단한 고수인지에 대해선 의문이 들지만요."

"그건 의심하지 않아도 될 거예요. 그들은 절정의 무공을 지닌 사람들이 분명해요."

"그런 사람들이 왜 이런 사막의 촌구석에서 허름한 객잔이나 하고 있는 걸까요?"

"모르죠. 저마다 사정이 있는 법이니까."

"흐흠, 시간이 있으면 좀 더 알아보고 싶은 노부부예요."

"아쉽게도 우리에겐 그럴 시간이 없어요. 내일 떠나야 하니까요."

"알고 있어요. 그러나저러나 나중에 들어온 그 사람 말이에요. 전 처음에 살수가 들어온 줄 알았어요."

석청의 말에 파소가 고개를 끄덕였다.

"저도 조금 놀랐어요. 하지만 살수는 아닌 것 같아요."

"어째서요?"

"기세가 강렬하긴 하지만 음험하지는 않았어요. 또 살수들은 보통 기세를 감추는데 그는 거리낌없이 자신의 기세를 드러내고 있었지요. 아마 살수는 아니고 패도적인 성격을 지닌 사람인 것 같아요."

"왜 사촌(沙村)에 들어온 걸까요?"

"그야 모르죠. 자, 우리 이제 그만 쉬도록 해요. 어차피 내일이 지나면 다시 볼 사람이 아닌데 그에 대해 고민할 필요는 없잖아요."

파소의 말에 석청이 샐쭉한 표정을 지으며 중얼거렸다.

"당신은 다른 사람 일에 별반 관심이 없는 사람이지만 난 여자라구요. 여자들은 본래 호기심이 많은 법이에요."

"여자였어요?"

파소의 농에 석청이 눈에 쌍심지를 켰다.

"그럼 당신은 남자와 혼인한 거예요?"

"하하, 농담이에요, 농담. 그만 자요. 내일은 바쁘게 움직여야 하니까요."

파소가 웃음을 터뜨리며 침상으로 올라갔다.

"이봐요."

귀를 간지럽히는 나직한 목소리에 파소가 눈을 떴다. 그러자 그의 눈 앞에 석청의 아름다운 얼굴이 다가왔다.

"일어날 시간이에요."

어느새 날이 밝아 객방 창을 통해 눈부신 햇살이 쏟아져 들어오고 있었다.

"벌써 아침인가요?"

"벌써라뇨. 해가 뜬 지 이미 오래라구요."

석청이 장난스런 표정으로 말했다.

"일찍 일어났어요?"

"동이 틀 때요. 이 사촌의 아침 풍경, 괜찮던데요."

"깨우지 그랬어요?"

"워낙 달게 자고 있어서요."

"혼인을 하고 나선 언제나 일찍 일어나는군요?"

"그런 당신은 혼례를 치르고 나서 무척 게을러진 것 같아요. 당신은 본래 무척 부지런한 사람이잖아요."

"그런가요?"

파소가 놀란 눈으로 물었다. 그러자 석청이 웃으며 입을 열었다.

"하지만 나쁘다는 것은 아니에요. 게을러 보이기보다는 여유가 있어 보이니까요. 예전의 당신도 조급한 성격은 아니었지만 어딘지 모르게 날카로운 면이 있었거든요."

"그때는… 그때는 그랬던 것 같아요. 혼자였으니까."

"그런데 지금은?"

"지금은 우리 둘이지요. 자, 일어납시다."

파소가 튕겨나듯 침상에서 몸을 일으켰다.

"바로 떠날 건가요?"

"아침 요기를 하고 바로 객잔을 떠나야 해요. 잠시 시전에 들러 건량을 준비하고 사촌을 떠나야 하니까요."

파소와 석청이 서둘러 짐을 챙겨 들고 객잔 일층으로 내려왔다. 그런데 객잔 일층에는 그들보다 먼저 자리를 잡고 앉아 요기를 하는 사람이 있었다. 어젯밤 늦게 객잔에 들었던 마의 노인이었다. 그는 파소와 석청이 모습을 드러냈는데도 전혀 관심을 두지 않고 묵묵히 식사에 열중하고 있었다.

"아이고, 이제사 일어났구만. 깨울까 생각하던 차였는데!"

주방과 가까운 식탁에 앉아 있던 깡마른 객잔 주인이 두 사람을 보며 반가운 듯 입을 열었다. 아마도 이층으로 올라가 두 사람을 깨우는 일을 몹시 귀찮게 생각하고 있었던 모양이다.

"오랜만에 편하게 자니 늦잠을 자고 말았습니다."

파소가 웃으며 말하자 객잔 주인이 만족한 듯 고개를 끄덕였다.

"편하게 잤다니 다행이구만. 식사들 해야지?"

"그래야죠."

"이봐, 할멈. 여기 두 분 식사하신대!"

노인이 주방으로 난 작은 구멍을 통해 소리치자 주방 문이 열리며 노파가 비대한 몸을 드러냈다.

"그러지 않아도 내려오는 소릴 듣고 이미 준비해 두고 있었다오."

어렵게 주방 문을 벗어난 노파가 파소와 석청이 앉은 곳으로 쟁반을 들고 나와 밥과 몇 가지 찬들을 내려놓았다.

"아침은 간소하게 준비했수."

노파의 말대로 노파가 준비한 아침은 간소했다. 하지만 본래 아침을 과하게 먹지 않는 파소와 석청에겐 오히려 알맞은 음식이기도 했다.

식탁에 음식을 내려놓은 노파는 주방으로 들어가지 않고 자신의 남편 곁에 힘겹게 앉았다. 그러자 그녀의 몸을 지탱하는 의자가 삐그덕거리며 곧이라도 부서질 듯 요란한 신음을 흘려냈다. 그러거나 말거나 노파와 노인은 자신들이 준비한 음식을 열심히 먹고 있는 세 명의 손님을 흐뭇한 눈으로 바라보고 있었다.

파소와 석청은 그런 두 사람의 눈길이 조금 부담스럽긴 했지만 뭐라 탓할 일도 아니기에 재빨리 아침 식사를 마쳤다.

"잘 먹고 잘 자고 갑니다."

파소와 석청이 아침 식사를 마치고 일어나 작별을 고하자 두 노인 부부가 아쉬운 얼굴로 입을 열었다.

"잘 쉬었다니 다행이우. 그런데 멀리가시나?"

"꽤 여러 날 사막을 여행해야 할 것 같습니다."

"저런, 고생하겠군. 그럼 단단히 준비해서 가시구려. 근방에 이 사촌 말고는 마을이 없다우."

"그러지 않아도 시전에 들러 몇 가지 준비를 할 생각이었습니다."

"흠, 잘 생각했수."

객잔 주인이 고개를 끄덕였다. 그런데 바로 그 순간 파소와 석청보다 먼저 식사를 시작했던 마의노인이 식사를 마치고 일어났다.

"얼마요?"

마의노인의 입에서 무색의 목소리가 흘러나왔다.

"숙박료까지 해서 은자 열 냥이우."

객잔 주인이 마의노인을 돌아보며 말하자 마의노인이 아무 말 없이 품속에서 은자를 꺼내 탁자에 놓고는 인사도 없이 객잔을 떠나갔다.

"원, 사람이 저렇게 차가워서야… 쯔쯔!"

떠나는 마의노인을 보며 객잔 주인이 혀를 찼다.

"제 잘난 맛에 사는 인간인 것 같지요?"

이번에는 노파가 노인 곁에 바싹 다가서며 말했다.

"그러니 혼자지."

"그러게 말이우. 늙어서 혼자 사는 게 얼마나 힘든데……."

"호호, 그렇게 보면 우린 복받은 거지. 안 그래?"

"흥, 다 내 덕인 줄 알아요. 내가 아니면 누가 영감이랑 같이 살겠어요."

"정말 그렇게 생각하는 건 아니지? 누가 누굴 데리고 살고 있는데… 어험, 이거 젊은 사람들 앞에서 추태를 부렸군."

"건강하세요."

파소가 미소를 지으며 말하자 노인이 고개를 끄덕였다.

"자네들도 건강하시게. 어떤 사연인지 모르겠지만 사막은 위험한 곳이야. 몸조심하고……."

"알겠습니다. 그럼!"

파소와 석청이 두 노인 부부에게 고개를 숙여 보이고는 객잔을 벗어났다.

그런데 파소와 석청이 멀어지자 이 어울리지 않는 부부의 표정이 조금 심각하게 변했다.

"범상치 않지요?"

"그래, 확실히 범상치 않군. 그 제 잘난 맛에 사는 늙은이도 그렇고……."

"은하의 계곡으로 가는 걸까요?"

"아마도……."

"그런데 그 얼음 같은 늙은이야 그렇다 쳐도 저 아이들은 너무 젊은 것 아닌가요? 과연 은하의 계곡을 통과할지……."

"그걸 왜 당신이 걱정해?"

"왠지 마음이 쓰이네요."

"정이 가는 애들이긴 해. 어쨌든 저 아이들이 은하의 계곡을 통과한다면 아마 은하곡을 통과한 가장 어린 나이의 사람들이 되겠군."

"그렇지요? 누가 키운 아이들일까요?"

"모르지. 난 그것보다 서른 명의 천안성 중 누가 저 아이들을 이곳으로 보냈는지 그게 궁금하군."

"하긴 그렇군요. 한편으로는 걱정이에요."

"뭐가?"

"요즘 들어 은하의 계곡을 찾는 외인의 수가 갑작스레 많아진 것이……."

"하긴 그래. 예전에는 이삼 년에 한 명 정도 있을까 말까 했는데 최근 삼사 년 사이에는 벌써 열 명이 넘어서고 있으니……."

"역시 심상치 않은 거지요?"

"향이 흔들리고 있으니 어쩔 수 없는 일이겠지."

"혹… 무천향이 이대로 흩어지는 걸까요?"

"시간이 말해주겠지. 정종이 다시 서지 않는 이상은……."

"힘들겠죠?"

"지금으로선……."

객잔 주인의 얼굴에 짙은 그늘이 드리워져 있었다.

*　　　*　　　*

우연이 겹치면 인연이라고 했던가. 파소와 석청은 어쩌면 멀리 앞서 걸음을 옮기고 있는 마의노인이 자신들과 인연이 닿아 있는지도 모르겠다고 생각했다.

"역시 은하의 계곡으로 가는 것 같죠?"

석청이 파소의 귀에 입을 바싹 대고 말했다.

"그런 것 같아요. 이 길로 가면 결국 은하의 계곡에 이를 거예요."

파소가 하늘을 보며 말했다. 투명한 어둠이 깔린 하늘은 별들로 가득 차 있었다. 두 사람이 사촌을 벗어난 지도 어느덧 세 시진이 지나고 사막은 밤으로 뒤덮여 있었다.

"가끔 하늘을 보는 건 역시 별자리로 길을 찾는 것이겠죠?"

석청의 시선은 여전히 앞서 가는 마의노인에게 향해 있었다. 마의노인은 바쁘게 걸음을 움직이면서도 가끔 걸음을 멈추고 하늘을 바라보곤 했다. 물론 그럴 때마다 파소와 석청의 걸음도 자연스럽게 멈춰졌다.

"그런 것 같아요."

파소가 고개를 끄덕였다.

"모습을 보아 절대 목동은 아니겠죠?"

"후후, 목동은 저렇게 좋은 도(刀)를 가지고 있지 않아요."

마의노인의 허리춤에는 한 자루 도가 매달려 있었는데 노인의 허름한 옷차림에 비하면 과한 장식이 달린 도갑을 지닌 도였다.

"흠, 하지만 그가 무천향을 목적으로 가고 있다고 확신할 수는 없잖아요. 사촌의 장사치들도 말했지만 은하의 계곡은 사막에서 사는 사람들에게 신령한 곳으로 알려져 간혹 수도를 위해 찾는 사람도 있다고 했잖아요."

"그의 기세로 보아 선도를 수련하는 사람은 아닌 것 같은데요?"

"풋, 역시 그렇죠? 좋은 칼에 패도적인 기세, 선도와는 역시 거리가 멀군요."

"그렇다면 무천향과도 어울리지 않는데……"

"무슨 말이죠?"

"단 어른께서 그랬잖아요. 이 옥패는 무공만 강하다고 얻을 수 있는 게 아니라고……."

파소가 품속에서 단보에게 얻은 옥패를 꺼내 들며 말했다.

"하긴 그래요. 무공이 아무리 고강해도 선기를 지닌 사람이 아니면 무천향에 초대될 수 없다고 했지요. 그런 면에서 보자면 저 사람은 너무 패도적이에요."

"그가 정말 무천향으로 향하고 있다면 역시 무천향도 변하고 있다는 말이겠지요. 저런 패도적인 인물을 불러들일 만큼……."

"휴, 어떤 일들이 기다리고 있을지……."

석청이 긴장한 얼굴로 한숨을 내쉬었다.

"일단 은하의 계곡을 통과하고 보자구요."

"그래요. 지난 수년간의 수련을 헛되이 할 순 없지요. 그런데 실력뿐 아니라 운도 따라야 한다고 했는데… 과연 우리에게 운이 따를까요?"

"그거야말로 운에 맡겨야죠."

파소와 석청은 여전히 일정한 거리를 두고 앞서 나가는 마의노인의 뒤를 따라 십여 일을 더 이동했다. 두 사람의 예상대로 마의노인은 은하의 계곡으로 향하는 것이 분명해 보였다. 넓디넓은 사막에서 십여 일 동안이나 같은 길을 여행할 수는 없는 일이었다.

시간이 지나자 마의노인 역시 가끔 파소와 석청 두 사람에게 눈길을 보내기 시작했다. 그로서도 쉬지 않고 자신의 뒤를 따르고 있는 두 사람에게 관심을 갖지 않을 수 없는 모양이었다.

그러면서도 그는 두 사람에게 말을 걸지 않았다. 그저 가끔 무심한 시선으로 두 사람이 여전히 자신의 뒤를 따르고 있는지 확인할 뿐이었다.

돌과 바위뿐인 사막을 그렇게 이상한 동행과 함께 십여 일간 이동한 세 사람 앞에 어느 날 밤 새로운 풍경이 모습을 드러냈다.

"아, 이건……!"

거대한 바위산을 돌아서던 석청의 입에서 한순간 탄성이 흘러나왔다. 파소 역시 걸음을 멈추고 눈앞에 펼쳐진 기경을 경외감 서린 눈빛으로 바라봤다. 마의노인 역시 걸음을 멈추고 있었다.

"왜 이곳을 은하의 계곡이라 부르는지 알겠어요."

석청이 떨리는 목소리로 말했다. 협곡을 따라 그 위로 별들이 큰 강을 이뤄 한 방향으로 흘러가고 있었다.

"사막엔 별이 많다지만 이런 광경은 처음이군요."

파소 역시 환상적인 광경에 상기된 목소리를 흘러냈다. 그런데 그때 잠시 걸음을 멈추고 끝을 알 수 없는 거대한 협곡과 그 위에 흐르는 은하수를 바라보고 있던 마의노인이 걸음을 옮기기 시작했다. 덕분에 파소와 석청 역시 현실 세계로 돌아왔다.

"우리도 가요."

석청이 파소의 소매를 잡아끌었다. 눈앞에 펼쳐진 환상의 세계로 얼른 발을 들여놓고 싶은 모양이었다. 파소는 그렇게 석청에게 이끌려 은하의 계곡으로 들어가기 시작했다.

"이게 뭐예요? 정말 사람을 이렇게 실망시켜도 되는 걸까요?"

석청이 깊이를 알 수 없는 협곡 위에 위태롭게 매달려 있는 줄다리를 보며 한숨을 내쉬었다. 은하의 계곡은 멀리서 보는 것과는 전혀 다른 모습으로 두 사람을 맞이했다.

하늘에는 여전히 수많은 별들이 강을 이루고 있었다. 그러나 그 별들 아래 펼쳐진 계곡은 그야말로 지옥을 지상으로 끌어 올린 듯한 모습이었다.

수없이 많은 갈래로 갈라져 있는 협곡이 거미줄처럼 입을 벌리고 있었고, 북방의 차가운 바람이 괴성을 지르며 계곡 사이를 휘젓고 있었다. 아마도 거친 북방의 바람에 수천 년 동안 깎여왔을 암벽들은 한 발 딛기 어려울 정도로 매끄러워 자칫 헛디뎠다가는 수백 척 계곡 아래로 추락할 수밖에 없어 보였다.

그뿐이 아니었다. 황량한 계곡 곳곳에는 얼마나 오랜된 것인지 알 수 없는 동물의 뼈들이 곳곳에 널려져 있어 괴기스런 분위기를 더하고 있었는데, 사막 한가운데 있는 이 황량한 곳에 어떻게 동물의 뼈들이 널려 있는지 불가해한 일이었다.

'어쩌면 저 뼈들 사이에 사람의 유골이 있을지도 모르지.'

파소가 동물의 뼈들이 널브러져 있는 주변을 돌아보며 생각했다. 그런 계곡들 중 두 사람을 가로막고 있는 첫 번째 계곡 위에서 언제 끊어져도 이상할 것 같지 않은 낡은 줄다리가 두 사람을 기다리고 있었다. 아니, 마의노인까지 삼 인이 낡은 계곡의 줄다리 앞에 서 있었다.

그런데 잠시 후 잠깐 걸음을 멈췄던 마의노인의 홀쩍 몸을 날려 줄다리 위에 올라섰다.

휘이잉!

순간 기다렸다는 듯 어두운 계곡 아래쪽으로부터 한줄기 바람이 불어와 줄다리를 흔들었다. 그러나 마의노인은 자칫하면 수백 척 계곡 아래로 추락할 수도 있는 줄다리 위에서 전혀 표정이 변하지 않은 채 성큼성큼 다리를 건너기 시작했다.

"정말 징그러울 정도로 차가운 사람이네요."

"우리도 가죠?"

파소가 석청을 돌아봤다.

"가긴 가야죠. 그런데 정말 다리가 끊어지지 않을까요?"

"설마 무천향에서 끊어질 다리를 만들어놓았겠어요?"

"이 다리를 만든 사람들이 무천향의 고수들이란 거예요?"

"그럼 누가 이 황량한 땅에 줄다리를 만들어놓았겠어요? 더군다나 이곳은 은하의 계곡이잖아요."

파소의 말에 석청이 눈을 깜빡거리다가 이내 고개를 끄덕였다.

"헤, 그러네요. 그들이 아니면 이곳에 다리를 만들어놓을 사람들이 없겠지요. 그럼 정말 끊어질 염려는 없겠네요. 가요. 그럼!"

석청이 성큼 걸음을 옮겨 줄다리 위로 올라섰다. 그런 석청을 보며 파소가 실소를 흘리고는 서둘러 석청의 뒤를 따랐다.

두 사람의 생각대로 줄다리가 끊어질 염려는 없어 보였다. 멀리서는 낡아 보였지만 두 사람 손에 느껴지는 줄의 느낌은 단단하기 이를 데 없었다.

하지만 끊어질 염려가 없는 줄다리는 전혀 다른 방식으로 두 사람을 위험에 빠뜨렸다.

"이제 보니 이 다리를 건너는 것부터가 관문인 모양이에요!"

석청이 바람에 연 날리듯 흔들거리는 줄다리 위에서 중심을 잡기 위해 애쓰며 소리쳤다.

"조심해요. 줄을 꽉 잡아요!"

파소가 걱정스런 표정으로 석청에게 소리쳤다.

"걱정 마세요. 떨어질 정도는 아니니까. 하지만 앞으로 나가기는 어려워요."

"기다려요. 내가 그리로 갈게요."

파소가 진기를 끌어올렸다. 순식간에 선검을 통해 길러진 순정한 진기가 파소의 몸을 휘감았다. 그러자 파소의 발이 마치 줄다리에 붙은 듯 움직이기 시작했다. 계곡 아래에선 거친 바람이 소용돌이를 일으키며 불어와 줄다리를 종잇장처럼 구겨 버렸지만 파소의 몸은 거침없이 앞으로 전진했다.

"괜찮아요?"

순식간에 석청의 곁에 도착한 파소가 석청의 허리를 손으로 감으며 물었다.

"괜찮아요. 대신 움직이질 못하겠어요."

석청이 파소를 돌아보며 말하자 파소가 석청을 안심시키는 듯한 표정을 지으며 말했다.

"이제부턴 괜찮을 거예요."

파소의 말이 끝나는 순간 거칠게 요동치던 줄다리가 순식간에 천 근의 무게를 얹은 듯 아래로 처지며 움직임을 멈추고 고요하게 가라앉았다. 그렇다고 바람이 불어오지 않는 것도 아니었다. 계곡 아래선 여전히 거친 바람이 솟구쳐 오르고 있었다.

"어떻게 한 거죠?"

"줄이란 게 한 곳이 무거워지면 나머지 부분은 흔들리지 않는 법이죠."

"설마……?"

석청이 파소를 바라보자 파소가 고개를 끄덕였다.

"당신 정말 대단하군요. 공력이 이 정도일 줄은 몰랐어요."

"저도 몰랐어요. 그저 한번 시도해 봤는데 생각보다 효과가 좋군요."

"후후, 정말 대단한 낭군님이셔. 그 선검이란 무공, 탐나네요. 사막의 석동에 들기 전에는 분명 내가 공력이 더 높았었는데 이젠 비교도 되지 않겠어요."

"시작보다 끝이 좋은 무공이라고 했지요. 대성사께서……."

"지금도 계속 공력이 높아지나요?"

"글쎄요. 그건 모르겠어요. 하지만 여전히 제 몸에서 뭔가가 일어나고 있다는 것은 확실해요."

"그러다 괴물이 되는 건 아닌지 걱정이에요."

"괴물이 되어도 내 곁에 있을 거죠?"

"글쎄요. 그건 생각해 봐야겠네요."

석청이 장난스레 말을 하고는 고개를 돌려 앞쪽을 바라봤다. 그리곤 나직한 목소리로 말했다.

"놀란 사람은 저뿐만이 아닌 모양인데요?"

석청의 말에 파소가 고개를 들어보니 두 사람보다 십여 장 앞서 다리를 건너고 있던 마의노인이 전진을 멈춘 채 고개를 돌려 파소와 석청을 바라보고 있었다. 아마도 바람에 흔들리던 줄다리가 안정을 되찾은 것이 파소와 석청 때문이라는 것을 눈치챈 모양이었다.

마의노인은 그렇게 잠시 파소와 석청을 바라본 후 이내 신형을 돌려 나는 듯이 다리를 건너기 시작했다. 일단 움직임이 잦아든 다리를 건너는 것은 강호의 절정고수에겐 무척 간단한 일이었다.

"우리도 가요. 대신 천천히."

파소가 석청에게 말했다. 파소는 지금 공력을 일으켜 줄다리의 중심을 잡고 있었으므로 마의노인처럼 빠르게 이동할 수는 없었다. 파소의 사정을 알고 있는 석청이 고개를 끄덕이고는 조심스런 걸음으로 전진하기 시작했다.

계곡의 넓이는 거의 오십여 장에 달했다. 덕분에 파소와 석청이 계곡의 저쪽에서 이쪽으로 건너온 것은 제법 시간이 흐른 후였다. 그런데 앞서 다리를 건넌 노인이 무슨 일인지 계곡의 이쪽 편에서 파소와 석청을 기다리고 있었다.

그리곤 파소와 석청이 다리에서 내려서자 감정이 실리지 않은 목소리로 입을 열었다.

"자네가 한 일이었나?"

처음 듣는 노인의 목소리에서는 쇳소리가 느껴졌다. 나지막하지만 누구라도 쉽게 응대할 수 없는 패도적인 기운이 물씬 느껴지는 목소리였다.

파소는 노인의 질문에 대답하는 대신 가볍게 고개를 끄덕여 보였다. 어찌 보면 무례한 행동이랄 수 있는 파소의 행동이었지만 노인은 아랑곳하지 않고 재차 입을 열었다.

"그렇군. 이름이 뭔가?"

이 또한 무척 무례한 질문이다. 하지만 파소 역시 크게 개의치 않고 입을 열었다.

"파소라고 합니다."

"파소… 들어보지 못했군. 그 나이에 그런 무공을 지니고

있는데 강호엔 이름이 알려지지 않았다? 사연이 있는 사람이
군."

'틀린 말은 아니오이다.'

노인의 말에 파소가 속으로 대답하며 그저 담담히 미소를
지었다.

"난 남독마군 기신이라 하네."

순간 석청의 눈빛이 반짝였다. 반면 파소는 아무런 반응을
보이지 않았다.

"모르나 보군."

남독마군 기신이 별반 실망하지도 않은 말투로 말했다. 그
러자 석청이 재빨리 입을 열었다.

"혹 이십여 년 전 남궁세가의 오소룡(五小龍)을 베셨
던……?"

"그런 일이 있었지."

남독마군 기신이 고개를 끄덕였다. 그러자 석청의 눈에 감
탄의 빛이 서렸다.

"역시 살아 계셨군요. 강호에선……."

"남궁세가 종자들에게 죽을 내가 아니지. 그런데 자네들도
이 은하의 계곡을 통과할 생각인가?"

남독마군의 물음에 파소가 고개를 끄덕였다. 그러자 남독마
군이 품에서 청옥패를 꺼내 들며 다시 물었다.

"이런 걸 가지고 있나?"

파소가 역시 고개를 끄덕였다. 그러자 남독마군이 고개를

끄덕이며 중얼거렸다.

"역시 그렇군. 도대체 뭘 하는 자들일까? 이 옥패를 준 자들에 대해 얼마나 알고 있나?"

"별로 아는 것이 없습니다만……."

"그렇군. 하긴 행사가 무척 은밀한 자였지. 자네에게도 이 계곡을 통과하면 무의 극에 도달할 수 있는 인연을 만들어주겠다고 했나?"

아마도 남독마군을 은하의 계곡에 끌어들인 무천향의 천안성은 남독마군을 그런 식으로 유인했던 모양이다. 틀린 말은 아니었다. 무천향은 무극에 도전하는 무인들의 거처가 아닌가?

"저도 같은 말을 들었습니다."

"후후, 광오한 자들이야. 감히 이 남독마군 앞에서 무극을 논하다니. 어떤 자들인지 이 계곡을 지나보면 알겠지. 허언을 한 것이면 그만한 대가를 치러야 할 것이고… 먼저 가겠네. 신세를 한 번 졌으니 앞길은 내가 열지. 천천히 따라오게."

남독마군이 갑자기 패기를 흘려내더니 훌쩍 몸을 날려 눈앞에 펼쳐진 거대한 계곡의 군락으로 새처럼 날아가기 시작했다.

"어떤 사람이에요?"

남독마군이 어둠 속으로 사라지자 파소가 천천히 걸음을 옮기며 석청에게 물었다.

"남독마군 기신은 지금이야 사람들 입에 크게 오르내리지 않지만 이십 년 전만 해도 무림의 일대 마인으로 크게 이름을 떨친 인물이에요. 특히 이십 년 전 남칠문 중 한 곳인 남궁세가의 오소룡을 죽인 일은 강호를 한바탕 뒤집어놓았었죠."

"남궁세가의 식솔을 죽였다니, 배포가 대단하군요."

파소 역시 남칠문에 속하는 검의 명가 남궁세가의 명성은 익히 들어 알고 있었다.

"본래부터 독선적인 성정으로 유명한 사람이었어요. 남궁세가 오소룡은 당시 남궁세가 최고의 후기지수로 알려진 사람들이었지요. 만약 그들이 살아 있었다면 남궁세가는 오늘날 남칠문의 우두머리가 되었을 거라 말하는 사람들이 많죠. 그런 그들이 남독마군과 시비가 붙었던 거예요. 그런데 놀랍게도 남독마군은 혼자서 남궁세가의 오소룡을 일백 초도 걸리지 않아 제압했어요. 남독마군의 명성은 이후 강호를 떨쳐 울렸지만 당연히 남궁세가 고수들의 추격을 받게 되었고, 그로부터 몇 년 후부터는 그의 모습을 본 사람이 없었다고 해요. 그래서 모두들 그가 남궁세가의 고수들에게 죽임을 당했을 거라 생각하고 있었는데 오늘 여기서 그를 보게 되네요."

"남궁세가의 추격을 따돌리고 살아 있다는 것만으로도 대단한 인물임이 분명하군요."

"생각해 보면 당연한 일인지도 몰라요. 만약 그가 죽임을 당했다면 남궁세가에서 그 사실을 분명 강호에 널리 알렸을 거예요. 오소룡의 죽음은 근 백 년래 남궁세가 최대의 치욕으로 알려진 사건이니까요."

"어쨌든 그 대단한 인물이 길을 열겠다니, 우리로선 좋은 일이군요. 그런데 그의 성정이 패도적이긴 해도 악인으로 보이진 않는데 왜 그에게 마군이란 호칭이 붙은 거죠?"

"남궁세가 오소룡을 죽인 이후에 붙은 별호예요."

"그렇군요. 하긴 남궁세가의 문도를 살해했다는 것만으로도 강호에서 마도로 몰릴 충분한 이유가 되기는 하죠. 그건 강호를 지배하는 세력들의 권리니까요. 진실이야 어떻든!"

파소가 씁쓸한 표정으로 말하고는 움직이는 속도를 조금씩 높이기 시작했다.

앞서 길을 열겠다는 남독마군의 약속은 지켜질 수도, 안 지켜질 수도 있었다. 파소와 석청의 눈앞에 양쪽으로 갈라진 두 갈래 길이 나왔을 때 두 사람은 계속 남독마군을 따라야 할지 아니면 그가 가지 않은 길로 가야 할지를 결정해야 했기 때문이었다.

두 길 모두 깊고 어두운 협곡으로 이어져 있었는데, 어느 길을 선택해도 만만치 않은 어려움이 도사리고 있을 것은 분명했다.

그런데 왼쪽 길로 향하는 방향에 있는 바위에 작은 흠집이 나 있었다. 생긴 지 오래되어 보이지 않는 흠집은 남독마군 기신이 남긴 표식임이 분명했다.

남독마군은 뒤따르는 파소와 석청에게 자신이 간 길을 알려주어 두 사람이 자신의 뒤를 따라오기를 바랐던 것이다.

"어떡하죠?"

석청이 파소를 보며 물었다.

"글쎄요."

파소도 쉽게 어느 길로 갈지 결정을 내리지 못했다.

"장보도에 나타난 길은 어느 곳으로 향해 있죠?"

"두 길 모두를 가리키고 있어요. 그러니 어느 쪽을 선택하든 모두 옳은 길이란 말이죠."

"흐흠… 대성사께서 말씀하시길, 은하의 계곡을 통과하는 일에는 실력 말고도 운이 따라야 한다고 했는데 바로 이런 경우를 두고 하신 말씀인 것 같네요. 양쪽 길에 서로 다른 시험이 기다리고 있다면 좀 더 수월한 쪽을 선택하는 것은 결국 운에 맡겨야 하니까요. 어쨌든 그의 뒤를 따라가는 것이 낫지 않을까요? 어차피 장애물이 있다면 그가 먼저 상대할 테니까요."

석청의 말에 파소가 잠시 생각에 잠겼다가 오른쪽 길을 가리켰다.

"우린 이쪽으로 가요."

"왜요? 그가 간 곳으로 가면 더 편할 텐데……?"

"이 은하의 계곡이란 곳을 온전히 경험하고 싶어요. 누구의 도움도 없이……."

파소의 눈에서 한가닥 기광이 일렁였다.

"가끔 당신은 이상한 고집을 피우죠."

석청이 미소를 지으며 말했다.

"그래도 내 의견대로 할 거죠?"

"물론이죠."

"고마워요."

"고맙긴요. 낭군님의 결정인데 따라야죠."

석청의 대답에 파소가 빙긋 미소를 짓고는 오른쪽 계곡을 향해 걸음을 옮기기 시작했다. 그렇게 한날한시에 은하의 계곡에 들어온 파소 부부와 남독마군은 각자의 운에 따라 서로 다른 길을 가기 시작했다.

바람을 따를 수 있는가?

"이게 뭐죠?"

오른쪽 계곡으로 들어선 지 일각여가 지났을 때 갑자기 길이 끊기고 그 자리에 괴이한 글귀가 적힌 비석이 나타났다. 끊긴 길 아래쪽은 또다시 끝을 알 수 없는 깊이의 계곡이 입을 벌리고 있었다.

"뭔가를 시험하려는 듯한데……."

파소가 중얼거리며 주변의 지형을 살폈다. 순간 파소의 눈이 반짝였다. 길이 끊겼다고 생각했던 것은 어쩌면 두 사람의 착각일지도 몰랐다.

자세히 보니 끝을 알 수 없는 계곡으로부터 솟아오른 암석 기둥이 눈에 들어왔다. 암석 기둥은 이쪽에서 저쪽으로 수십 장에 이르는 계곡을 가로질러 십여 개 정도 솟구쳐 있었는데,

그 높이가 파소와 석청이 서 있는 곳과 얼추 비슷했다.

자세히 보면 계곡 아래에서 솟구쳐 오른 암벽 기둥들은 마치 징검다리처럼 계곡의 저편까지 불규칙한 모습으로 이어져 있었다.

"의미가 있는 말이군요."

파소의 말에 석청이 의문 어린 시선으로 파소를 돌아봤다.

"무슨 말이에요?"

"자세히 보세요. 계곡을 가로질러 건너편까지 암벽 기둥들이 서 있어요."

파소가 손을 들어 그가 발견한 암벽 기둥들을 가리키자 석청이 눈을 가늘게 뜨고 파소의 손이 가리키는 곳을 바라봤다.

"정말 그러네요. 그런데 그게 이 바위에 새겨진 글과 무슨 상관이 있다는 거죠?"

"글귀는 바람을 따를 수 있겠냐고 묻고 있어요. 그리고 이 계곡은 바람이 무척 강한 곳이죠."

"그런데요?"

"아마도 이 관문을 만든 무천향 고수들은 도전자들이 저 암벽 기둥들을 밟고 계곡의 건너편까지 도달하기를 바랐던 것 같아요."

"맙소사, 새도 아니고……."

"그래서 바람을 따를 수 있냐고 물은 거겠죠."

"무슨 말인지 모르겠어요."

"아무리 고수라도 저렇게 불규칙하게 이어진 암벽 기둥을 밟고 건너편에 도달하는 것은 쉬운 일이 아니지요. 그런데 다행이랄까, 이 계곡의 바람은 계곡 아래에서 위로 솟구쳐 오르며 불고 있어요. 이 바람을 이용하면 계곡의 건너편까지 가는 것도 불가능한 일은 아니에요."

"설마 바람을 타고 날아가라는 말인가요?"

"거의 그렇다고 봐야죠."

"그게… 그게 가능한 일일까요?"

석청이 회의적인 표정으로 물었다.

"가능해요."

파소는 석청과 달리 확신에 찬 표정으로 대답했다.

"휴, 모르겠어요. 당신은 어떨지 모르겠지만 전……."

"이리 와봐요."

파소가 고개를 젓는 석청의 손목을 잡아끌었다. 석청은 파소에게 이끌려 계곡의 난간에 다가섰다. 그러자 파소가 석청을 잡고 있던 손을 놓고 주변에서 작은 나무토막을 주워 들더니 무섭게 입을 벌리고 있는 계곡 속으로 던져 넣었다.

"앗!"

순간 석청의 입에서 놀란 음성이 흘러나왔다. 파소가 계곡 속으로 던져 넣은 나무토막이 계곡 아래로 떨어져 내리는가 싶더니 이내 계곡 아래에서 불어오는 기류를 타고 허공으로 솟구쳐 거짓말처럼 계곡 중앙에 솟은 첫 번째 암벽 기둥 위로 날아가는 것이었다.

"봤죠? 나무토막이 갈 수 있다면 우리도 갈 수 있어요."

"하지만……."

석청이 여전히 두려운 눈으로 말꼬리를 흐렸다.

"우린 할 수 있어요. 겁먹지 말아요. 난 처음에 이 관문이 도전자의 경공을 시험하는 관문이라고 생각했었어요. 그런데 이제 보니 이 관문은 경공보다는 담력을 시험하는 곳 같아요."

"담력이요?"

"그래요. 물론 뛰어난 경공도 필요해요. 또한 튼실한 공력도 뒷받침이 돼야겠지요. 하지만 나무토막의 움직임으로 보건대, 아마 은하의 계곡에 초대된 사람이라면 누구든 이 바람을 타고 암벽 기둥을 이용해 반대편까지 도달할 수 있을 거예요. 하지만 바람에 몸을 실을 수 있는 담력이 필요하죠. 담력이 없는 사람은 아마 절대 이 계곡으로 몸을 던질 수 없을 거예요."

파소의 말에 석청이 울상을 지었다.

"어쩌죠? 난 그런 담력이 없을 것 같은데?"

그러자 파소가 고개를 저으며 말했다.

"용기라면 나보다 낫잖아요."

"칭찬이에요, 아니면 흉이에요?"

그 와중에도 석청이 눈을 흘기며 물었다.

"후후, 당연히 칭찬이죠."

"흉보는 거라는 거 다 알아요. 하지만 어쨌든 난 좀 힘들 것 같은데……."

"좋아요. 용기가 없다고 쳐요. 하지만 날 믿기는 하죠?"

"그야 당연히……."

"좋아요. 그럼 나에 대한 믿음으로 바람에 몸을 맡기면 되요. 내가 먼저 건너가 볼게요."

파소가 석청을 손을 굳게 잡았다 놓고는 망설임없이 어두운 계곡으로 몸을 던졌다.

"앗! 조심해요!"

석청이 자신도 모르게 소리를 질렀다. 그러나 일단 계곡으로 뛰어든 파소의 신형은 석청의 걱정과 달리 순식간에 허공으로 솟구쳤다. 파소는 마치 한 마리 새처럼 두 팔을 벌려 몸의 중심을 잡고는 십여 장에 이르는 거리를 사뿐하게 날아 계곡 중앙에 위치한 암벽 기둥 위에 올라섰다.

"어때요. 간단하죠?"

파소가 암벽 기둥 위에 서서 석청을 바라보며 소리쳤다. 그러자 석청이 울상을 지으며 대답했다.

"그래요. 보기엔 간단해 보이네요."

"자, 아무 일 없을 거예요. 이 관문을 만든 사람들도 사람을 죽이기 위해 이 관문을 만든 건 아니에요. 그들은 말 그대로 선경에 도전하는 사람들이잖아요."

"하지만……"

"날 믿죠?"

"믿어요."

"좋아요. 그럼 그 믿음에 몸을 맡겨요."

파소의 말에 석청이 고개를 끄덕이고는 두세 번 심호흡을 했다. 그리곤 잔뜩 공력을 끌어올린 후 어두운 계곡을 향해 몸을 날렸다.

우우웅!

석청이 계곡으로 뛰어들자 한줄기 바람이 그녀의 신형을 휘감았다. 동시에 조금 가라앉는 듯하던 석청의 신형이 허공으로 붕 떠오르더니 파소가 서 있는 암벽 기둥 쪽을 향해 연처럼 날아갔다.

"잡아요."

암벽 기둥에 서서 석청이 바람을 타고 날아오는 모습을 지켜보고 있던 파소가 석청을 향해 손을 내밀었다. 순간 석청이 아슬아슬하게 암벽 기둥의 끝을 밟으며 재빨리 파소의 손을 잡았다.

파소는 손끝에 석청의 손이 느껴지자 재빨리 석청을 끌어들여 자신의 품속에 안았다.

"어때요. 내 말이 맞죠?"

품속에 안긴 석청을 보며 파소가 물었다. 그러자 석청이 짐짓 파소의 가슴에 머리를 기대며 대답했다.

"그래요. 당신 말이 맞았어요. 하지만 그것보다 내가 당신을 믿고 이 깊은 계곡으로 몸을 던졌다는 사실을 잊지 마세요."

第八章

은하의 계곡

武天鄉
무천
향

하늘의 무게를 아는가?

바람을 타고 암석의 기둥들을 위태롭게 날아 넘은 파소와 석청 앞에 또 하나의 글귀가 나타났다.

"하늘의 무게를 아느냐니, 도대체 무슨 속셈이죠?"

석청이 바위에 새겨진 글씨에서 눈을 돌려 앞쪽으로 길게 이어진 어두운 계곡을 바라보며 말했다. 계곡은 지금까지 지나온 지형과는 달리 밑으로 꺼져 있지 않았다. 대신 폭 십여 장 넓이의 계곡이 일직선으로 길게 이어져 있었는데, 그 끝이 보이지 않아 길이를 짐작할 수 없었다.

계곡의 양옆으로는 거대한 바위들이 위태롭게 매달려 있는 가파른 절벽이 깎인 듯 서 있었는데 계곡에 아무런 장애물이 없다 하더라도 위태롭게 매달린 암석들 밑을 통과하는 것 자체가 보통의 심력으로는 어려운 일인 듯 보였다.

"일단 가봐요."

"어떤 위험이 있는 줄 모르잖아요. 혹 저 절벽에 위태롭게 매달려 있는 바위들이 떨어져 내리는 것은 아닐까요? 하늘의 무게를 아느냐고 물었으니 저 바위들의 추락을 견딜 수 있냐고 묻는 것일 수도 있잖아요."

"그럴지도 모르죠. 일단 들어가 보면 알 수 있을 거예요."

파소의 말에 석청이 생경한 눈으로 파소를 보며 말했다.

"당신은 가끔 이해할 수 없을 때가 있어요."

"무슨 말이에요?"

"가끔 이렇게 대책없이 일을 시작할 때가 있단 말이에요."

"가끔은 대책없이 부딪치는 게 가장 좋은 방법일 때도 있어요."

"몰라요. 어쨌든 들어가자고 한 사람은 당신이니 책임져야 해요."

"물론 자신의 여인을 지키는 것은 언제나 남자의 몫이지요."

파소의 말에 석청이 배시시 미소를 지었다.

"당신은 또 가끔 예상치 못한 말로 사람을 기분 좋게 하기도 해요."

"어쨌든 이상한 놈이란 말이죠?"

"특이한 사람이란 말이에요. 가요."

석청이 파소의 말에 용기를 얻었는지 자신이 먼저 성큼 계곡 안으로 걸음을 옮겼다.

"흡!"

석청이 다급히 숨을 들이마셨다. 하늘의 무게를 아느냐는 질문은 파소와 석청이 길게 뻗은 계곡 안으로 십여 장 정도 진입했을 때 그 의미를 드러냈다.

우우웅!

기이한 파공음이 계곡의 저편에서 만들어져 두 사람이 있는 곳까지 메아리를 만들며 밀려왔다. 그렇다고 바람 소리는 아니어서 두 사람이 있는 곳에는 바람 한 점 일어나지 않았다.

"조심해요."

파소가 앞에 서 있는 석청을 자신의 뒤로 세우며 말했다.

"걷기가 어려워요. 도대체 뭐가 어떻게 된 거죠?"

석청이 이해할 수 없다는 표정으로 물었다.

"아마도 진이 펼쳐져 있는 것 같아요."

"진이라고요? 하지만 지형에 아무런 변화가 없잖아요. 처음 모습 그대로라고요."

"진이란 것이 꼭 주변 지형을 변화시키는 것은 아니잖아요."

"그러니까 당신은 지금 이 무거운 공기가 진에 의해 나타나는 현상이란 말인가요?"

석청의 말처럼 계곡의 안쪽에 들어서자 사방에서 공기의 압력을 느끼기 시작했다. 그 압력의 세기는 점점 더 강해져서 다시 십여 장을 전진했을 때는 쉽게 걸음을 옮기기 어려울 정도였다. 더군다나 아직 계곡의 끝은 보이지도 않고 있었다.

"질문이 하늘의 무게를 아느냐는 것이었죠?"

"그래요."

"어떤 면에서 생각하면 하늘은 곧 공기죠. 그러니 하늘의 무게란 곧 공기의 무게나 마찬가지예요. 특히나 지금 이 계곡에서 일어나는 압력은 대부분 위에서 아래로 향하고 있어요. 다시 말해 계곡 입구의 글귀에서 물었던 것처럼 이 압력은 곧 하늘의 무게란 말이죠. 아마도 이번 관문은 이 압력을 견디고 계곡을 빠져나갈 수 있는가를 시험하는 것인 듯해요."

"그럼 결국······."

"공력을 시험하는 거죠. 앞서의 관문이 담력과 경공을 시험하는 것이라면 이 관문은 공력을 시험하는 거예요. 그것도 한순간에 일으킬 수 있는 공력이 아니라 길게 이어진 계곡을 통과할 수 있는 공력을 지녔는가를 시험하는 것이죠."

"공력의 정순함까지 보겠다는 거군요."

"그렇죠. 정순하지 못한 공력은 일시적으로 큰 힘을 발휘할 순 있어도 오랫동안 그 힘을 지속하지 못하는 법이니까요."

"과연 우리가 이 관문을 통과할 수 있을까요? 난 벌써 다리가 굳어와요."

"앞일을 걱정하기보단 움직일 때예요. 가요."

파소가 단호한 목소리로 말하고 석청의 손목을 이끌었다. 석청은 파소의 등 뒤에 바싹 붙어 한 걸음씩 걸음을 옮기기 시작했다.

계곡에서 가해지는 압력은 시간이 갈수록 강해졌다. 특히나 하늘 높이 솟은 계곡의 위쪽에서 내리누르는 압력은 파소와 석청 두 사람을 금세라도 주저앉힐 듯 엄청난 것이었다.

"힘들어요. 좀 쉬어요."

석청이 숨을 헐떡이며 파소의 손을 잡아끌었다.

"쉬면 더 힘들어져요. 다행히 끝이 보이니 힘을 내요."

파소가 석청을 독려했다.

"잠깐이라도……."

석청이 애원하듯 말하자 파소가 어쩔 수 없다는 듯 고개를 끄덕였다.

"좋아요. 그럼 잠깐만 쉬기로 해요."

파소의 말에 석청이 재빨리 가부좌를 틀고 앉았다. 계곡의 압력은 여전히 강해 쉬면서도 공력을 운기해야 하기 때문이었다. 그런 석청에 비하면 파소는 그나마 나은 편이었다.

선검을 수련해 내공을 쌓은 파소는 특별히 운기를 하지 않아도 자연스럽게 내공을 일으킬 수 있었다. 더군다나 대성사 을지행이 말했듯이 선검을 통한 공력의 수련은 구르는 수레와 같아서 처음에는 그 속도가 느리지만 수련이 깊어질수록 무서운 속도로 공력을 증가시키는 터라 작금에 이르러서는 파소와 석청의 공력 차이가 견줄 수 없을 만큼 벌어져 있었다.

가부좌를 틀고 앉아 심호흡을 하며 운기를 시작하는 석청을 보며 파소가 갑자기 검을 뽑아 들었다. 그리곤 검을 석청의 머리 위에 수평으로 세웠다.

순간 석청은 자기 몸으로 쏟아져 내리는 압력이 현저히 줄어드는 것을 느꼈다. 막 운기에 들어가려던 석청이 고개를 들어 파소를 바라봤다.

"어떻게 한 거죠?"

"그늘을 만든 거예요. 전부는 아니더라도 조금은 도움이 될 거예요."

파소가 미소를 지으며 대답했다. 파소의 미소에 석청은 몸뿐 아니라 마음도 한결 가벼워지는 것을 느꼈다.

"당신도 힘들 텐데……."

석청이 미안한 표정으로 말했다. 비록 가볍게 검을 들고 있는 것처럼 보이지만 지금 석청의 머리 위를 가리고 있는 파소의 검에는 막강한 공력이 깃들어 있다는 것을 너무도 잘 알고 있는 석청이었다.

"이봐요. 당신 낭군은 그렇게 약한 사람이 아니에요."

파소가 석청을 안심시키듯 말했다.

"알아요. 이제 당신의 무공이 나 같은 사람은 도저히 가늠할 수 없는 경지에 도달해 있다는 걸요. 하지만 그래도 이런 식으로 절 쉴 수 있게 하기 위해선 무척 많은 공력을 소모해야 한다는 것도 알고 있지요."

"후후, 그러니 어서 운기를 하도록 해요. 나라고 화수분 같은 공력을 지닌 것은 아니니까요."

"알았어요. 그럼 잠깐만 쉴게요."

석청이 얼른 고개를 끄덕이고는 서둘러 운기에 들어갔다. 그런 석청을 보고 있던 파소가 고개를 들어 어두운 밤하늘을 살피기 시작했다.

석청은 일각 정도의 짧은 운기를 마치고 눈을 떴다. 평상시에 비하면 턱없이 짧은 시간이었지만 천근의 압력을 이기며 전진해 온 그녀로서는 한줄기 시원한 청량제가 될 만한 운기였다.

"뭐 해요?"

운기를 마친 석청이 제일 먼저 한 일은 파소를 바라본 것이었다. 파소는 여전히 석청의 머리 위에 검을 드리우고 밤하늘을 바라보고 있었다. 은하의 계곡 어디서나 계곡의 이름 그대로 은하가 계곡 위를 흐르고 있었다.

"별을 보고 있었어요."

"한가한 낭군님이군요. 이런 상황에서도 별 구경이라니……."

"구경만 한 것은 아니에요."

파소의 대답에 석청의 눈에 호기심이 떠올랐다.

"구경만 한 게 아니라고요?"

"그래요. 난 길을 찾고 있었어요."

"길이요?"

"그래요. 이 은하의 계곡에 펼쳐진 모든 관문들은 모두 별자리와 관련이 있는 것 같아요. 처음 이 은하의 계곡에 관문을 만든 인물들은 무척 운치가 있는 사람들이었던 모양이에요. 남독마군이 간 길은 어떨지 모르지만 제가 보건대 이 관문들은 별자리를 따라 만들어진 것이 분명해요. 관문 안에서나 관문 밖에서나 별 길을 따라 길이 이어진단 말이지요. 그러니 비록 우리가 이 엄청난 압력을 쏟아내는 계곡에 들어와 있다 해도 길을 찾을 수만 있다면 좀 더 수월하게 이 관문을 통과할 거예요."

"그래서 찾았어요?"

석청이 기대에 부푼 표정으로 물었다.

"대충 한 줄기로 이어지는 흐름은 찾은 것 같아요. 아닐 수도 있지만 어차피 이 계곡을 빠져나가야 하니 그 흐름대로 움직여 봐요. 손해 날 일은 아니니까."

"이럴 땐 목동 낭군님을 둔 것이 복이군요."

"후후, 그래요. 목동들은 길을 잘 찾죠. 이제 검을 치울게요."

파소의 말에 석청이 정색을 하며 고개를 끄덕였다.

"알았어요. 준비할게요."

석청이 깊게 숨을 들이쉬었다. 동시에 잠깐의 운기로 회복한 기력을 끌어올렸다.

"됐어요."

석청이 고개를 끄덕이자 파소가 천천히 석청의 머리 위에 드리우고 있던 검을 거둬들였다. 순간 거대한 압력이 폭포수처럼 석청의 머리 위로 떨어져 내렸다.

진기를 끌어올리고 쏟아져 내릴 압력에 대비하고 있던 석청이었지만 잠깐 몸의 중심을 잃으며 주춤거리는 것은 어쩔 수 없는 일이었다. 그런 석청을 파소가 재빨리 한 팔을 둘러 부축했다.

"괜찮아요. 이제 적응이 됐어요. 그나저나 정말 지독한 곳이에요. 보통 사람이라면 종이처럼 구겨졌을 거예요."

"맞아요. 하지만 자연은 오묘한 거죠."

"무슨 말이에요."

석청이 의아한 눈으로 묻자 파소가 손을 들어 계곡의 바닥을 가리키며 물었다.

"별을 보고 찾은 길이 효과가 있을 것 같아요. 저것들 보여요?"

"뭘 보라는 거죠? 제 눈에는 아무것도 보이지 않는데⋯⋯?"

"잘 봐요. 이 계곡에 이끼가 난 곳이 있어요. 그 이끼들을 잘 봐요. 한 줄로 이어져 계곡의 저쪽으로 향해 길을 만들고 있어요."

파소의 말에 석청이 눈을 반짝이며 계곡의 바닥을 살폈다. 그러자 과연 희미하지만 길게 이어진 이끼들이 눈에 들어왔다.

"어떻게 된 거죠?"

"말한 대로예요. 애초에 이 관문을 만든 사람은 별자리를 따라 계곡의 압력이 약해지는 길을 만들었어요. 그리고 자연은 이 관문을 만든 사람조차 예상하지 못한 방법으로 그 길을 드러냈죠. 압력이 약한 부분을 따라 이끼가 자라났던 거예요. 그러니 우리는 이 이끼의 길을 따라 움직이면 되는 거죠. 물론 그렇다고 압력이 약하지는 않겠지만 그래도 견딜 만할 거예요."

파소가 자신의 생각을 설명하고는 자신있게 석청을 이끌고 이끼로 이어진 길을 따라 걷기 시작했다. 그러자 신기하게도 거대한 바위가 내리누르는 것 같던 압력의 강도가 한층 줄어드는 것이었다.

"정말이에요. 당신 생각이 맞았어요."

석청이 파소의 등 뒤에 바싹 다가서며 감탄사를 터뜨렸다.

"이 관문에서도 우린 운이 좋군요."

파소 역시 자신의 생각대로 일이 풀리자 부드러운 미소를 지으며 말했다.

"에이, 이번엔 운이 아니죠. 이 관문에 숨어 있는 길을 찾은 것은 운이 아니라 당신의 실력이라고요. 낭군님!"

파소와 석청은 한층 엷어진 계곡의 압력을 뚫고 천천히 계곡의 출구를 향해 전진했다. 그렇게 다시 오십여 장을 전진하자 드디어 계곡의 출구가 두 사람 앞에 나타났다.

파소와 석청은 재빨리 계곡을 벗어났다. 그러자 지금까지 두 사람을 짓누르던 압력이 씻은 듯이 사라졌다.

"정말 거짓말 같아요."

석청이 자신들이 지나온 계곡을 돌아보며 중얼거렸다.

"그래요. 정말 거짓말 같은 곳이에요. 이런 관문을 만들었다는 것만으로도 무천향의 사람들이 얼마나 대단한 사람들인지 알겠어요."

"무천향 십이조사가 이 관문을 만들었다면 이젠 무천향에 그런 능력을 지닌 사람이 없다고 봐야 하는 것 아닌가요? 지금까지 십이조사의 경지에 다다른 사람이 극소수였다고 했잖아요. 대성사께선 그들조차도 십이조사와 견줄 수 없다고 했지만요. 더군다나 수십 년 내에는 그런 사람이 출현하지 못했다고 했으니까요."

"그렇긴 해요. 하지만 그래도 무천향은 무천향이겠지요. 대성사님과 단 어른을 봐도……."

"기대돼요. 도대체 어떤 사람들이 살고 있을지……."

석청의 눈이 무천향에 대한 기대감을 반짝였다.

"실망하게 될지도 모르죠."

"왜요?"

"능력이 사람을 말해주는 것은 아니잖아요. 단 어른과 대성사께서 우릴 이런 식으로 무천향에 들여보내는 것 자체가 무천향이 그렇게 아름다운 곳만은 아니라는 말 아니겠어요?"

"그런가요?"

"제 생각은 그래요. 사람 사는 곳은 어디든 같지 않을까요? 욕망이 있으면 그곳이 바로 강호죠. 그래서 무천향에 들어가면서도 기대보다는 경계심이 먼저 생겨나요."

"경계심이라뇨?"

"대성사께서 말씀하신 대로 무천향이 과거의 전통에서 벗어나고 있다면, 더군다나 그 내부에 어떤 암류가 흐르고 있다면 아마도 외부에서 들어오는 사람들은 무천향에 발을 디디는 순간 주목을 받게 될 거예요. 그러다 자칫 내 혈통이 드러난다면 과연 내게 어떤 일이 벌어질지……."

"우리만 아는 비밀이잖아요."

"영원한 비밀은 없으니까요. 그리고… 나보다 당신이 더 걱정돼요. 나 때문에 이곳에 오게 된 것이니까."

파소가 걱정스런 눈길로 석청을 보며 말하자 석청이 파소의 뺨을 어루만지며 고개를 저었다.

"그런 걱정 말아요, 낭군님! 전 이렇게 당신과 있는 게 얼마나 행복한지 몰라요. 당신과 함께라면 무천향이 아니라 지옥이라도 마다치 않을 거예요. 그리고 난 당신을 믿어요. 당신은… 특별한 사람이에요."

"당신도 내게 특별한 사람이에요."

"풋, 그런 말이 아니라 당신에겐 특별한 능력이 있다는 말이에요."

"당신이 무슨 말을 하는지 알고 있어요. 하지만 말해주고 싶었어요. 내게 당신이 얼마나 특별한 사람인지를……."

파소의 말에 석청의 볼이 발갛게 물들었다. 이미 두 사람이 부부의 연을 맺은 지 수년이 지났지만 석청은 언제나 파소의 앞에서만큼은 수줍은 여인으로 변하는 것이었다. 더군다나 파소는 평소 이런 말을 거의 하지 않는 사람이었다.

"고마워요."

석청이 나직하게 말했다.

"아뇨, 내가 고맙죠."

"이제 그만 가요. 아직 관문이 남았잖아요."

"그래요. 아직은 이 은하의 길이 끝나지 않았지요."

"몇 개의 관문이 남아 있죠?"

"양피지에 그려진 대로라면 아직 두 개의 관문이 더 남아 있어요."

"휴, 아직도 두 개나요?"

"걱정 말아요. 지금까지 잘해왔으니 앞으로도 잘될 거예요."

"그래요. 난 당신만 믿어요."

"풋, 예전의 당신은 누구보다 대범한 여걸이었는데 이젠 겁쟁이가 됐군요?"

"흉보는 거예요?"

"아뇨. 그냥 그렇다는 거예요."

파소가 미소를 지어 보이고는 천천히 걸음을 옮기기 시작했다.

무(武)에도 도(道)가 있는가?

"좀 다르군요."

세 번째 글 귀 앞에서 석청이 고개를 갸웃거렸다. 지금까지 보았던 두 개의 글귀는 모두 상대의 능력을 묻는 질문이었지만 이번 글귀는 상대의 의견을 묻고 있었다.

"무공을 시험하겠다는 거군요."

파소가 단정적으로 말했다.

"그런 건가요?"

"처음 관문이 경공과 심력을 두 번째 관문이 공력을 시험했으니 이제 무공을 시험할 차례지요."

"그런데 왜 이런 질문을 새겨놓은 거죠? 무에 도가 있는가라니……?"

"무천향의 성격을 말해주는 거겠지요. 지금이야 어쨌든 무천향의 시작은 결국 무도를 닦아 선에 이르기 위함이었으니……."

파소의 말에 석청이 고개를 끄덕였다. 어쩌면 무에 도가 있는냐는 이 질문은 무천향에서 살아가고 있는 모든 무인들에게 주어진 질문일지도 몰랐다.

"어떻게 시험하겠다는 걸까요?"

무공을 시험하겠다는 글이 새겨진 돌 뒤쪽으로는 평범한 계곡이 이어져 있었다. 여기저기 바위들이 나뒹굴고 있었고 거친 바닥은 사람의 손길이 전혀 닿지 않은 것처럼 황량했다.

"역시 들어가 보면 알겠지요."

"풋, 당신이 이렇게 대책없는 사람이란 걸 진즉에 알아봤어야 했는데……."

석청의 장난스런 대꾸에 파소가 살짝 웃어 보이고는 망설이지 않고 걸음을 옮겨 계곡 안으로 들어갔다.

파소와 석청은 어떤 방해도 받지 않고 이십여 장을 전진했다. 계곡의 풍광은 입구와 비슷해서 과연 이 황량한 계곡에 무천향에 드는 고수들을 시험하기 위한 관문이 설치되어 있는지조차 의심스러울 정도였다. 그런데 그렇게 어렵지 않게 전진을 계속하던 두 사람이 한순간 얼어붙듯 걸음을 멈췄다.

"이건… 이건, 정말 믿을 수 없군요."

석청이 벌어진 입을 다물지 못하고 중얼거렸다. 반면 파소는 깊은 눈으로 눈앞에 펼쳐진 신비로운 광경을 응시하고 있었다.

하늘이, 정확하게 말하자면 밤하늘이 그곳에 있었다. 계곡의 폭이 한순간 넓어지는 지점, 그 넓이가 이십여 장으로 확대되면서 신비로운 빛을 흘려내는 밤하늘이 그 계곡 안에 들어와 있었다.

바닥은 유리처럼 투명한 청석으로 이루어져 있었고, 계곡의 좌우측 벽면 또한 바닥과 같은 청석으로 매끄럽게 깎여 있었다. 그리고 그 안쪽 공간에 수많은 별들이 반짝이는 밤하늘이 들어 있었다.

계곡의 저편에 무엇이 기다리고 있는지 알 수 없지만 어쨌든 두 사람 눈앞에 나타난 광경은 신비로움을 넘어 현기가 느껴지기까지 했다.

"너무 아름다워요. 어떻게 이런 일이 있을 수 있죠?"

"역시 진(陣)이 펼쳐져 있는 것 같아요."

"그렇겠죠? 이런 신비로운 장소를 만들려면 진이 아니면 불가능할 거예요."

"은하의 계곡이란 어쩌면 바로 이곳 때문에 만들어진 이름일지도 모르겠다는 생각이 드는군요."

"맞아요. 하늘의 은하수를 지상에 내려다 놓은 것 같아요. 아무리 진이라도 이런 일이 가능하다니… 아름다워요."

"하지만 저 안은 아름답지만은 않을 거예요."

파소의 말에 석청이 긴장하며 물었다.

"이번에도 역시 그냥 들어가 보는 건가요?"

"당연하죠. 가요."

파소가 석청의 손목을 잡고 지상에 옮겨놓은 은하수 속으로 성큼 발을 들여놓았다.

팟!

파소가 청석 위에 펼쳐진 은하의 세계로 발을 들여놓는 순간 갑자기 수많은 별 중 하나가 무서운 속도로 파소의 얼굴을 향해 닥쳐들었다. 파소가 재빨리 고개를 비틀어 얼굴을 향해 날아오는 별을 피해냈으나 뒤를 이어 다시 몇 개의 별들이 유성처럼 파소의 전신을 향해 닥쳐들기 시작했다.

파소가 재빨리 신형을 움직여 몇 개의 유성을 피해내고는 재빨리 검을 뽑아 연이어 날아드는 유성을 잘라갔다.

팟!

파소의 검에 격중된 유성이 거품처럼 미세한 소음을 내며 허공에서 흩어져 버렸다.

"응?"

파소가 순간 고개를 갸웃했다. 그리곤 무슨 생각을 했는지 검을 거둬들이고는 여전히 닥쳐드는 유성 중 하나를 향해 손을 내밀었다.

"조심해요!"

파소의 등 뒤에 바싹 붙어서 파소가 유성들을 막아내고 있는 것을 보고 있던 석청이 다급한 목소리로 소리쳤다. 맨손으로 유성을 막아내려는 파소의 행동이 석청의 눈에는 무모해 보였기 때문이다.

그런데 석청의 걱정에 아랑곳하지 않고 파소가 자신을 향해 날아드는 유성을 감싸 쥐듯 손으로 막아갔다.

"웃!"

순간 파소의 어깨가 움찔하며 파소의 신형이 한 걸음 뒤로 물러났다.

"괜찮아요?"

석청이 놀란 표정으로 물었다.

"괜찮아요. 하지만 잠시 뒤로 물러나야 할 것 같아요."

파소가 석청에게 말을 건네는 동시에 한 손으로 석청의 허리를 감싸 안고는 훌쩍 신형을 날려 은하의 바다에서 벗어났다.

"쉽지 않나요?"

은하의 계곡에 들어선 이후 파소가 뒤로 물러난 일은 처음이기에 석청이 걱정스런 눈으로 물었다. 그러자 파소가 고개를 끄덕였다.

"생각한 것과 조금 달라요. 하지만 좋은 점도 있어요."

"어떻게요?"

"먼저 이 진 속에 반짝이고 있는 별들은 좀 전에 봤듯이 진으로 진입한 사람을 공격해요. 또한 눈에만 보이는 허상도 아니고요."

"당신이 물러날 정도니까요."

석청이 고개를 끄덕였다.

"그래요. 하지만 그러면서도 살기가 없어요."

"살기가 없다는 건 무슨 의미죠?"

석청이 이해가 가지 않은 다는 듯 물었다.

"날 공격한 유성에는 분명 일정한 정도의 힘이 실려 있었지만 그건 그저 진입자의 전진을 막는 정도일 뿐, 사람을 해칠 정도로 날카롭지는 않다는 말이에요. 힘이 있으되 날카롭지 않고 부드러워요. 사람을 밀어낼지언정 파괴하지는 않는다는 말이지요."

"무거운 바람과 같다는 말인가요?"

"정확한 표현이에요. 부드럽지만 무거운 바람을 상대하는 느낌이었어요. 그러면서도 검이 닿으면 허공에서 소멸해 버리죠."

"어떻게 그런 일이 가능할 수 있는 거죠? 단지 진을 설치한 것만으로 말이에요?"

석청이 고개를 돌려 계곡을 가득 메운 은하를 바라보며 말했다.

"그러게요. 정말 무천향을 열었다던 십이조사의 능력은 기가 질릴 정도예요."

"어떻게 통과해야 하죠?"

"길을 찾고 검을 휘둘러야겠죠."

"예?"

석청이 파소의 말을 알아듣지 못하고 되물었다.

"무턱대고 저 속으로 들어간 건 제 실수였어요. 만약 이곳에 만들어진 이 은하의 진이 하늘의 모습을 본뜬 것이라면 하늘의 별을 보고 길을 찾듯 이곳에 만들어진 진 속에서도 길을 찾을 수 있을 거예요. 먼저 길을 찾은 후 진 속으로 들어가 별들의 공격을 막아내며 전진하는 게 맞을 것 같아요."

"그래서 길을 찾고 검을 휘둘러야 한다고 한 거군요."

"맞아요. 그래서 지금 제겐 약간의 시간이 필요해요."

"후후, 알았어요. 귀찮게 하지 말란 말이죠? 길을 찾을 때까지요. 그럼 난 조용히 있을게요."

석청은 침묵할 때를 아는 여인이었다.

석청이 한 걸음 뒤로 물러나자 파소가 신형을 돌려 하늘과 땅 사이에 만들어진 또 하나의 하늘을 마주 보고 섰다. 그의 손에는 단보가 건네준 양피지가 들려 있었다.

파소는 거의 반 시진을 넘게 지상의 은하를 살폈다. 석청은
그런 파소를 방해하지 않고 끈기있게 기다렸다. 석청의 평소 성
격을 생각하자면 대단한 인내심을 발휘한 것이라 할 수 있었다.

"지루했죠?"

한순간 파소가 신형을 돌려 석청을 보며 물었다.

"길은 찾았나요?"

"대충 머릿속에 그려두었어요. 만약 내 생각대로 이 관문이
하늘의 모양을 그대로 본떠 만든 것이라면 내가 예상하는 길
이 펼쳐질 거예요."

"그렇지 않다면요?"

"아주 큰 어려움을 겪게 되겠지요. 은하의 계곡을 통과하지
못할 수도 있을 거예요. 하지만 그럴 거라 생각지는 않아요.
이런 관문을 만들 때 아무런 규칙 없이 만들었을 리는 없으니
까요."

"낭군님이 그렇다면 그렇겠지요. 그럼 이제 가는 건가요?"

"그래요. 이젠 가야죠."

"전 역시 뒤만 따라가면 되는 거죠?"

석청의 질문에 파소가 고개를 저었다.

"이번에 날 좀 도와줘야 할 거예요."

"호호, 제 도움이 필요하다고요?"

석청이 반색을 하며 물었다. 지금까지 두 사람이 은하의 계
곡을 통과하면서 석청은 언제나 파소의 도움을 받았다. 그래서
석청은 이번 관문에 이르러서는 자신이 파소에게 짐이 되고 있

는 게 아닌가 적이 걱정하고 있었던 터였다. 그런데 자신의 도움이 필요하다니 석청으로선 반가운 일이 아닐 수 없었다.

"뭘 하면 되죠?"

"전 일단 진 안으로 들어가면 제가 머릿속에 그려 둔 길을 따라 움직일 거예요. 하지만 머릿속에 그려진 길과 현실의 길이 항상 일치할 수는 없어요. 그래서 길을 찾는 것은 무척 신중을 기해야 해요. 그런 상황에서 사방에서 날아오는 유성의 공격을 모두 막아내는 것은 쉬운 일이 아니에요."

파소의 말에 석청이 고개를 끄덕였다.

"그러니까 나도 유성의 공격을 막아야 한단 말이군요?"

"맞았어요. 앞은 제가 맡을 테니 청 누이가 뒤를 맡아줘요."

"알았어요. 걱정 말아요."

석청이 검을 빼 들고 호기로운 목소리로 말했다.

"좋아요. 그럼 이제 가요."

파소가 고개를 끄덕이고는 재차 청석 위에 펼쳐진 은하의 진 속으로 진입했다.

두 사람이 진 안으로 들어서자 기다렸다는 듯이 반짝이고 있던 별들이 마치 살아 있는 생명처럼 사방에서 두 사람을 향해 달려들기 시작했다.

파팟!

번개처럼 달려드는 세 개의 유성을 파소의 검이 기이한 곡

선을 그리며 베어내자 세 개의 유성이 한순간에 허공에서 흩어졌다.

파소가 그 틈을 이용해 석청을 이끌고 삼사 장을 전진했다. 그리곤 움직임을 멈추고 재빨리 주변의 상황을 살폈다. 머릿속에 그려져 있는 길을 현실에서 찾기 위함이었다. 그때 두 사람의 양옆에서 다시 서너 개의 유성이 두 사람을 향해 닥쳐들었다.

"왼쪽은 제가 맡을게요!"

석청이 파소의 등 뒤에서 소리치며 번개처럼 왼쪽에서 짓쳐드는 두 개의 유성을 향해 유려하게 검기를 뻗어냈다.

피류룽!

석청의 검에서 버들피리 소리가 흘러나왔다. 석청이 시전한 검법은 그녀가 을지행으로부터 전수받은 옥류검이라는 검법으로, 봄바람처럼 부드러운 듯하면서도 그 속에 현묘함과 날카로움이 숨어 있는 절정의 검법이었다.

파팟!

석청의 검이 여지없이 왼쪽에서 다가드는 두 개의 유성을 베어냈다. 파소 역시 이미 오른쪽에서 다가드는 두 개의 유성을 베어낸 후였다.

그리고 그 와중에 갈 길을 확인한 파소가 다시금 석청을 이끌고 삼사 장 앞으로 전진했다.

"이렇게 가면 되는 거예요."

파소가 다시 걸음을 멈추며 말했다.

"알았어요. 어렵지 않네요. 뒤는 걱정 말아요."

석청이 예전의 그녀로 돌아간 듯 호탕하게 대답했다. 파소 역시 석청의 능력을 알고 있었으므로 좀 더 편안하게 은하의 진 속에서 길을 찾기 시작했다.

파소와 석청은 한편으론 길을 찾고 한편으론 날아드는 유성을 상대하며 느리지만 꾸준히 전진했다. 어느덧 두 사람이 전진한 거리가 삼십여 장. 한 번에 이삼 장 정도씩만 전진할 수 있었기에 삼십여 장을 전진하는 동안 시간은 근 반 시진이 흐르고 있었다.

"괜찮아요?"

파소가 걱정스런 목소리로 물었다. 등 뒤에서 들려오는 석청의 호흡 소리가 어느 순간부터 거칠어지기 시작했던 것이다.

"아직은요. 그런데 아직 멀었어요?"

석청이 숨을 헐떡이며 물었다. 진 속으로 깊이 들어갈수록 두 사람을 향해 날아드는 유성의 숫자는 점점 늘어났다. 하나씩의 유성에 담긴 힘은 변하지 않았지만 날아드는 유성의 숫자가 늘어나자 두 사람은 거의 혼신의 힘을 다해 유성을 상대해야 했다.

더군다나 유성이 날아드는 각도는 마치 절대고수가 지력을 쏘아내는 것처럼 날카로워서 절정에 이른 무공을 소유한 고수가 아니라면 절대 막아낼 수 없는 것들이었다.

그런 유성을 상대하며 계속해서 진 속을 전진하는 것은 아무리 화수분 같은 내공을 지닌 고수라 해도 쉽게 견딜 수 없는 문제였다. 그러니 석청의 마음속에 조급함이 생긴 것은 당연한 일이었다.

"끝이 보이긴 해요. 그런데……."

파소가 말꼬리를 흐렸다.

"끝이 보인다고요?"

석청이 반색을 하며 파소의 어깨 너머로 진 안쪽을 바라봤다. 그러자 과연 이십여 장 밖에 청석의 은하가 아닌 황량한 계곡이 펼쳐져 있었다.

"정말 끝이 보이는군요."

"하지만 문제가 있어요."

파소가 무거운 음성으로 말했다.

"문제라뇨? 저 정도 거리라면 까짓것 단숨에 건너 버리자고요. 몇 대 맞더라도요."

"그게 그렇게 단순하지가 않아요."

파팟!

그새를 못 참고 달려드는 유성 두 개를 번개처럼 쪼개내며 파소가 고개를 저었다.

"뭐가 문제죠?"

석청이 의아한 표정으로 물었다.

"별들의 움직임이 심상치 않아요.'

파소가 검을 들어 눈앞을 가로막고 있는 수십 개의 별들을 가리켰다. 석청이 여전히 의문을 담은 눈으로 파소의 검을 따라 시선을 옮겼다. 그리고 잠시 후 석청의 얼굴에 절망과 감탄의 빛이 동시에 떠올랐다.

"아! 저건……."

"이제 뭐가 문젠지 알겠죠?"

"그래요. 정말 큰 문제네요."

파소와 석청 두 사람의 눈앞에서는 여전히 별들이 모래알처럼 빛나고 있었고, 청석은 심연처럼 깊어 보였다. 그런데 지금까지와 같기만 한 밤하늘을 자세히 보니 뭔가 조금 달랐다.

별들이 끊임없이 움직이고 있었다. 지금까지 파소와 석청 두 사람이 통과한 밤하늘의 별들은 가만히 정지해 있다가 그중 몇 개가 파소와 석청이 움직이면 달려들곤 했었다.

그런데 지금 은하의 진 마지막 순간에 두 사람을 막아선 별들은 스스로 끊임없이 움직이고 있었다. 단 하나의 별도 제자리에 멈춰 서 있는 것이 없었다. 움직이는 방향과 거리 또한 일정한 규칙이 없어 아무리 눈 밝은 사람이 보아도 그 속에서 길을 찾을 수 없었다.

"길을 찾을 수가 없어요. 더군다나 움직이는 별의 숫자도 지금까지완 비교할 수 없을 만큼 많고요."

파소가 나직하게 중얼거렸다.

"깃든 힘도 다른 것 같아요."

석청 역시 긴장한 목소리를 흘려냈다.

"맞아요. 이건 정말 쉽지 않겠어요. 지금까진 그래도 길을 찾아 움직여 조금 수월했는데 이곳에선 전혀 그 길을 찾을 수 없으니 온전히 우리의 힘으로 길을 만들어야 해요."

"마지막엔 운이 아니라 실력이어야 한단 말이군요."

"그렇죠. 가진 모든 것을 쏟아부어 길을 만들라는 말이에요. 어쩌면, 다칠 수도 있겠어요."

"그 정돈가요?"

"이건 길을 막고 밀어내는 정도가 아니에요. 만약 어떤 유성에라도 맞으면 제법 큰 부상을 입게 될 거예요. 물론 죽을 정도는 아니겠지만……."

"죽지만 않는다면야……."

석청이 호기롭게 입을 열었다.

"사는 것만으로는 만족할 수 없어요. 반드시 통과해야 하니까."

파소가 굳은 목소리로 말했다.

"그래요. 통과하지 못하면 아무 의미가 없죠."

석청이 고개를 끄덕였다.

"준비해요."

"어쩔 생각이에요?"

"길이 없다면 길을 만들겠어요. 조심해서 내 뒤를 따라와요. 만들어진 길이 얼마나 오래 유지될지 모르니 절대 거리를 두면 안 돼요."

"어떻게 길을 만들려고요?"

"무공을 시험하는 관문이니 무공을 보여줄밖에요."

말을 마친 파소가 서서히 진기를 끌어올리기 시작했다. 석청은 파소의 몸에서 일어나는 거대한 기운에 자신도 모르게 한 걸음 뒤로 물러났다. 그러다가 문득 거리를 두지 말라는 파소의 당부가 떠올라 서둘러 진기를 끌어올리며 다시 파소의 뒤로 다가섰다.

우우웅!

파소는 어느새 검을 들어 전면을 가리키고 있었다. 파소의 표정은 신중하기 이를 데 없었다. 마치 생사대적을 앞에 둔 듯 움직임 하나하나에 자신의 정력을 쏟아내는 파소였다.

'이렇게 집중하는 모습은 본 적이 없어.'

석청은 눈앞의 사내가 자신의 남편이 맞는지 갑작스럽게 의심이 들었다. 석청 앞에서 파소는 언제나 부드럽고 여유있는 사람이었는데 지금의 파소는 전장의 한복판에 홀로 선 검객의 모습을 하고 있었다.

"떨어지지 말아요!"

파소의 입에서 흘러나온 목소리에 석청이 흠칫 정신을 차렸다. 그리고 그 순간 파소의 검이 눈앞에 펼쳐진 소은하를 갈랐다.

쩌적!

번개처럼 그어진 일검에 지상에 내려앉은 밤하늘이 비명 소리를 내며 찢어졌다. 순간 거짓말처럼 두 사람 앞에 검은 공간이 동굴처럼 모습을 드러냈다.

"움직여요!"

파소의 목소리가 쩌렁하게 울렸다. 그리고 그 목소리의 여운이 채 가시기도 전에 파소와 석청이 파소의 검에 의해 만들어진 검은 공간으로 뛰어들었다.

퍼퍽!

파소가 만들어놓은 검은 공간 주변으로 유성들이 닥쳐들다 무형의 기운에 막혀 소리를 내며 터져 나갔다. 파소와 석청은 순식간에 십여 장을 전진했다. 그러나 파소의 검이 만든 길이 두 사람을 은하의 진 밖으로 완전히 인도하지는 못했다.

파파팟!

두 사람의 신형이 십여 장 전진했을 때 파소가 만든 길이 희미해지면서 은하의 진을 가득 메운 유성들이 기다렸다는 듯 두 사람을 덮쳐 왔다.

"앗!"

석청의 입에서 다급성이 터져 나왔다. 어느새 닥쳐든 유성 두 개가 그녀의 어깨와 옆구리를 파고들었다.

퍽!

석청이 재빨리 몸을 틀며 검을 뻗어냈지만 하나의 유성이 그녀의 옆구리에 꽂혀드는 것은 어쩔 수 없었다.

"윽!"

석청이 신음성을 흘려내며 충격을 이기지 못하고 그녀가 지나온 방향으로 물러나려 했다. 순간 파소가 재빨리 검을 휘둘러 그와 석청 주변으로 닥쳐드는 유성들을 베어내며 한 손을 뻗어 석청의 신형을 끌어당겼다.

"힘내요!"

파소가 유성의 공격을 허용한 후 당황하는 석청에게 소리쳤다. 파소의 외침에 석청이 머리를 한차례 흔들고는 본래의 신색을 회복했다.

"잠시만 견뎌요!"

파소가 석청이 정신을 되찾자 석청의 손을 놓으며 소리치고는 두 손으로 검을 잡아갔다.

슈슈슉!

그사이 다시금 두 사람 주변으로 수십 개의 유성우가 화살처럼 쏟아져 들어왔다.

순간 파소의 신형이 허공으로 반 장 정도 떠오르더니 한마디 기합성과 함께 일직선으로 검을 내리그었다.

"핫!"

콰아아!

거대한 파공음과 함께 파소의 검에서 한줄기 검기가 뻗어나오더니 순식간에 두 사람 앞을 가득 메운 유성들을 반으로 갈랐다.

"뛰어요!"

파고가 석청을 향해 소리치자 석청이 기다렸다는 듯 파소에 의해 갈라진 유성 사이를 바람처럼 달려나갔다.

슈우욱!

파도처럼 갈라졌던 유성들이 다시금 썰물처럼 두 사람을 향해 밀려들었다.

파파팟!

파소와 석청 두 사람은 누가 먼저랄 것도 없이 자신들을 향해 달려드는 유성들을 향해 시퍼런 검기를 휘둘러 댔다.

우우웅!

두 사람이 일으키는 강력한 검기가 거대한 파공음을 일으켰다. 그러나 그 와중에도 빗살처럼 꽂혀들던 유성 중 두 개가 석청의 검기를 통과해 다시금 그녀의 등과 머리를 파고들었다.

"나가요!"

파소의 입에서 날카로운 목소리가 터져 나오더니 검을 들지 않은 파소의 손이 재빨리 석청의 등을 밀었다. 순간 석청의 신형이 번개처럼 은하의 진을 벗어났다.

퍽!

은하의 진을 벗어난 석청의 귀에 한가닥 격돌음이 들려왔다. 순간 석청의 신형이 재빨리 회전했다. 자신을 밀어낸 파소가 위험에 빠졌을지도 모른다는 생각에 그녀의 눈은 걱정으로 가득 차 있었다. 그런데 그 순간 파소가 석청을 덮치듯 날아들었다.

파팟!

파소는 미처 석청이 피할 사이도 없이 그녀의 허리를 감싸고는 은하의 진으로부터 오 장여 떨어진 곳까지 밀려 나와 걸음을 멈췄다.

"괜찮아요?"

"견딜 만한데요."

걱정스런 눈으로 파소를 올려다보는 석청을 향해 파소가 유성에 격중된 어깨를 만지며 미소를 지어 보였다.

第九章

은하의 끝

무극에 도전할 의지가 있는가?

다시 하나의 글귀가 두 사람 앞에 나타났다.
"마지막 관문이죠?"
"아마도……."
파소가 고개를 끄덕였다.
"뭘 시험하는 걸까요?"
"글귀대로라면 말 그대로 사람의 의지를 시험한다는 것인
데……."
파소가 말꼬리를 흐리며 고개를 들어 글귀가 새겨진 바위
너머 회랑을 이루며 길게 이어진 계곡을 바라봤다. 계곡은 두

사람이 지나온 어떤 계곡보다도 황량해 보였다. 어둠에 묻혀 그 끝이 보이지 않았지만 거리 또한 지금까지의 관문들과는 비교가 되지 않을 만큼 길어 보였다.

"역시 들어가 봐야 하는 건가요?"

"그래야겠죠."

"까짓, 그럼 가죠. 뭐!"

마지막 관문이란 것이 힘을 주었을까, 석청이 다른 때와 달리 파소에 앞서 성큼성큼 계곡을 향해 걸어 들어갔다.

"조심해요."

파소가 얼른 석청을 따라잡으며 소리쳤다.

"이건… 말도 안 돼요."

석청이 질린 표정으로 중얼거렸다.

"하지만 가야 해요. 애초에 그걸 요구하는 관문이었어요."

파소가 굳은 표정으로 대답했다. 십이조사가 은하의 계곡 마지막 관문으로 준비한 것은 말 그대로 사람의 의지를 시험하는 관문이었다. 두 사람이 계곡에 들어선 지 두 시진, 그러나 두 사람이 고개를 돌려보면 여전히 계곡의 입구에 서 있던 글귀가 새겨진 바위가 보였다. 다시 말해 두 사람은 두 시진 동안 겨우 오십여 장을 전진했다는 말이었다.

"도대체 어떻게 이런 일이 있을 수 있죠?"

"역시 진(陣)이에요."

"또 진이라고요? 하지만 아무런 변화가 없잖아요. 앞서의 관문처럼 거대한 기운이 전진을 방해하는 것도 아니고."

"변화가 없는 건 아니죠. 아무리 우리가 부지런히 걸어도 이동하는 거리는 겨우 수십 장에 지나지 않는 것 자체가 변화 아니겠어요?"

파소의 말에 석청이 고개를 끄덕였다.

"하긴 그래요. 진에 든 사람을 제자리에서 뱅뱅 돌게 만드는 환영진이 있다는 말을 듣기는 했어요. 이것도 그런 진의 일종인가 봐요."

"아마도 그럴 거예요."

"그럼 어떻게 하죠?"

"이건 방법이 없어요. 그냥 이대로 전진하는 수밖에… 이제야 관문 앞에 쓰여진 글귀가 이해가 되요. 이 관문은 글귀 그대로 도전자의 의지를 시험하고 있어요. 진은 도전자에게 어떤 위협도 주지 않지만 걸어야 할 거리를 수백 배로 늘려놓고 있어요. 아마도 우린 아주 여러 날 걸어야 할지도 모르겠어요."

"의지를 시험한다는 건 바로 그런 거였나요? 쉬지 않고 끊임없이 걷는 것……."

"가장 단순하지만 또한 가장 어려운 시험이지요."

"하지만 계속 가야겠죠?"

"여기서 멈출 수는 없잖아요."

파소의 말에 석청이 고개를 끄덕였다.

"좋아요. 가자구요. 가다가 죽더라도 한번 가보죠. 뭐, 죽더라도 낭군님과 함께 죽으니 다행이네요."

석청이 어깨를 으쓱거리고는 다시 힘차게 걸음을 옮기기 시작했다.

파소의 예상은 현실로 나타났다. 두 사람은 마지막 관문에 들어선 후 정확히 오 일을 걸었다. 낮과 밤이 번갈아 찾아들었다. 그 오 일 동안 두 사람이 한 일이라고는 오로지 걷는 일밖에 없었다.

그렇게 오 일이 지나자 이제 이 관문은 두 사람에게 생사의 문제로 다가오기 시작했다. 당연히 두 사람의 인내심도 서서히 바닥을 드러냈다. 하지만 정작 문제는 인내심이 아니었다. 먹을 것이야 은하의 계곡에 들어설 때 챙겨두었던 건포로 해결한다지만 문제는 물이었다.

이틀이 지나자 아끼던 물이 바닥을 드러냈다. 비록 다른 사막 지대와 달리 이끼 같은 작은 풀들이 자라는 곳이 있긴 했지만 은하의 계곡 역시 사막의 일부분이었다. 당연히 식수를 찾을 수 없었다.

더군다나 두 사람이 걷고 있는 곳은 자연적으로 형성된 계곡이 아닌 무천향 십이조사에 의해 만들어진 관문이었다. 무천향 십이조사는 이 관문을 입곡자의 인내심을 시험하기 위해 만들었다. 그런 그들이 계곡에 물을 남겨두었을 리 없었다.

"허헉!"

석청의 입에서 마른 숨소리가 거칠게 흘러나왔다. 아무리 무공의 고수라도 삼 일 동안 물을 마시지 못했다면 거의 한계에 다다랐다고 할 수 있었다.

차라리 굶는 것이라면 어떻게 견딜 수도 있을 테지만 물을 마시지 못하는 고통은 견딜 수 없는 형벌이었다.

"조금만 힘을 내요."

파소의 입술 역시 바싹 말라 마른 논처럼 쩍쩍 갈라져 있었다. 하지만 파소는 여전히 강건한 팔로 석청을 부축했다.

"미안해요."

석청의 입에서 나직한 목소리가 흘러나왔다.

"무슨 말이 그래요?"

"도움은 되지 못할망정 짐이 되고 있잖아요."

"부부 사이엔 그런 말 하는 거 아니래요."

"누가 그래요?"

"그냥… 제 생각이에요."

파소가 머쓱한 표정을 지으며 말하자 석청이 그제야 얼굴에 미소를 지었다.

"그나저나 언제나 끝이 날까요? 이대로 탈진해서 죽는 건 아닐까요?"

"죽으라고 만든 관문은 아닐 거예요."

"하지만 이건 너무 고통스러워요."

석청이 다시 마른 숨을 들이쉬며 말했다. 파소는 그런 석청을 안스러운 눈으로 바라봤지만 그가 그녀에게 해줄 수 있는 건 없었다. 한편으로는 고통스러워하는 석청에게 못내 미안한 마음이 들기도 했다. 자신이 아니었다면 석청이 무천향과 인연을 맺었을 리 없었을 것이고, 그렇다면 이렇게 사막의 마른 계곡에서 고통스러워할 일도 없었을 것이기 때문이다.

"가요."

미안한 마음에 파소가 짐짓 큰 목소리로 석청을 독려했다.

"좋아요. 죽기야 하겠어요?"

석청 역시 파소의 말에 힘을 얻었는지 다시 힘을 내 걸음을 옮기기 시작했다.

다시 이틀이 지났다.

사람의 의지에는 한계가 없다지만 사람의 몸에는 한계가 있기 마련이다. 닷새 동안 물을 마시지 못한 사람의 몸은 정상적으로 움직일 수 없었다.

"후욱, 후욱!"

파소가 거친 숨을 몰아쉬고 있었다. 석청은 그의 등에 잠들어 있었다. 이런 길에서 잠이 든다는 것이 얼마나 위험한 일인지 알고 있었지만 타는 듯한 갈증에 고통스러워하는 것보다는 그나마 잠으로 그 고통을 잊는 것도 괜찮으리라 싶어 석청을 깨우지 않는 파소였다.

다행인 것은 그의 등에 느껴지는 석청의 심장 고동이 여전히 건강하다는 것. 그렇다면 잠으로 갈증을 잊는 게 오히려 나았다.

'견디기 어렵다.'

문제는 석청이 아니라 파소 자신일지도 몰랐다. 어지간해선 힘든 기색을 드러내지 않는 파소조차도 입에서 단내가 흘러나오고 석청을 업고 있는 두 다리는 보이지 않게 흔들리고 있었다.

　공력을 끌어올려 다리에 힘을 보태는 것도 그때뿐, 온몸에서 빠져나간 수분은 무엇으로도 보충할 수 없었다.

　'이대로라면 하루를 버티지 못해. 아니, 몇 시진이나 더 버틸 수 있을까?'

　굳건했던 파소의 마음에도 내심 비관적인 생각이 찾아들었다. 그리고 그 비관이 파소의 몸을 더욱 무겁게 만들었다. 등에 업고 있는 석청의 무게가 천 근처럼 느껴졌다.

　"후욱!"

　깊은 심호흡과 함께 파소가 다시금 진기를 불러일으켰다. 그러자 잠시간 몸과 마음이 상쾌해졌다. 파소는 그 틈을 이용해 재빨리 앞으로 전진했다.

　그렇게 공력을 끌어올려 힘을 만들고 그 힘을 이용해 앞으로 전진하기를 여러 번, 지친 육신은 어느새 공력을 만들어내는 것조차 힘겨워하기 시작했다. 사막의 계곡에서 을지행의 가르침 속에 무공을 수련한 이후 처음으로 느끼는 무력감, 언제나 끊임없이 솟구칠 것 같던 공력이 밑바닥을 드러내는 것 또한 생경한 경험이었다.

　투둑투둑!

　파소의 발이 땅을 긁기 시작했다. 그의 발이 옮겨질 때마다 발끝에서 먼지가 일었다.

'이젠 정말 끝인가?

파소가 문득 걸음을 멈췄다. 그의 다리 근육들이 더 이상 움직일 힘이 없다고 아우성쳐 대고 있었다. 파소는 눈앞에 아지랑이 같은 것이 피어오르는 것을 느꼈다. 파소는 아마도 강렬한 사막의 태양 때문이리라 생각하며 고개를 들어 하늘을 올려다봤다. 그런데 바로 그 순간!

"응?"

하늘로 향하던 파소의 시선이 재빨리 지상으로 되돌아왔다. 그러자 그의 눈에 아지랑이 저편에 서 있는 두 노인의 모습이 희미하게 들어왔다.

"헛것을 본 건가?"

파소가 고개를 한 번 젓고는 다시 앞을 바라봤다. 두 노인은 여전히 그를 바라보고 서 있었다.

"그렇다면!"

파소의 목소리가 자신도 모르게 커졌다. 순간 파소의 목소리에 놀랐는지 석청이 흠칫 잠에서 깨어났다. 그리곤 화들짝 놀란 목소리로 물었다.

"내가 얼마나 잔 거죠?"

"깼어요?"

"얼마나 잔 거예요?"

"두 시진쯤……."

"그동안 계속 날 업고 걸은 거예요?"

"별로 무겁지 않았어요."

순간 석청이 훌쩍 파소의 등에서 내려오며 소리쳤다.

"왜 그런 바보 같은 짓을 한 거예요. 당신도 지쳐 있으면서! 잠시만 눈을 붙인다고 했잖아요!"

"힘들지 않았다고요."

파소가 석청을 돌아보며 말했다.

"힘들지 않긴요. 당신의 얼굴을 봐요. 곧 쓰러질 사람 같다고요."

"그렇게 보여요?"

"당신… 정말!"

"후후, 걱정 말아요. 쓰러질 일은 없을 거예요."

파소가 자신있는 말투로 말했다. 평소에도 조급함이 없는 파소였지만 이 지경에서도 자신감을 드러내는 파소를 석청이 의아한 얼굴로 바라봤다.

"이봐요. 우린 정말 어려운 처지에 놓여 있다고요."

석청이 정색을 하며 말했다. 그녀가 파소에게 이렇게 정색한 표정을 지은 것은 정말 오랜만의 일이었다.

"알아요. 하지만 그 어려움도 이젠 끝이에요. 우린 다 왔어요."

파소가 석청에게 손을 내밀며 말했다.

"예? 뭐라고요?"

"다 왔다고요."

파소가 석청의 손을 잡고 그녀를 이끌어 자신의 앞에 세웠다. 그제야 석청도 저 멀리서 두 사람을 바라보고 있는 두 명의 노인을 발견했다.

"저들은⋯⋯?"

"무천향의 무인들일 거예요."

"저들이 왜 저기에⋯⋯?"

"우린 드디어 무천향 사람들을 만났고, 그들을 만났다는 건 이 관문이 끝났다는 걸 의미하는 거지요. 중요한 건 그거예요."

파소의 말이 끝나자 석청의 얼굴에도 생기가 돌기 시작했다.

"정말 끝난 거예요?"

석청의 물음에 파소가 고개를 끄덕였다.

"믿기지 않아요."

"가요. 가서 저들을 만나보면 실감이 날 거예요."

파소의 말에 석청이 고개를 끄덕이고는 앞서서 걸음을 옮기기 시작했다. 지친 몸으로 파소의 등에 업혀 왔던 사람이라고는 믿을 수 없을 만큼 활기찬 움직임이었다.

노인 두 사람은 무표정한 얼굴로 두 사람을 기다리고 있었다. 어찌 보면 그들의 얼굴에는 약간의 지루함 같은 것도 드러나 있었다.

파소와 석청은 두 사람 앞에 다다르자 왠지 모르게 기운이 빠지는 느낌을 받았다. 비록 도검이 난무한 관문은 아니라 할

지라도 파소와 석청이 마지막에 통과한 관문은 생사의 지경을 헤맬 수도 있을 만큼 위험한 관문이었다. 그런데 그런 관문을 통과해 온 두 사람을 맞이하는 두 노인의 태도는 무관심, 그 자체였던 것이다.

"어서 오시게들!"

무심한 표정으로 서 있던 노인 중 키가 작은 노인이 파소와 석청이 일 장 안으로 다가오자 입을 열었다.

"물 좀 얻을 수 있겠습니까?"

파소의 말에 두 노인의 얼굴빛이 살짝 변했다. 파소의 말 역시 은하의 계곡을 통과한 사람이 처음 만나는 사람에게 건넨 말치고는 의외였던 것이다. 보통의 경우라면 대부분의 사람들은 두 사람의 정체를 먼저 물었을 것이다.

"물론이네."

처음 입을 열었던 노인이 고개를 끄덕이고는 허리춤에서 동물의 내장을 이용해 만든 물주머니를 끌러내 파소에게 건넸다. 파소는 노인에게서 물주머니를 건네받자 주머니 입구를 열고 손바닥에 물을 조금 따른 후 석청의 입에 가져다 대었다.

"마셔요. 오랫동안 물을 먹지 못했으니 일단은 입술만 축여요. 갑자기 많이 마시면 탈이 날 수도 있으니까."

파소의 말에 석청이 고개를 숙여 파소의 손에 담긴 물로 입술을 축였다. 석청이 입술을 축이고 나자 그제야 파소도 손에 물을 담아 입술을 축였다.

그렇게 파소와 석청 두 사람은 제법 오랜 시간을 들여 천천히 물을 마셨다. 마시는 물의 양도 시간이 지남에 따라 점점 늘어났다.

"이제 됐어요. 충분해요."

한동안 물을 마신 석청이 다시 물주머니를 건네는 파소에게 손을 저으며 말했다.

"괜찮아요?"

"이제 살 것 같네요."

파소를 보며 석청이 씩씩하게 고개를 끄덕였다. 그런 두 사람을 두 노인은 여전히 무심한 눈으로 바라보고 있었다. 파소와 석청이 물을 마신 시간은 거의 이각여에 달했지만 두 노인은 두 사람을 재촉하는 말 한마디 흘려내지 않고 있었다.

"잘 마셨습니다."

파소가 물주머니를 노인에게 건네자 노인이 고개를 저었다.

"가지고 있게. 필요할 걸세."

"그래도 되겠습니까?"

"괜찮네. 애초에 자네들 몫으로 준비해 둔 물이니까."

"그런 건가요?"

"여러 날 목이 말랐을 사람들을 위해 물을 준비하는 것도 우리 일 중 하나지. 그나저나 움직일 만한가?"

노인이 심드렁한 목소리로 물었다.

"물을 마시니 살 것 같군요."

"그럼 저 바위 뒤쪽으로 돌아가서 기다리시게. 가면 쉴 만한 장소가 있을 걸세. 우린 아직 이곳에서 할 일이 남아 있네."

"당신들은 누구죠?"

파소에게 말을 건네는 노인을 향해 석청이 조금 차가운 목소리로 물었다. 은하의 계곡을 통과해 온 자신들을 지나치게 홀대하는 노인의 태도에 화가 난 것이다.

"차차 알게 될 걸세. 궁금해도 잠시만 참게. 무의 끝을 보겠다고 저 관문을 걸어온 사람들이니 그 정도 인내심은 있겠지?"

노인의 퉁명스런 말투에 석청이 반발하려 순간 파소가 석청의 옷소매를 끌었다. 파소의 만류에 입을 다문 석청이 여전히 화가 난 표정으로 파소를 지나쳐 노인이 가리킨 곳을 향해 걸어가기 시작했다.

"거친 내자를 두었구만!"

무심하던 노인이 의외로 화가 나 앞서 걸어가는 석청을 보고는 파소에게 나직하게 속삭였다. 이런 노인의 반응은 파소로서도 예상치 못한 것이었다.

"다른 여인들과는 조금 다르지요."

"조심해. 평생 고생하는 수가 있어."

"무슨 말씀이신지……?"

"혼인한 지 얼마나 됐나?"

"곧 있으면 삼 년쯤……."

"그럼 아직 늦지 않았네."

"예?"

"흠, 아직 초짜구만. 나중에 반드시 날 찾아오게. 내 자네에게 부부지도(夫婦之道)에 대해 자세히 알려주겠네. 이건 말이야, 무도를 깨닫는 것보다도 더 중요한 일이란 말이야."

파소는 도대체 노인이 무슨 말을 하는지 알아듣지 못해 다시 질문을 던지려는 순간 멀리서 석청이 파소를 불렀다.

"거기서 뭐 해요? 어서 와요."

"아, 알았어요. 이야기는 나중에 듣도록 하죠."

석청의 재촉에 파소가 황급히 걸음을 옮겨 석청에게로 다가갔다.

"쯧쯧, 어째 이미 일은 그른 것 같군."

노인이 한달음에 석청에게 달려가는 파소를 보며 혀를 찼다.

"지금 남 걱정할 땐가?"

두 노인 중 지금껏 말이 없던 노인이 혀를 차는 노인을 보며 퉁명스럽게 말했다.

"나야 이렇게 살다 죽을 팔자고……."

"그런 사람이 남 걱정은 왜 해?"

"저 친구야 아직 남은 날이 창창하니 나처럼 살게 할 순 없어서 말이야. 동병상련의 아픔이랄까?"

"흥, 바른대로 말하게. 저 젊은 친구를 검산으로 데려가고 싶은 거겠지?"

"이크, 눈치 빠른 친구 같으니라구. 벌써 알아챈 거야?"

"자네가 괜히 그런 농을 할 사람이 아니니까."

"그런 자네는 욕심이 나지 않는가?"

그러자 나중에 입을 연 노인이 이미 계곡 모퉁이를 돌아가고 있는 파소를 보며 중얼거렸다.

"관심이 가긴 하는군. 이렇게 빨리 은하의 계곡을 통과한 사람이 저렇게 젊은 사람이니 누구라도 관심을 갖지 않을 수 있겠는가? 더군다나 내자까지 데리고 말이야."

"그렇지? 역시 대단한 능력을 지녔다고 봐야겠지?"

"향에도 저 나이 또래에는 저 젊은이와 견줄 아이가 없을 것 같으이……."

"누가 불러들였을까?"

"후후, 그야 모르지. 서른 명의 천안성 중 누구의 눈에 들었는지는 본인만 알고 있는 일이니까."

"물건을 건진 것 같군. 예사롭지가 않아."

"그 말은 위험할 수도 있단 말이군."

"그럴지도……."

두 노인의 표정이 금세 어두워졌다. 그러다가 처음 파소에게 말을 걸었던 노인이 조금 짜증이 난 듯한 표정으로 투덜거렸다.

"그런데 이 인간은 왜 아직도 나타나지 않는 거야. 같은 시간에 입곡한 젊은 사람들은 벌써 나왔는데… 천안성이 실수한 것 아냐?"

"저 아이들이 이상한 거지, 남독마군이 능력없는 위인은 아닐세. 아마 조만간 모습을 드러낼 걸세."

"젠장 남독마군이라… 명호는 거창하구만!"

"걱정일세."

"뭐가 말인가?"

"사정이야 어찌 되었든 남독마군은 강호에 마두로 이름난 자야. 그런 자가 과연 무천향에 들어와도 되는 건지……."

"그야 그에게 옥패를 준 천안성이 어련히 알아보지 않았겠나. 향의 천안성들이 어떤 존재인지 자네도 잘 알고 있지 않은가?"

"물론 모르는 바는 아닐세. 천안성이 되기 위해 가장 선행되어야 하는 능력이 선기를 읽어내는 능력이란 걸 내가 왜 모르겠나. 하지만……."

"하지만 뭐가 문젠가?"

"과연 요즘도 그 규칙이 지켜지고 있는지 확신할 수가 없단 말일세."

노인이 말을 하며 상대편 노인을 날카로운 눈으로 바라봤다.

"이크, 이 사람 또 검산을 의심하는 건가?"

"근자에 드리워진 이 우울한 기운의 시작이 검산임을 부인하는 건가?"

"흥, 자네가 정종 출신이라고 너무 몰아세우지 말게. 아직 밝혀진 건 아무것도 없으니까."

"밝혀진 건 없지만 자네의 말투만 봐도 알겠네. 정종에 대한 존중이 전혀 느껴지지 않으니… 허허, 왜들 모르는 걸까. 정종의 존귀함이 무너지면 무천향이 무너진다는 사실을……."

          *   *   *

　"괜찮네요."

　파소와 석청이 계곡 모퉁이를 돌아가자 노인이 말했던 대로 계곡의 오른쪽 암벽을 뚫고 만든 자그마한 석동이 눈에 들어왔다. 석동 안으로 들어가자 사막에선 구경하기 힘든 과일과 음식들, 그리고 시원한 물이 두 사람을 기다리고 있었다.

　"어떻게 이런 물건들이 이곳에 존재할 수 있을까?"

　파소가 사과 하나를 들어 크게 베어 물며 중얼거렸다.

　"대성사께서 말씀하신 대로 그들이 천외천의 사람들이라면 이 정도 능력은 있어야겠죠."

　"하지만 이곳은 사막 한가운데라고요."

　"뭐, 일단 먹고 보자구요."

　파소와 석청은 오랜만에 제대로 된 음식을 만나자 강한 허기를 느꼈다. 두 사람은 일단 머리에 든 의문은 뒤로 미뤄두고 배를 채우기 시작했다.

　두 사람이 허겁지겁 요기를 마치고 난 후에도 두 노인은 나타나지 않았다. 잠시면 될 줄 알았던 기다림은 한없이 늘어지기 시작했다.

　"도대체 뭘 하느라 오지 않는 거죠? 벌써 두 시진이나 지났는데……."

　석청이 어느새 서쪽 지평선을 넘어가는 석양을 보며 투덜거렸다.

"아마도 누군가를 기다리고 있는 모양이에요."

파소의 대답에 석청의 눈이 동그랗게 떠졌다.

"누굴요? 이 사막에서……?"

"생각나지 않아요? 우리와 함께 은하의 계곡에 든……."

"아! 그 남독마군이요?"

"그래요. 아마도 그를 기다리고 있는 모양이에요. 입구야 어떻든 출구는 하나인 모양이죠. 아마 마지막 관문은 어느 길을 선택했든 모두가 거쳐야 하는 관문인 것 같아요."

"홈… 듣고 보니 그런 것 같네요. 그런데 그렇다면 그 남독마군이란 사람, 생각보다 약골인 모양이네요."

"약골이라뇨?"

"우린 벌써 왔는데 아직 도착하지 못했으니 말이에요."

"후후, 그렇게 말할 수는 없지요. 은하의 계곡을 통과하는 것은 능력에 더해 운이 따라야 한다고 했잖아요. 그가 택한 길이 우리가 택한 길보다 더 어려울지도 모르죠."

"제 생각은 달라요. 어느 길이든 그 어려움은 비슷하게 만들어놓았을 거예요. 그러니 그의 능력이 우리 낭군보다 떨어지는 거죠."

"그런 말 말아요. 그는 이름난 강호의 절정고수라고요."

"아뇨. 내 말은 분명한 사실이에요. 더군다나 당신은 날 업고 그 길을 걸어왔다고요. 그 노인네… 이름만 거창하게 난 건지도 모르죠."

"쉿! 그만해요. 오나 봐요."

파소가 재빨리 손을 입에 가져갔다. 파소의 말에 석청이 고개를 돌려 보니 과연 석양을 등지고 석동을 향해 다가오는 삼인의 모습이 눈에 들어왔다.

"양반은 못 되네요. 호랑이도 제 말 하면 온다더니……."

석청이 나직한 목소리를 흘려내며 어깨를 으쓱거렸다.

두 노인의 뒤를 따라 석동에 도착한 남독마군의 모습은 처참하기 이를 데 없었다. 처음 은하의 계곡에 들 때 입었던 마의도 질 좋은 것은 아니었지만 그래도 패도의 기운에 어울리는 깔끔한 옷차림이었다. 그런데 지금 파소와 석청 앞에 나타난 남독마군이 걸치고 있는 마의 자락은 시정의 거렁뱅이의 옷차림과 다를 바 없었다.

그러나 어디 옷뿐인가? 상대를 위압하는 강렬한 패기로 형형하던 그의 눈빛도 많이 사그라들어 있었다.

"고생 좀 했나 봐요."

석청이 나직한 목소리로 파소에게 속삭였다.

"얼마 전에는 우리도 저랬어요."

"에이, 저 정도까지는 아니었어요. 관문을 벗어날 때도 당신의 눈빛은 맑았다고요."

석청이 고개를 저으며 대답하는 사이 두 노인과 남독마군이 석실로 들어섰다.

"오셨군요. 이리로 앉으시지요."

세 사람이 들어서자 파소가 얼른 일어나 남독마군에게 빈자리를 권했다. 그러자 남독마군이 그런 파소를 힐끔 보고는 아무 말 없이 파소가 권하는 의자에 털썩 주저앉았다.

"물 좀 드시죠?"

이미 경험한 터라 파소가 얼른 물을 한 잔 따라 남독마군에게 건네자 남독마군이 고개를 저었다.

"이미 마셨네."

아마도 관문에서 벗어나자마자 파소와 마찬가지로 두 노인에게서 물을 얻어 마신 모양이었다.

"그럼 식사라도 하세요."

석청이 조금 샐쭉한 표정으로 몇 가지 음식을 남독마군 앞으로 가져왔다. 남독마군은 석청이 늘어놓는 음식들을 잠시 바라보고 있다가 천천히 음식들을 먹기 시작했다.

파소와 석청, 그리고 무천향에서 나온 것이 분명한 두 노인은 남독마군이 식사를 마칠 때까지 아무 말 없이 기다렸다. 남독마군이 음식을 먹는 속도는 무척 느려서 성격이 급한 편인 석청은 수시로 지루한 표정을 짓곤 했지만 남독마군은 다른 사람의 반응에 전혀 아랑곳없이 아주 느린 속도로 꼭꼭 씹어 음식을 삼켰다.

"잘 먹었네."

남독마군은 대략 이각에 걸쳐 식사를 하고는 생기를 되찾은 목소리로 석청을 바라보며 말했다.

"좀 더 드시죠?"

느린 식사를 비웃자고 한 말은 아니었다. 이각이나 걸린 식사치고 정작 남독마군이 먹은 음식은 그리 많지 않았다.

"충분하네. 그나저나 다른 길을 택한 모양이군?"

남독마군이 물을 한 모금 마시며 파소에게 물었다. 파소가 대답없이 고개를 끄덕였다.

"언제 이곳에 도착했나?"

"반나절 정도 되었습니다."

"음……."

파소의 대답에 남독마군이 작은 신음성을 흘려냈다. 처음 은하의 계곡으로 들어오는 줄다리를 건널 때 이미 파소와 석청의 무공이 보통이 아니라는 것은 알아챘지만 자신보다 반나절이나 빨리 은하의 계곡을 통과할 것이라고는 생각지 못했던 것이다.

"내 자네를 과소평가한 모양일세."

"운이 좋았지요."

"후후, 운으로 통과할 관문들이 아니더군. 그런데……!"

남독마군의 눈에 갑자기 사라졌던 패기가 일렁였다. 그는 패기가 일렁이는 눈으로 무천향에서 나온 듯한 두 노인을 바라보며 물었다.

"난 무의 끝을 보기 위해 지옥 같은 길을 온 사람이오. 어디서 무의 끝을 보여주시겠소?"

남독마군은 마치 당장 무의 끝을 보지 않으면 두 노인을 향해 출수를 할 것 같은 표정을 짓고 있었다. 그러나 두 노인은 그런 남독마군의 모습에 별반 신경 쓰는 것 같지 않았다.

"먼저 기운이나 차리시오. 당신이 원하는 것을 보기 위해선 며칠 더 걸어야 할 테니!"

"또 다른 관문이 있다는 말이오?"

"그런 건 아니오. 그저 우리가 갈 곳이 이곳에서 제법 떨어져 있을 뿐이오."

"기운이야 이미 충분하오. 언제 떠나오?"

"그대들만 좋다면 지금이라도!"

노인의 말에 남독마군이 파소와 석청을 돌아봤다.

"난 좋네. 자네들은?"

남독마군이 묻자 파소가 석청을 바라봤다.

"저도 괜찮아요."

"그럼 떠나지요."

파소가 고개를 끄덕이자 무천향에서 나온 노인이 실소를 흘렸다.

"과연 은하의 계곡을 통과한 고수들답구려. 좋소이다. 그럼 밤길을 걸어봅시다."

말을 마친 노인이 자리에서 벌떡 일어났다.

"떠나기 전에 하나 물어봅시다."

남독마군 역시 몸을 일으키며 입을 열었다.

"뭘 알고 싶으시오?"

"그대들의 명호를 말해줄 수 있겠소?"

남독마군의 질문에 두 노인이 서로를 바라봤다. 그리곤 잠시 후 키가 작은 노인이 입을 열었다.

"어려운 것 없는 일이오. 난 경독이라 하고, 이 사람은 을불이라 한다오. 이제 됐소?"

"별호는 없소이까?"

남독마군이 의심스런 눈으로 두 사람을 보며 물었다.

"이런, 이제 보니 우리 정체를 알고 싶은 모양이구려. 하지만 미안하구려. 우린 별호 같은 허명을 달고 살진 않소. 그리고 설혹 별호가 있다고 해도 그대가 들어본 별호와 이름은 아닐 거요. 왜냐하면 우린 강호에 나간 일이 없는 사람들이기 때문이오."

스스로를 경독이라고 말한 노인이 퉁명스럽게 말했다.

"강호에 나온 적이 없다고 했소이까?"

남독마군이 믿기 힘든 얼굴로 되물었다.

"그렇소."

"흠… 믿기 어려운 말이구려. 그 나이가 되도록 강호에 나온 적이 없다니."

그러자 이번엔 을불이라 불린 노인이 경독보다 조금 더 차가운 목소리로 입을 열었다.

"그대를 은하의 계곡으로 이끈 인물이 은하의 계곡을 통과하면 평생 다시 강호로 나오지 못할 수도 있다는 말… 하지 않았소?"

을불의 말에 남독마군이 고개를 끄덕였다.

"그런 말을 들은 것 같긴 하구려."

"대수롭지 않게 생각했던 모양이구려. 하지만 흘려들을 말이 아니었소. 그대들이 은하의 계곡을 통과한 이상 그대들은 더 이상 강호의 사람이 아니오. 그대들은 어쩌면 영원히 강호로 나갈 수 없을 것이오."

을불의 말은 마치 협박처럼 들렸으므로 남독마군의 얼굴에 노기가 깃들었다.

"난 무극을 보기 위해 이곳에 온 것이지, 평생 갇혀 지내려고 이곳에 온 것은 아니오."

"물론, 경험하지 못한 무의 세계는 질리도록 보게 될 것이오. 그리고 당신이 진정으로 무도의 길을 걷는 사람이라면 스스로 향을 떠나지 않을 것이오. 물론 나갈 수도 없겠지만……."

"향이란 뭘 말하는 것이오?"

남독마군이 여전히 적의가 담긴 목소리로 물었다.

"갑시다. 일단 가보면 모든 것을 알게 될 거요."

을불의 말에 남독마군이 잠시 두 노인을 노려본 후 천천히 고개를 끄덕였다.

"좋소. 여기까지 왔는데 어딘들 가지 못하겠소. 하지만… 만약 나를 이곳까지 이끈 말들이 어떤 음모에 지나지 않는 것이라면 그땐 내가 왜 남독마군으로 불리는지 그 이유를 알게 될 것이오."

"좋을 대로 하구려. 나중 일이야 그대 마음이니. 어쨌든 갑시다."

경독이 심드렁하게 대답하고는 훌쩍 걸음을 옮겼다. 그 뒤를 을불이 따랐고 파소와 석청, 그리고 남독마군은 노을 진 계곡으로 나선 두 노인을 잠시 바라보다 굳은 얼굴로 석동을 벗어났다.

*   *   *

은하의 계곡에 펼쳐진 관문은 끝이 났지만 파소와 석청은 여전히 은하의 계곡을 걸었다. 경독과 을불 두 노인은 파소 등 삼 인을 이끌고 은하의 계곡에서 이어진 긴 회랑을 따라 이동했다.

너비가 수십 장에 달하는 긴 회랑은 마치 아주 오래전 물이 흘렀던 강처럼 이곳저곳에 무엇엔가 쓸려 만들어진 굴곡들을 드러내고 있었다. 그 굴곡을 궁금히 여긴 석청의 물음에 두 노인은 바람이 만든 흔적이라고 했다.

파소가 이 신비한 회랑을 걸으며 여전히 은하의 계곡에 있는 것처럼 느낀 것은 여전히 머리 위를 따라 흐르고 있는 은하수 때문이었다. 은하의 계곡에서 보았던 눈부신 은하수는 회랑을 따라 일행이 이동하는 내내 그들의 머리 위에 있었다.

'오래전 단 어른께서 무천향을 노래하길, 무성들의 대지라고 했었지. 강호의 무성들뿐 아니라 하늘의 별들에게도 고향이었던가!'

파소는 줄지어 회랑을 따라 이어진 은하수를 보며 그런 생각을 하기도 했다.

다섯 사람은 정확하게 닷새를 이동했다. 충분한 물과 음식이 있었으므로 은하의 계곡 마지막 관문에서 겪었던 극심한 고통은 겪지 않았지만 그래도 닷새 동안 하루에 한두 시진만 쉬고 이동하는 길은 그리 쉬운 길이 아니었다.

그렇게 닷새를 걸은 어느 날 저녁, 길게 이어졌던 회랑이 그 끝을 보였다. 회랑이 끝나자 눈부신, 그렇지만 사람을 질식하게 만드는 거대한 사막이 일행의 눈앞에 펼쳐졌다.

"이건 사막 아니오?"

남독마군이 그들이 도착한 곳이 망망대해와 같은 사막이라는 사실이 기가 막힌지 두 노인을 보며 물었다.

"눈에 보이는 것을 모두 믿지 마시오. 그게 강호의 규칙 아니오?"

경독이 냉담한 목소리로 대답하고는 일행을 이끌고 사막으로 걸어나갔다. 그런데 일행이 막 사막에 접어드는 순간 갑자기 사방에서 거대한 모래바람이 불어오기 시작했다.

"이건 또 뭐요? 설마 사풍을 뚫고 가야 하는 거요?"

남독마군이 도저히 참을 수 없다는 듯 소리쳤다. 그러자 경독이 여전히 퉁명스런 목소리로 대답했다.

"걱정 마시오. 당신 옷깃 하나 건드리지 않을 테나까."

경독의 말은 사실이었다. 사방에서 불어오는 사풍은 신기하게도 일행의 오 장 안쪽으로는 접근하지 않았다.

"신기한 일이에요."

석청이 파소에게 소근거렸다.

"아마도 진이 펼쳐져 있는 것 같아요. 외인의 침입을 막기 위해서 인위적으로 만든 사풍 같아요. 누구도 사풍 안으로는 감히 들어올 생각을 하지 못할 테니까."

"은하의 계곡도 대단하지만 이런 사풍을 일으키는 진을 사람의 힘으로 만들었다니, 믿을 수가 없어요."

석청이 고개를 저으며 오 장 밖에서 용솟음치듯 움직이는 모래바람을 신기한 눈으로 바라봤다.

하지만 경독과 을불은 파소 등이 놀라든 말든 세 사람을 이끌며 사풍을 뚫고 반 시진 정도 전진했다. 그리고 어느 순간 갑자기 사방에서 불어오던 사풍이 거짓말처럼 사라지더니 일행의 눈앞에 거대한 암벽군으로 이루어진 황량한 계곡이 나타났다. 그리고 그 암벽 속으로 이어진 하나의 동굴이 모습을 드러냈다. 동굴 앞에 서자 경독이 낮지만 강렬한 기운이 담긴 목소리로 입을 열었다.

"다 왔소이다. 대무천향에 온 것을 환영하오!"

순간 파소는 등줄기를 타고 한줄기 전율이 흐르는 것을 느꼈다.

'드디어 온 것인가? 내 뿌리가 있다는 무천향에……!'

파소가 감개무량한 표정으로 암벽 속으로 뚫고 들어간 어두운 동굴을 응시하고 있을 때 남독마군이 물었다.

"무천향이라니? 무천향은 또 뭐요?"

그러자 퉁명스런 말투를 회복한 경독이 대답했다.

"들어가 보면 알 거요. 갑시다."

경독과 을불이 거침없이 암벽에 뚫린 동굴로 걸어 들어갔다. 파소 등 삼 인은 잠시 망설이는 듯하다 이내 두 사람을 따라 동굴 속으로 사라졌다.

第十章

성해(星海), 그리고 무천향(武天鄕)

武天鄕
무천향

파소는 자신의 눈을 의심했다. 여간해선 놀라거나 당황하는 법이 없는 파소조차도 눈앞에 펼쳐진 거대한 분지의 풍경엔 당황할 수밖에 없었다.

"말도 안 돼요. 사막 한가운데 호수라니……!"

석청이 고개를 저으며 소리쳤다.

"환상인가?"

남독마군은 눈에 보이는 광경을 의심했다.

"환상이 아니오. 그대들이 보고 있는 곳이 바로 무천향이오."

'무천향… 그렇구나. 이래서 단 어른이 그토록 이곳을 그리워했구나……. 아름다운 곳이다.'

파소는 오늘에서야 그 옛날 단보가 왜 그토록 무천향을 그리워했는지 이해할 수 있었다. 무천향에 어떤 사람, 얼마나 대단한 무공들이 있는지는 상관없었다. 지금 파소의 눈앞에 펼쳐진 이 풍경만으로도 무천향은 한 번 들어온 사람이라면 절대 벗어날 수 없는 마력을 지니고 있었다.

거대한 분지 중앙에 폭이 수백 장에 이르는 호수가 자리 잡고 있었다. 시간은 사위가 잠든 깊은 밤, 무천향 중앙의 호수는 하늘의 별들이 그대로 담고 있었다. 하늘에 떠 있는 별 중 단 하나도 호수를 벗어난 것 같지 않은 풍경, 그 호수의 존재 하나만으로도 무천향은 전율적인 아름다움을 드러내고 있었다.

"이곳 사람들은 저 호수를 성해(星海)라 부르오."

대부분의 시간 동안 말이 없던 을불이 입을 열었다. 수없이 보아왔을 광경임에도 을불 역시 성해라 불리는 호수의 아름다움에 취해 있는 듯 보였다.

"성해라… 어울리는 이름이군요. 성해 말고 다른 어떤 말로도 저 호수를 표현할 수 없겠어요."

석청이 고개를 끄덕였다.

그런데 그렇게 일행이 밤하늘을 옮겨놓은 성해의 아름다움에 빠져 걸음을 멈추고 있을 때 갑자기 두 개의 그림자가 어른거리더니 일행 앞에 불쑥 두 사람이 모습을 드러냈다.

너무도 은밀하고 급작스런 등장에 남독마군은 기습이라도 당한 양 재빨리 두세 걸음 뒤로 물러나며 손으로 도를 잡아갔다.

"오셨습니까?"

남독마군의 행동이 무안하게 갑작스레 모습을 드러낸 두 사내가 을불과 경독에게 가볍게 고개를 숙여 보였다.

"그래, 수고들 하는군. 향에 별일은 없지?"

경독이 고개를 끄덕이며 두 사내 중 입을 연 사내에게 물었다.

"그렇습니다. 아직은……."

"무슨 대답이 그런가? 아직은이라니?"

경독이 의아한 표정으로 물었다.

"오 일 전부터 의방의 움직임이 분주해졌습니다."

순간 경독과 을불의 표정이 순식간에 변했다.

"의방(醫幇)이……? 설마……?"

을불이 조급한 표정을 드러내며 앞으로 나섰다.

"소천(小天)의 상세가 심상치 않은 듯합니다."

"음……!"

사내의 대답에 을불이 침음성을 흘려냈다.

"좋지 않구나, 좋지 않아!"

경독 역시 어두운 얼굴로 탄식을 흘려냈다.

"우린 언제까지 여기 서 있어야 하는 거요?"

경독과 을불이 자신들만의 이야기를 나누고 있자 남독마군이 기분이 상한 듯한 표정으로 물었다. 그러자 경독이 힐끔 남독마군을 바라보더니 차가운 음성을 흘려냈다.

"따라오시오. 자넨 가보게. 이들은 내가 맡지."

"그래주겠나?"

"당연한 일 아닌가? 소천의 상세야 정종만의 문제도 아니고……."

"알겠네. 그럼 가보겠네."

"어서 가보게. 혹 무슨 소식이라도 있으면 알려주고……."

"알겠네. 그리하지."

을불이 고개를 끄덕인 후 순식간에 장내에서 사라졌다.

"음!"

순간 남독마군이 자신도 모르게 신음성을 흘러냈다. 고수는 단 한 번의 움직임에서 상대의 수준을 가늠하는 법, 남독마군의 눈에 비친 을불의 움직임이 남독마군을 놀래켰던 것이다.

경독과 을불 두 사람은 파소 등 삼 인을 무천향에 데리고 오면서 단 한 번도 자신들의 무공을 드러낸 적이 없었다. 물론 무의 끝을 보여주겠다는 사람들이니 그 무공이 범상치 않을 거란 사실은 누구나 짐작할 수 있었지만 강력한 패기의 소유자인 남독마군에겐 두 사람의 무공이 자신을 능가할 거란 생각은 애당초 없었던 것이다.

그런데 지금 을불이 보여준 움직임은 남독마군의 생각을 완전히 뒤엎어 버림은 물론, 이 무천향이란 곳에 대한 두려움마저 일으킬 수 있을 만큼 고절한 것이었다. 을불의 신형은 그가 움직였다고 느낀 순간 이미 십여 장을 벗어나 있었고, 그 사실을 깨닫는 순간 이미 장내에서 사라져 버리고 없었다.

"갑시다."

남독마군이 충격을 받든 말든 경독은 서둘러 세 사람을 이끌고 동굴 입구에서 호수 쪽으로 이어진 길을 따라 내려갔다.

 호숫가로 내려온 일행은 경독을 따라 호수의 서쪽 측면에 난 길을 따라 이동했다. 사막 한가운데 호수가 있다는 것 자체도 기이한 일이지만 호수를 따라 난 길은 파소를 더욱 놀라게 했다.
 길 주변에는 기화이초와 평소에 보기 힘든 괴목들이 사람이 사는 세상이 아닌 듯한 풍경을 만들어내고 있었다.
 "지금 제가 꿈을 꾸고 있는 걸까요?"
 석청이 파소 곁으로 바싹 다가서며 물었다.
 "두 사람이 같은 꿈을 꿀 수는 없겠죠?"
 "그렇군요. 그렇다면 실제라는 말인데……."
 석청이 중얼거리며 주변을 둘러봤다. 별을 담고 있는 호수와 괴목과 기화이초가 어우러진 호수 변, 아무리 생각해도 현실이라고 믿기 힘든 풍경들이 이어지고 있었다. 더군다나 이곳은 사막의 한가운데가 아니던가.
 "왜 이런 곳이 있다는 게 강호에 알려지지 않았을까요?"
 "강호에 알려졌다면 무천향이 지금껏 비밀의 땅으로 남아있지 못했겠지요."
 "풋, 그러네요. 바보같이. 무천향의 고수들이 이곳을 사람들의 눈으로부터 숨겼겠지요. 우리가 지나온 그 모래바람 같은 것으로……."

파소와 석청이 나직하게 대화를 나누는 사이 일행은 어느새 호수 서쪽에 자리 잡은 제법 넓은 평지로 들어섰다. 그리고 그곳에서는 작은 마을이 일행을 기다리고 있었다.

　"이곳이 무천향의 유일한 시전이오. 우린 보통 성시(星市)라고 부른다오. 이곳도 사람이 사는 곳이라 물건을 사고파는 곳이 있는 것이오. 아마 필요한 건 어렵지 않게 구할 수 있을 거요."

　"그 말은 외부에서 물건이 들어온다는 말인가요?"

　파소가 물었다. 그러자 경독이 파소를 바라봤다.

　"들어오는 것도 있고, 무천향에서 만들어내는 것도 있네."

　"그럼 외부와 왕래를 한다는 말이군요?"

　"허락받은 자에 한해서!"

　"누가 그 결정을 하는 것이오?"

　남독마군이 도전적인 목소리로 물었다.

　"당연히 무천향의 향주께서 하시지 않겠소?"

　"그럼 향주의 허락없이는 누구도 이곳을 벗어날 수 없단 말이오?"

　"그렇소."

　"금옥(禁獄)이나 마찬가지군."

　순간 경독의 눈썹이 꿈틀거렸다.

　"누구도 이곳을 옥이라 생각하지 않소. 무천향의 무인들에게 세속의 일 따위는 그리 큰 관심사가 아니니 말이오. 무천향의 무인들에겐 세속의 문제보다 스스로의 무도가 훨씬 중요한 문제란 말이오. 그리고 그건 당신도 마찬가지 아니오? 은하의 계곡을 통과하면 강호에 다시 나갈 수 없을 수도 있다는 제약을 알고 온 것 아니오?"

경독의 서늘한 추궁에 남독마군이 멋쩍은 표정을 지으며 고개를 돌렸다.

"따라오시오."

다시 한 번 남독마군을 노려본 경독이 차가운 말을 내뱉고는 시전 안쪽으로 들어갔다.

시전이라고 말하기는 했지만 마을의 모습은 강호의 보통 시전들과는 사뭇 달랐다. 건물과 건물이 붙어 있는 모습은 좀체 찾아보기 힘들었고, 각각의 건물들이 다른 건물과 꽤 먼 거리를 두고 떨어져 있었다. 더군다나 지나가는 손님을 끌어들이기 위한 호객은 전혀 없어서 시전이 아니라 마치 조용한 절간에 들어서는 느낌이었다.

"시전이 맞긴 한 건가요?"

석청이 어두운 시전 거리를 걸으며 의문 어린 표정으로 물었다.

"시전은 시전이오. 물론 속세의 저자와는 사뭇 다르긴 하지만 말이오. 내일부터 무천향에 대해 자세히 배우게 될 테지만 미리 설명하자면 기실 이 무천향에서 살아가는 사람들이 그리 많은 것은 아니오. 또한 시전에서 물건을 파는 사람들도 금자를 벌기 위해 장사를 하는 것도 아니고 말이오. 그래서 밤이 되면 이렇게 시전도 조용해지는 것이라오."

"금자를 벌기 위한 것이 아니라면 왜 장사를 하죠?"

"봐서 알겠지만 무천향은 세상에서 격리된 곳이라오. 무도에 모든 것을 건 사람들이 모여든 곳이란 말이오. 그러니 사실 장사를 한다는 건 이곳에 모인 사람들에게 어울리지 않는 일이오. 하지만 사람이 살아가는 데는 반드시 필요한 일과 물건이 있는 법이고, 그건 무천향에서도 다를 바가 없다오. 무천향에서 살아가는 사람들은 대부분 각자 직업을 가지고 있소. 누구는 농사를 짓고, 누구는 쇠를 다룬다오. 이 시전에서 장사를 하는 사람들 역시 돈을 벌기 위해서라기보다는 그저 무천향에서 자신이 맡은 몫의 일을 하고 있다고 생각하면 될 것이오."

"우리도 어떤 일인가를 해야 하나요?"

"아마도 그래야 할 거요."

"일을 해서 먹고살아야 한단 말이오?"

남독마군이 기가 막히다는 표정으로 물었다.

"굶어 죽지 않으려면 그래야 할 거요. 놀고먹을 수 있는 곳이 세상천지 어디에 있겠소. 무천향 역시 놀고먹을 수 있는 곳이 아니외다. 단지 다른 것이 있다면 물욕 때문에 일을 하는 것은 아니란 것이오. 필요한 최소한의 것만을 마련하고 나머지 시간은 모두 무도를 이루는 데 매진한다오."

"음, 졸지에 먹고살 것을 걱정하게 된 것인가?"

남독마군이 짐짓 한숨을 쉬며 중얼거렸다.

"무천향에선 그것조차도 수련의 일부로 보고 있소이다."

경독의 말에 남독마군이 잠시 생각에 잠겼다 이번엔 제법 진지한 표정으로 물었다.

"좀 전 을불이란 사람의 무공을 보니 강호에 나가면 적수를 찾기 힘든 수준이던데, 무천향에는 그런 고수가 얼마나 있소이까?"

"뭐, 드물지는 않소."

"드물지 않다면 수십 명이라도 된다는 거요?"

"수십이 아니라 족히 수백 명은 될 거요."

"뭐… 뭐요?"

남독마군의 표정이 얼음처럼 굳어버리며 놀란 목소리로 되물었다.

"뭘 그렇게 놀라시오?"

"내가 잘못 들은 거 아니오? 수십이 아니라 수백이 맞는 거요?"

남독마군이 되묻자 경독이 남독마군을 돌아보며 말했다.

"이곳은 무천향이오. 수백 년 전부터 천하의 무성들이 모여든 곳이란 말이오. 무공을 사람을 죽이기 위한 수단이 아니라 선에 이르는 수단으로 생각하는 곳이 바로 이 무천향이오. 수백 년간 오직 무도만을 추구한 곳에 당신은 들어온 것이오. 애초에 그대에게 무의 끝을 보겠냐고 말한 사람이 있었을 것이오. 그리고 그대는 그의 제안에 동의했겠지. 그대가 그 제안을 믿었는지, 아니면 같잖은 수작을 파헤치려 이곳에 왔는지는 모르겠으나 그대는 결국 이곳에서 무극의 경지에 근접한 사람들을 보게 될 거요. 그리고 그들을 보게 되면 아마도 그대의 성격상 누군가 그대를 쫓아내려고 해도 이곳에 머물게 될 것이오."

경독의 말에 남독마군이 질린 듯한 표정으로 입을 다물었다. 이미 경독의 표정에서 그가 자신에게 허세를 부리는 것이 아니라는 것을 깨달았기 때문이다.

"아아, 난 도대체 어디에 와 있는 것인가?"

남독마군의 입에서 자신도 모르는 사이에 탄식이 흘러나왔다.

"당신이 있는 곳은 무천향이오. 강호 무성(武星)들의 고향이라는… 젠장, 솔직히 말해 이곳에선 을불 그나 나나 그저 이류에 지나지 않는다오. 그러니 은하의 계곡으로 당신들을 마중이나 하러 나간 것 아니겠소. 그러니 괜히 강호에서의 명성에 기대 경거망동하지 마시오. 나중에 얼굴을 들고 다니려면 말이오."

경독의 진심 어린 충고가 이어지는 사이 일행은 시전의 중심에서 방향을 틀어서 서북쪽 작은 구릉으로 향했다. 야트막한 경사의 구릉을 오르는 길 주변에도 시전과 마찬가지로 수수한 모습의 건물들이 이어져 있었다.

그렇게 이각여를 이동하자 드디어 일행은 야트막한 언덕의 정상에 올라섰다.

"자, 드디어 도착했소이다."

경독이 세 사람을 둘러보며 말했다. 경독의 말에 파소 등 삼인이 고개를 들어 자신들의 눈앞에 나타난 제법 커다란 건물을 바라봤다. 어둠 속에서 건물 입구에 새겨진 현판의 글씨가 흐릿하게 보였다.

초성관(初星館).

'이곳이 바로 초성관이군.'

이미 단보로부터 초성관에 대한 이야기를 들은 파소였다. 해서 건물의 목적이 외부에서 무천향에 처음 들어온 사람들에게 적응할 시간을 주기 위해 만들어진 곳이라는 걸 알고 있었다. 하지만 그건 파소와 석청에게만 해당하는 일이었다.

"초성관이라… 뭘 하는 곳이오?"

남독마군이 경독에게 물었다.

"초성관은 무천향에 처음 입향한 사람들이 무천향에 잘 적응할 수 있도록 돕기 위해 만들어진 곳이오. 그대들을 이곳에서 삼 개월간 생활하게 될 게요. 그 이후에는 각자 자신이 원하는 곳에 거처를 정하게 될 것이오. 자, 들어갑시다."

경독이 짧게 초성관에 대해 설명하고는 세 사람을 데리고 현판이 달린 정문을 지나 초성관 안으로 들어갔다.

"어서 오시오, 경 노사!"

일행이 안으로 들어서자 기다리고 있었다는 듯 한 명의 노인이 걸어나오며 경독을 맞이했다.

"이런, 밤이 늦었는데 기다리고 계셨습니까?"

경독이 지금까지 파소 등을 상대할 때와는 다르게 무척 공손한 태도로 인사를 건네오는 노인을 향해 고개를 숙여 보였다.

"허허, 사람이 오는 줄 알고 있으면서 어찌 한가하게 잠을 청할 수 있겠소? 더군다나 제법 먼 길을 온 손님들인데……."

노인이 말을 하면서 파소 등 삼 인을 천천히 둘러봤다.

'맑다!'

스치듯 마주친 노인의 눈빛은 투명할 정도로 맑았다. 마치 어린아이와 같은 눈동자를 지닌 노인이 파소 등을 둘러보는 사이 경독이 세 사람을 보며 입을 열었다.

"이분은 초성관을 맡고 계신 관주님이시오. 관주님께서는 비록 초성관을 맡고 계시지만 향의 큰어르신 중 한 분이니 인사들 올리시오."

"허허허, 모두 무도를 추구하는 동도인데 어른은 무슨, 여상이라 하오. 무천향에 오신 걸 환영하오. 앞으로 삼 개월간은 이 늙은이가 여러분을 도와드리게 될 것이오."

여상이 부드러운 미소와 함께 자신을 소개했다.

"파소라고 합니다. 이쪽은 제 내자입니다. 잘 부탁드리겠습니다."

"석청이라 합니다. 많은 가르침 부탁드립니다."

괄괄한 성격의 석청조차도 여상에게서 느껴지는 맑고 현기로운 기운에 다소곳이 고개를 숙여 인사를 했다.

"허허허, 이제 보니 두 사람이 부부였구려. 그대들과 같은 나이에 무천향에 들어왔다는 사실도 놀라운데 둘이 부부라니, 더욱 재미있는 일이구려. 앞으로 잘 지내봅시다."

여상이 파소와 석청을 향해 고개를 끄덕이자 이번엔 남독마군 기신이 한 걸음 앞으로 나서며 자신을 소개했다.

"기신이라 하외다. 강호에선 남독마군이라 불렸소이다. 잘 부탁드리겠소."

순간 남독마군을 지켜보고 있던 경독의 얼굴에 노기가 스치고 지나갔다. 자신마저 어려워하는 여상을 대하는 남독마군의 태도가 영 못마땅했던 것이다. 그러나 여상은 남독마군의 태도에 별반 신경을 쓰지 않는 듯 여전히 사람 좋은 얼굴로 고개를 끄덕였다.

"명호를 들으니 대단하신 분인 듯하구려. 하긴 은하의 계곡을 통과한 사람치고 대단치 않은 분이 어디 있겠소. 미안한 것은 이 늙은이는 무천향에서 태어나 자란 이후 이곳을 벗어난 적이 없어 강호의 소식을 알지 못한다는 것이오. 그래서 강호의 고수를 보고도 알아보지 못하니 그 점은 이해해 주시구려. 앞으로 잘 지내봅시다."

여상의 대답에 석청이 고개를 숙여 소리 내지 않고 미소를 지었다. 경독 역시 슬그머니 얼굴에서 노기를 가라앉히고 고개를 돌리며 실소를 흘렸다.

남독마군을 대하는 여상의 태도는 철없이 호기를 부리는 젊은이를 너그럽게 받아주는 어른과 같았다. 남독마군 역시 이런 사정을 모를 리 없었다. 졸지에 철없이 객기를 부린 옹졸한 인간이 되어버린 남독마군의 얼굴이 벌겋게 상기됐다. 하지만 아무리 패도적인 그도 여상의 이 징그럽도록 여유로운 모습 앞에서는 더 이상 도발할 수 없었다.

"자, 인사는 이쯤으로 된 것 같고, 앞으로 석 달이라는 시간이 있으니 차차 서로를 알아가도록 하십시다. 무유!"

"예, 사부님!"

여상이 누군가를 부르자 초성관 안쪽에서 십대 후반의 청년이 모습을 드러내더니 미풍과 같은 부드러운 보법으로 일행이 있는 곳으로 다가왔다. 그 모습에 파소와 석청, 그리고 남독마 군이 다시 한 번 놀란 표정을 지었다.

지금 이 어린 청년이 보여준 보법은 강호 절정고수의 움직임에 비해도 전혀 손색이 없었다.

'무천향에서 태어난 사람들은 어려서부터 절학을 수련해 고수 아닌 사람이 없다더니, 그 말이 정말이구나.'

파소가 무유라 불린 청년의 모습을 유심히 살피며 생각했다.

"이 아이는 나와 함께 초성관을 지키는 아이요. 본래 초성관은 건물만 컸지 들어오는 사람이 많지 않다오. 예전에는 사오년에 한 명이나 들까 말까 한 곳이었소이다. 물론 최근에 들어 조금 늘어나기는 했지만 그래도 초성관을 운영하는 데는 많은 사람이 필요없기에 이놈과 나, 그리고 주방을 맡고 있는 유정파파 이렇게 세 명이 초성관을 운영하는 사람의 전부외다. 그러고 보니 오늘처럼 세 명이나 되는 손님을 한꺼번에 맞이하는 것도 초성관이 생긴 이래 처음 있는 일이겠군. 자, 오늘은 밤이 늦었으니 그만 쉬도록 하시고 내일 다시 만나도록 합시다. 무유, 방을 준비해 놓았겠지."

"벌써 준비를 마쳤습니다."

"그럼 안내해 드리도록 하거라."

"알겠습니다, 사부님!"

"그럼 내일 다시 봅시다."

여상이 파소 등 삼 인을 돌아보며 부드러운 미소를 지었다. 파소 등이 여상의 말에 가볍게 고개를 숙여 보이자 청년 무유가 자신의 사부를 대할 때와는 사뭇 다른 무심한 어조로 입을 열었다.

"절 따라오세요."

그리곤 미처 대답도 듣지 않고 초성관 서쪽으로 이어진 복도를 따라 걸음을 옮기기 시작했다. 파소 등 삼 인은 미처 경독에게 제대로 인사도 못하고 서둘러 무유의 뒤를 따르기 시작했다.

"잘들 지내시오. 시간 내서 한 번 들러보리다."

경독이 멀어지는 파소 등을 향해 말을 던지자 급히 걸음을 옮기던 파소와 석청이 신형을 돌려 가볍게 고개를 숙여 보였다. 그러나 남독마군은 경독에게 별반 좋은 감정이 없는지 눈길도 주지 않고 무유의 뒤를 따르는 것이었다.

"어떻게 보셨소?"

파소 등의 모습이 사라지자 여상이 경독에게 나직한 목소리로 물었다. 앞서 파소 등을 맞이할 때보다는 한결 심각해진 모습이었다.

"좋더군요."

"좋다라… 경 노사가 칭찬할 정도라면 정말 좋다는 말이구려. 셋 모두에게 해당하는 말이오?"

"아닙니다. 셋 모두 출중하긴 하지만 파소라는 그 아이가 단연 군계일학이지 싶습니다."

"무공에 차이가 있더이까?"

"무공도 무공이려니와, 그 기도에서 무척 강한 선기가 느껴지더군요."

"선기(仙氣)라… 향에 적합한 아이란 말이군. 사실 나도 그렇게 보았소. 거기에 나이도 젊고, 특별한 재목이군."

이상하게도 평안하던 여상의 눈에 기이한 안광이 일렁였다.

"등선(登仙)의 재목으로까지 보시는 겁니까?"

경독이 놀란 얼굴로 물었다.

"향에서 수련 중인 아이들 중 저 나이 또래에 저 아이와 비견될 만한 아이가 있소? 아니, 지난 수십 년래 향의 인재들 중 저 아이를 능가할 만한 인재가 얼마나 되겠소? 경 노사는 수일간 저 아이와 함께 움직였으니 그에 대해 나보다 잘 알 것 아니오?"

여상의 물음에 경독이 잠시 생각에 잠겼다가 입을 열었다.

"물론 최근 수십 년래 무천향에서 파소라는 저 청년을 능가하는 인재는 보기 힘들었지요. 오직 한 명을 제외하고는 말입니다."

"오직 한 명? …아!"

여상이 뭔가를 떠올린 듯 나직한 탄성을 자아냈다.

"그가 살아 있었다면 아마도 등선의 경지에 올라 무선의 전통이 끊이지 않았을 수도 있었을 테지요."

"그렇긴 하오. 하지만 그 이야기는 더 이상 하지 마시구려. 생각하면 탄식밖에 나오지 않는 일이고, 그 일을 다시 언급하는 것은 향주께서 금하는 일이니 조심하시오."

"설마 어르신께서 절 율전에 세우지는 않으시겠지요?"

"후후, 모르는 일이니 조심하시구려."

"어르신도 참… 그럼 전 이만 가보겠습니다."

"그렇게 하시구려. 고생했소이다."

"고생은요. 특별한 인재를 만났으니 즐거운 일이었지요. 그럼!"

경독이 여상에게 고개를 숙여 보인 후 초성관을 벗어났다.

"모두들 눈독을 들이겠군. 하긴 정종의 권위가 추락하고 용혈이 끊길 위기에 있으니 모두가 재목을 찾는 것은 당연한 일이겠지. 결국 소천의 상세가 무천향의 운명을 결정짓겠구나."

여상이 열린 문을 통해 성해에 드리운 밤하늘을 바라보며 중얼거렸다.

* * *

파소는 몇 줄기로 갈라져 들어오는 햇살에 눈을 떴다. 파소와 석청이 머물게 된 초성관의 방은 화려한 장식이 일체 배제된, 마치 절간의 선방과 비슷한 분위기의 장소였다.

하지만 오히려 그런 수수함이 파소와 석청을 깊은 잠에 들게 했다. 그 덕에 보통 해가 뜨기 전 눈을 뜨는 파소가 햇살이 방 안에 비쳐 들 때까지 깊은 잠을 잤던 것이다.

"일어났어요?"

석청은 이미 잠에서 깨어나 있었다. 그녀는 어젯밤 무유가 가져다 놓은 무복을 입고 있었는데, 무천향에서 제공된 무복은 그들이 묵고 있는 방과 마찬가지로 일체의 장식이 배제된 수수한 모양을 하고 있었다.

"늦잠을 잔 모양이군요."

"워낙 고단하게 자는 것 같아 깨우지 않았어요. 준비하세요. 이미 무 소협이 두 번이나 다녀갔어요."

"그래요? 그럼 깨우지 않고……."

파소가 자리를 박차고 일어나며 말하자 석청이 진지한 표정으로 말했다.

"이봐요. 난 당신이 그토록 편하게 자는 모습을 본 적이 없어요. 깨울 수가 없었다고요."

"그렇게 정신없이 잤나요?"

"그래요. 아주 오랜 세월 유랑을 끝내고 집에 돌아온 사람처럼요."

석청이 의미심장한 목소리로 말했다. 순간 파소의 표정이 살짝 변했다. 어쩌면 석청의 말이 맞는지도 몰랐다. 비록 그의 부모가 비참하게 죽어간 곳이긴 하지만 이곳은 파소 자신이 태어난 곳이 아니던가.

'어쩌면 내 몸이 먼저 자신이 태어난 뿌리를 기억해 냈는지
도…….'

파소의 표정이 쓸쓸하게 변했다. 그의 머리가 느끼는 무천
향과 그의 몸이 본능적으로 느끼는 무천향이 서로 다를지도
모른다는 생각이 들었던 것이다.

"입어요. 제법 입을 만해요."

석청이 파소에게 무유가 가져다 놓은 무복을 건넸다. 파소
가 서둘러 새 무복을 입었다.

"역시 멋진 낭군님이셔. 이젠 내려가 볼까요?"

새 무복으로 갈아입은 파소를 보며 석청이 말했다.

"그래요. 가봅시다. 무천향에서의 첫날이 과연 어떨
지……."

파소도 마음에 이는 상념을 털어내며 힘차게 말했다.

산사 수도승에게나 어울릴 법한 단출한 식사를 마친 파소
등을 이끌고 여상은 초성관을 벗어났다. 일행의 뒤로는 여상
의 제자 무유가 따르고 있었는데, 그는 마치 파소 등이 다른 곳
으로 벗어날 것을 감시하는 듯한 눈길을 보내고 있었다.

여상은 파소 등을 이끌고 시전으로 내려갔다. 어젯밤 보았
던 것과 달리 시전에는 제법 사람들의 모습이 보였는데 그렇
다고는 해도 시전이라 부르기에는 너무 한가로운 모습이었다.
여상은 그 시전을 지나쳐 동북쪽으로 이어진 길을 따라 걸었
다.

잠시 후 길이 가파른 경사를 이루기 시작했다. 시전을 이루던 집들도 하나둘 사라지더니 길이 가팔라지기 시작할 무렵에는 인가를 찾아볼 수 없는 상태가 되었다. 인가가 사라진 자리에는 십여 장 높이의 울창한 수목이 자리를 잡고 있었다. 길은 그 수목을 뚫고 좀 더 가파른 경사를 이뤘다.

여상의 노구는 가파른 경사를 이룬 산길을 평지를 걷듯 가볍게 오르고 있었다. 그의 움직임만으로 그가 흔히 볼 수 없는 경지의 무인임이 명확하게 드러났다.

그렇게 반 시진 정도를 이동한 끝에 일행은 무천향이 한눈에 내려다보이는 지점에 도착했다. 그리고 그곳에서 여상이 걸음을 멈춰 섰다.

"보시오."

걸음을 멈춘 여상이 파소 등이 모두 도착할 때를 기다려 입을 열었다. 여상의 손은 무천향을 가리키고 있었다. 파소와 석청 등은 잠시 숨을 고른 후 여상의 손길을 따라 시선을 돌렸다. 그리고 그 순간 누가 먼저랄 것도 없이 나직한 감탄사들을 흘려냈다.

그들의 눈앞에 펼쳐진 무천향의 모습은 지난밤 보았던 것과는 또 다른 모습이었다. 그 중심에 햇살에 반짝이는 거대한 호수를 품은 무천향의 낮 모습은 지난밤 못지않게 아름다웠고, 한편으로는 뭔지 모를 신비한 기운으로 가득 차 있는 듯 느껴졌다.

"아마 모르긴 해도 그대들이 살던 곳에선 이런 풍경을 보기 힘들었을 것이오."

물론 여상의 말에 누구도 반박할 수 없었다. 어려서부터 세
상을 유랑한 파소나 홀로 수십 년을 강호에서 살아온 남독마
군조차도 무천향과 같은 신비한 풍광을 지닌 장소를 본 적이
없었다.

"무천향 사람들은 이곳을 천봉이라 부르오. 봉우리라 부르
기엔 조금 어울리지 않는 곳이지만… 음, 내가 무천향에서 첫
날을 맞이한 그대들을 이곳으로 데려온 건 무천향이라는 곳을
머리가 아닌 가슴으로 느끼게 해주고 싶어서요. 무천향을 모
두 아는 것은 초성관 삼 개월의 시간으로도 부족할 수 있으니
두고두고 할 일이지만, 향후 그대들이 살아갈 이 무천향이란
곳이 어떤 곳인가를 가슴으로 느끼기에는 이곳만큼 좋은 장소
도 없다고 생각하오. 보다시피 무천향은 바로 이런 곳이라오.
천하의 어느 곳과도 견줄 수 없는 풍광을 지니고 있고, 그 안의
옥토는 무천향 일천 식솔이 배를 곯지 않을 만큼 비옥하오. 그
리고 가장 중요한 것은 이곳엔 천하의 그 어느 곳과도 비교할
수 없는 강력한 선기가 흐른다는 것이오. 음… 이 말은 내가
실수를 한 것 같군."

갑자기 여상이 고개를 저으며 중얼거렸다. 파소 등은 여상
이 무슨 실수를 했는지 알 수 없었으므로 궁금한 눈으로 그를
바라볼 뿐이었다.

"천하에 이곳과 비슷한 정도의 선기를 지닌 장소가 아주 없
는 것은 아니오. 해동의 백두가 그렇거니와, 그 줄기에서 이어

지는 태백 또한 선기가 충실한 곳이오. 또한 서쪽으로 가자면 천산과 곤륜이 강한 천기를 품은 곳이며, 중원 오악도 나름대로 기운이 좋은 곳이라 할 수 있소. 하지만 이 무천향의 선기는 내가 지금까지 말한 장소들과는 조금 다른 의미의 선기를 지니고 있소이다."

역시 알아들을 수 없는 말이다. 풍수를 아는 사람이라면 땅마다 나름대로의 지기와 천기를 지니고 있다는 것 정도는 알고 있는 일이지만 의미가 다른 선기란 무엇을 말하는 것인지 도통 추측할 수 없는 말이었다.

"본래 무천향이 자리 잡은 이 은하의 계곡, 음… 본래 이곳에 처음 자리를 잡은 십이조사께서는 그대들이 통과한 관문에서부터 이곳까지 모두를 은하의 계곡이라 불렀었소. 그러던 것이 후대로 내려오면서 이곳은 무천향이란 이름을 가지게 되었고, 은하의 계곡이란 이름은 그대들이 무천향에 들기 위해 통과한 관문이 설치된 협곡만을 가리키게 되었던 것이오. 어쨌든 애초에 이곳은 그 선기가 제법 뛰어난 곳이긴 했지만 앞서 언급했던 천하의 명산들에 비하면 조금 떨어진다고 할 수 있는 곳이었소. 천기를 품을 만한 대산(大山)이 없는 것이 그 이유였을 것이오. 그러던 것이 지금은 천하명산 그 어느 곳보다도 뛰어난 선기를 지닌 곳이 되었소. 산천은 그대론데 선기는 변했소. 혹 이 이치를 알 수 있는 분이 계시오?"

여상이 파소 등을 돌아보며 물었다. 그러나 누구도 여상의 질문에 쉽게 답을 하는 사람이 없었다. 무천향을 보여주고 싶다는 여상의 모습은 초성관에서 볼 때와는 사뭇 달라서 범접하기 힘든 고결함 같은 것이 느껴질 정도였다. 그런데 잠시의 침묵을 깨고 파소가 입을 열었다.

"어릴 때 천하를 유랑한 적이 있지요. 그때 함께 절 데리고 다니던 분이 이런 말씀을 하신 것을 기억합니다. 풍수란 지형을 따르는 것이지만 결국 산천의 기운도 사람의 영향을 받게 마련이라고요. 그러면서 길인주처 시명당(吉人住處 是明堂)이란 말을 하셨지요."

파소의 말에 여상이 크게 고개를 끄덕였다.

"옳은 답일세. 난 바로 그 말을 하고 싶었다네."

여상이 만족한 듯한 표정을 지으며 다른 사람들을 둘러보며 말을 이었다.

"본래 어떤 지역의 기운이든 그곳에 머무는 사람에 의해 변하기도 하는 것이오. 즉, 길인이 머무는 곳이 곧 명당이란 말과 일맥상통하는 말이라 할 수 있소. 이 무천향의 선기가 애초 십이조사께서 이곳에 무천향을 세울 때보다 한층 강해져 천하의 그 어느 곳보다도 뛰어나게 된 것은 바로 선인의 경지에 오른 십이조사가 이곳에 거했기 때문이라오. 이후에도 적지 않은 무선(武仙)이 배출되어 무천향의 선기는 끊이지 않고 이어져 왔소. 그 때문에 이 무천향의 선기는 천하의 어느 곳보다도 강해지게 된 것이외다."

"그 무선의 경지란 어떤 경지를 말하는 것이오이까?"

무공에 관한한 누구보다 많은 관심을 가지고 있는 남독마군이 물었다. 남독마군은 어느새 여상의 이야기에 푹 빠져 있는 듯 보였다.

"글쎄올시다. 나 또한 그 경지에 도달하지 못했으니 어찌 무선의 경지를 논할 수 있겠소. 사실 본 무천에서도 무선의 경지에 오른 사람은 그리 많지 않소이다. 십이조사 이후에는 수십 년에 한두 명 정도만 무선의 경지에 올랐소이다. 더군다나 가장 최근 들어서는 근 육십여 년 동안 무선의 경지에 오른 사람이 없었소. 하지만 굳이 설명하라면 한 가지 이야기를 해주고 싶구려. 가장 마지막에 무선의 경지에 오른 분은 을고승이란 분이오. 그분은 육십 년 전 무선의 경지에 올랐는데, 그분은 일평생 보법에 몰두한 분이었소. 그분이 무선의 경지에 오르던 날 그분은 저기 보이는 성해(星海)를 걸어서 건넜다고 하더이다."

"그… 그건 너무 지나친 비약이 아닐지… 아무래도 그건 소림에 선을 전한 달마가 갈대를 타고 장강을 건넜다는 이야기를 본 따 만든 이야긴 듯한데…….."

남독마군이 믿을 수 없다는 표정으로 말했다.

"처음 이 이야기를 듣는 사람은 누구나 그리 말할 수도 있을 것이오. 하지만 당시 을고승 무선께서 성해를 걸어 넘으시던 장면을 본 사람이 아직도 생존해 있으니 어찌 그 일을 그저 지어낸 이야기라 하겠소이까?"

"그게 정말입니까?"

"그렇소이다. 사실대로 말하자면 나도 그중 한 사람이오.

당시 내 나이가 십대 중반이었으니 헛것을 볼 나이는 아니잖소?"

"으음……."

여상의 말에 남독마군의 입에서 나직한 신음성이 흘러나왔다. 과연 사람의 몸으로 물 위를 걸어간다는 것이 가능한 일일까? 그것이 아무리 무천향의 고수들이 말하는 무선의 경지라 할지라도. 무공의 오묘한 세계를 직접 체득한 파소와 남독마군 등에게조차도 쉽게 믿을 수 없는 이야기임은 분명했다.

그러나 여상은 그 경지가 실존한다고 했고, 자신의 눈으로 보았다가 말하고 있었다.

"우리는 바로 그런 경지를 바라보고 가는 사람들이외다. 천하의 무성(武星)들이 무선의 경지에 도달하기 위해 속세와 인연을 끊고 무도에 정진하는 곳, 그곳이 바로 그대들이 살아갈 무천향인 것이오."

여상의 마지막 말에는 다른 때와 달리 어떤 강렬한 열망 같은 것이 느껴졌다. 팔십을 바라보는 노인에게서 느껴지는 그 열기에 파소와 석청, 그리고 남독마군은 잠시 숙연한 분위기에 빠져들었다. 그런데 언제까지 이어질 것 같던 침묵이 갑자기 한 사람의 등장으로 깨어져 버렸다.

"향주전에서 사람이 나온 듯합니다."

무유가 침묵을 깨며 나직하게 말했다. 파소 등의 시선이 그들이 지나온 길로 향했다. 그러자 과연 그들이 지나온 길을 따라 바람처럼 치달아 오르는 청색 무복의 사내가 눈에 들어왔다.

거주하는 모든 사람들이 고수라는 무천향의 인물답게 가파른 산길을 치달아 오르는 사내의 모습은 강호 절정고수의 움직임을 능가하고 있었다.

팟!

한줄기 바람처럼 산길을 치달아 오른 사내가 순식간에 여상 앞에 도달해 걸음을 멈췄다. 가파른 산길을 빠른 속도로 오른 그이건만 걸음을 멈춘 그의 호흡은 한 치의 흐트러짐도 없었다.

"어르신!"

"추영, 자네가 웬일인가?"

여상이 의아한 눈으로 물었다.

"향주께서 십이종회를 소집하셨습니다."

"응?"

여상의 얼굴에 놀란 기색이 떠올랐다.

"오늘 신시에 십이종성은 모두 향주전으로 드시라는 전갈을 가져왔습니다."

"정말 십이종회라 말씀하셨던가?"

"그렇습니다."

"으음… 소천의 병세에 변화가 있는가?"

여상의 물음에 추영이라 불린 사내의 낯빛이 어두워졌다.

"아무래도 쉽지 않으실 듯……."

"역시 그 문제 때문인가? 십여 년 만에 십이종회가 소집된 것은… 결국 후계를……?"

"아마도……."

추영이란 사내가 말꼬리를 흐렸다.

"알겠네. 늦지 않도록 하지."

"그리고 한 가지 더 전하시는 말씀이 계셨습니다."

"응?"

"어제 입향한 세 사람을 만나시겠답니다."

"벌써 말인가? 오늘이 겨우 첫날인데……?"

"아마도 십이종회가 열리면 시간을 내기 어렵다고 생각하시는 모양입니다만……."

이후로도 여상과 추영은 몇 마디 말을 더 나눈 듯했다. 하지만 파소는 이후 이어진 두 사람의 대화를 듣지 못했다.

무천향주가 자신들을 만나려 한다는 추영의 말을 듣는 순간 파소의 심장에 거대한 파동이 일기 시작했기 때문이다. 무천향주가 누구던가. 그는 바로 파소 자신의 뿌리였다.

'시작인가!'

파소의 눈이 성해를 둘러싸고 있는 무천향을 응시했다.

『무천향』 4권 끝

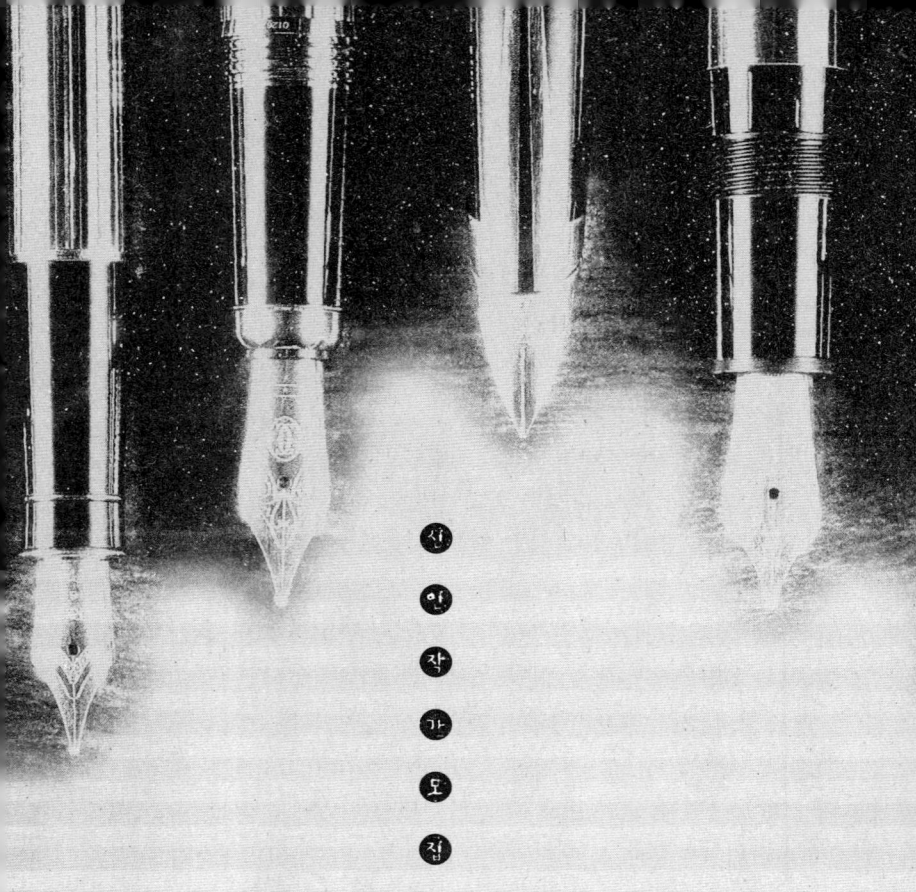

시작이 반이라고 했습니다.
작가의 길에 대한 보이지 않는 벽을 과감히 깨뜨리십시오!
청어람은 작가 지망생 여러분들의
멋진 방향타가 되어드리겠습니다.

저희 도서출판 청어람에서는
소설 신인 작가분들을 모집합니다.
판타지와 무협을 사랑하시는 분들의 많은 참여를 바랍니다.
소정의 원고(A4용지 150매)를 메일이나 우편으로 보내주시면
검토 후 출판 여부를 알려드리겠습니다.

주소:경기도 부천시 원미구 심곡1동 350-1 남성B/D 3F 우편번호420-011
TEL:032-656-4452 · **FAX**:032-656-4453
http://**www.chungeoram.com**
e-mail:chungeoram@chungeoram.com

은하의 계곡

무천향
武天鄉

허담 新무협 판타지 소설

뿌리를 찾아가는 목동 파소의 여행.
그 여정의 끝에서
검 든 자들의 고향 대무천향 (大武天鄉)을 만난다.

검객 단보, 그는 노래했다.

…모든 검 든 자들의 고향 무천향.
한 초식의 검에 잠든 용이 깨어나고, 또 한 초식의 검에 잠든 바다가 일어나네.
검의 흐름을 따라가다 보면 어느새, 세월도 잊어버리고, 사랑도 잊어버리고,
무공도 잊어버려…….
결국에는 자신조차 잊어버리는…….

은하의 가장 밝은 빛이 되어버린다는
그 무성(武星)들의 대지(大地).

아, 대무천향(大武天鄉)이여!

유행이 아닌 자유추구 -
WWW.chungeoram.com
Book Publishing CHUNGEORAM

별도 新무협 판타지 소설

살내음 나는 이야기에 여러분은 가슴 졸인 적이 있는가?
남들이 볼까 두려워하며 책을 가리면서 읽었던 구절을 몇 번이나 반복하며
읽은 적이 없는가?

구무협의 향수를 그리워하던 별도가 결국은
〈무협의 르네상스〉를 부르짖으며 직접 자판 앞에 앉았다.

"제가 무협을 쓰기 시작한 이유는 더 이상 읽을 책이 없었기 때문입니다."

모든 일은 4년 전부터 시작되었다.
살인사건을 배경으로 펼쳐지는 음모와 배신, 사랑과 역공작,
그리고 정사!

우리 시대의 이야기꾼, 별도의 새로운 글, 〈낭왕狼王〉!
〈천하무식 유아독존〉, 〈그림자무사〉, 〈검은여우호孤狸〉에
이은 그의 또 하나의 역작!

화공
도담

書工
道談

촌부 新무협 판타지 소설

예(禮)와 법(法)을 익힘에 있어
느리디 느린 둔재(鈍才).
법식(法式)에 얽매이기보다 마음을 다하며,
술(術)을 익히는 데는 느리지만
누구보다 빨리 도(道)에 이를 기재(奇才).

큰 지혜는 도리어 어리석게 보이는 법[大智若愚]!

화폭(畵幅)에 천지간(天地間)의 흐름을 담고
일획(一劃)에 그리움을 다하여라!

형식과 필법을 익히는 데는 둔하나
참다운 아름다움을 그릴 수 있게 된
화공(畵工) 진자명(陳自明)의 강호유람기!

유행이 아닌 자유추구 -
WWW.chungeoram.com
Book Publishing CHUNGEORAM

狂龍記
광룡기

장담 新무협 장편 소설

미친 바람이 동해에서 불기 시작했다!
둥지를 떠난 광룡(狂龍)이 강호에 나타났다!

내가 가고 싶은 대로 간다.
내가 하고 싶은 대로 한다.
누구도 내 앞을 막지 마라!

한겨울, 마침내 광룡의 전설이 시작되고,
천하가, 광룡과 빙심에 뒤집어졌다!

유행이 아닌 자유추구 -
WWW.chungeoram.com

Book Publishing CHUNGEORAM